猎盗者

翟鹏延 ◎ 著

山西出版传媒集团　北岳文艺出版社

· 太原 ·

图书在版编目(CIP)数据

猎盗者 / 翟鹏延著 . —太原：北岳文艺出版社，2023.12
　　ISBN 978-7-5378-6807-5

Ⅰ.①猎…　Ⅱ.①翟…　Ⅲ.①长篇小说-中国-当代
Ⅳ.①I247.5

中国国家版本馆CIP数据核字(2023)第234837号

猎盗者　　翟鹏延 / 著

出 品 人：郭文礼	出版发行：山西出版传媒集团·北岳文艺出版社
总 策 划：汪恒江	地址：山西省太原市并州南路57号
策划编辑：董江波	邮编：030012
责任编辑：张　丽	电话：0351-5628696(发行部)　0351-5628688(总编室)
助理编辑：宿文韬	传真：0351-5628680
复　　审：马　峻	印刷装订：山西万佳印业有限公司
终　　审：古卫红	开本：890 mm×1240mm　1/32
宣传运营：刘思华	字数：220千字
董江波	印张：11
印装监制：郭　勇	版次：2023年12月第1版
装帧设计：装帧设计	印次：2023年12月山西第1次印刷
	书号：ISBN 978-7-5378-6807-5
	定价：68.00元

本书版权为本社独家所有，未经本社同意不得转载、摘编或复制

目 录

第一章　只有香如故 …………………………001
第二章　江清月近人 …………………………023
第三章　未行先起尘 …………………………045
第四章　纤纤擢素手 …………………………066
第五章　芳菲夕雾起 …………………………088
第六章　月影波心见 …………………………109
第七章　水落鱼梁浅 …………………………131
第八章　秋水漾秋波 …………………………153
第九章　各怀心腹事 …………………………175
第十章　惊起却回头 …………………………197
第十一章　渐欲迷人眼 ………………………218
第十二章　道高龙虎伏 ………………………239
第十三章　岭外音书断 ………………………260
第十四章　还衣白毡裘 ………………………282

第十五章　欲乘风归去 …………………………… 303
第十六章　十里青山远 …………………………… 325

第一章　只有香如故

"报告!"

一个洪亮的声音从敞开的门口响了起来,此时的谷峰正抱着保温杯细细地啜着浓茶配枸杞,被这突如其来的一声着实吓了一大跳。谷峰端着保温杯的手下意识地抖了一下,滚烫的茶水直接溅到了手上,疼得他龇牙咧嘴,急忙将保温杯放下后甩了两下手,这才回过头来看向门口。

门外站着一个年轻人,二十来岁,留着退役军人标志性的利落短发,剑眉轻扬,双目炯炯有神,站得笔直挺拔,即便是那一身再普通不过的衣服也难掩他的英气勃发。

"进来吧!"

谷峰将被烫得发红的手藏在身后,强装镇定,眼神中带着一丝不易察觉的恼怒望向这年轻人,而当他看到年轻人的脸庞时,脸上立马就露出了笑容。

"云暮,十几年不见,你小子还是改不了这一惊一乍的性子。还有,这里不是部队,敲门就行,不用喊报告。"谷峰将年轻人迎了进来。

"谷队,一大早就泡枸杞喝啊?是不是最近嫂子老抱怨你呀？没事多锻炼锻炼、跑跑步呗！"云暮咧嘴一笑，笑容中有一丝恶作剧得逞后的得意。

谷峰轻啐了一声，假装发怒道："滚一边去，刚见面就调侃我，你小子刚才一定是故意的吧？"

"嘿，在部队待久了，习惯了，没吓着你吧？"

"说什么呢？我当兵那会儿，你还不知道在哪里抹鼻涕泡儿呢。不是我说你，郎局说有新同事要分来，我一猜就是你小子，怎么？不准备放过我了是吧？"对云暮的到来其实谷峰很是头痛，这小子从小就调皮捣蛋，对谷峰来说印象极其深刻，这小子是属于那种"三天不打，上房揭瓦"的主儿。

"谷队，说这话就见外了，你可一直都是我的偶像啊！"云暮一本正经地说道。

"别别别，还偶像呢，这我可是当不起啊，饶了我吧。"

这云暮从小就是"问题儿童"，和谷峰同住在一个大院里，谷峰从小看着云暮长大，那绝对是知根知底。云暮打小就是个"无恶不作"的"小土匪"，没少惹事，也没少挨打。别看他现在一副规规矩矩的样子，谷峰可是知道这个家伙的性子，虽说部队这"大熔炉"让他吃了不少苦头，也改变了不少，不过谷峰没被这家伙的表象所迷惑，他倒宁愿相信禀性难移。

"谷队，我已经不是从前的我了。"

"得得得，少来这一套，狗改不了吃屎的玩意儿！"谷峰一边调侃着，一边接过云暮递过来的入职手续，快速地扫了两眼这家伙的入职报告。云暮在部队里面荣获过一次二等功、两次三等功，可谓荣誉满满，谷峰也在部队里待过，他深知在部队立功很难，必须表现得非常优秀才行。

"小家伙在部队干得不错啊！"谷峰忍不住地啧啧称赞道，"没给咱大院丢人。"

"那是，咱这可是有家学渊源的。"云暮兴奋地说道。

谷峰抬头瞟了云暮一眼，这小子还是那么容易得意忘形。

"不过，你在部队上获得的那些荣誉都是过去式了。到了局里，你就得把这些荣誉都给我收起来，老老实实地从头做起。"

"必需的，请谷队放心，我一定做个听话的乖宝宝。"

谷峰点了点头，心里则是忍不住地接着话茬儿想道："你要是个听话的乖宝宝，太阳都能打西边儿出来了。"

谷峰朝云暮伸出手，神情郑重地说道："欢迎你加入，云暮。"

谷峰的语气中带着一丝期待、一丝激动，还有一丝的欣慰。毕竟一位立过二等功的退伍军人，转业后的选择有很多，恐怕每一个选择都会比成为一名森林公安要好许多，而云暮能够放弃那些机会，选择最苦最累，还可能有生命危险的森林公安，这本身就是一种高尚，一种坚守。

臭小子还是长大了。

谷峰握着云暮的手，却感觉自己右手的虎口处火辣辣地疼，再看云暮这家伙一脸的坏笑，还有死死掐住自己发红的虎口的那只大手，谷峰刚刚对他建立起来的好印象瞬间消散得无影无踪，这家伙绝对是故意的！

长大个屁！

谷峰领着云暮到人事部门办完了入职手续，回到办公室，指着一张空桌子对云暮说道："你就坐那里吧，那是我师父的位置。师父不在了，这位置就一直空着。"

说到这里，云暮脸上那一直都挂着的阳光般的笑容渐渐地消失了，他仿佛想到了什么，脱口而出问道："林队的？"

"嗯。"谷峰淡淡地答道。

办公室的空气瞬间仿佛凝固了，云暮坐在那把旧椅子上，看着照片上的脸洋溢着笑容，一直都是那般的和蔼。这时，云暮只觉得自己的眼睛微微发涩，有晶莹泪花在眼眶里面打转。

一抹氤氲悄然地出现在云暮的眼帘中，那张面孔还是一如既往地熟悉，笑得依旧那般和蔼，但声音却很虚弱地说着："云暮，不要再欺负小影了，替叔叔照顾好她。"

冰冷的眼泪还是不争气地滑过云暮那张刚毅的脸庞，滴落在玻璃板上，云暮的心此时如同被子弹击穿了一般。

"好了，事情都已经过去那么多年了，林队要是知道你现在接了他的班，他在九泉之下也会很欣慰了。"云暮感受着从肩头传来的温度，谷峰的手搭在云暮的肩头，转头望着窗外，师父亲手种下的那棵小树苗已经长成了参天大树。

这时，一阵不合时宜的铃声响了起来，谷峰赶紧走到门外面接起了电话。等云暮缓和了自己的情绪之后，谷峰则是一脸严肃地走了回来，对着云暮说道："有紧急任务，现在需要立刻出警，咱们队里的其他同事也会赶往现场，我会在路上给你介绍具体情况。"

"是。"

云暮"腾"地一下子站了起来，如同一支即将离弦的箭搭在紧绷的弓上。

出了市区，车子一路往西直奔青州市的瑶山方向而去。青州市几十年来一直都以重工业为主发展经济，拥有几家大型的重工业企业，而随着时代的发展，多数重污染型工业企业都已经搬出了市区，青州也逐渐恢复了过去的绿水青山、碧水蓝天。

绿色青州，也渐渐地成了这里一张崭新的名片。

坐在车上，谷峰给云暮介绍起青州现在的情况，几年的军旅生涯，云暮对这座曾经最熟悉的城市也多了些许陌生。

"接到当地群众举报，瑶山里被林业局保护起来的十几株近百年的沉香楠木，被破坏性地盗采盗伐了。"谷峰说这番话时神色凝重，因为此类案例已经不是第一次发生了。随着青州市十几年的污染治理，生态环境得到了极大的改善，随之而来的，就是盗采盗伐的犯罪案件屡禁不止。

云暮眉头一皱，问道："不会是有人打了十六楠的主意吧？"

谷峰微微颔首，却没说什么。

云暮从谷峰那张无法掩盖怒火的脸上得到了答案，他的心瞬间就沉到了谷底，没想到青州的盗猎者们居然都已经猖獗到了这种地步。

沉香楠木是十分稀有名贵的中药材和加工工艺品的原材料，天然沉香需要几十年甚至是几百年才能长成，所以非常珍稀。虽然现在人们可以通过人工种植沉香楠木来采香，但是因其需要独特的气候条件种植也令其身价金贵，市场上通过人工种植有三到五年树龄的沉香楠木，价格也卖到了一厘米一百元左右，而十六楠更是远远高于这个价格。

青州人都知道瑶山中的"十六楠"，这十六株近百年的沉香楠木即便是在战乱年代也被青州人保护得好好的，在青州人眼里这十六楠更是意义非凡。

很快地，谷峰和云暮便来到瑶山的山脚下，瑶山里汽车无法开上去，云暮望着入山那一条狭窄的山路，两人二话不说直接下了车步行进山。

云暮刚从部队回来，体能还算保持得不错，相较之下谷峰还是差了那么一点儿。

来到一片狼藉的案发现场，云暮立刻就奔了过去，而当他的目光落在了其中一道靓丽身影上的一刹那，云暮下意识地想要躲得远远的。

"臭小子，干吗？"

云暮这一躲直接闪到了刚气喘吁吁爬上来的谷峰身上，谷峰被他撞了个趔趄。两人刚开始爬山的时候谷峰还有点儿不服气，渐渐地就跟不上云暮的脚步了，毕竟岁月不饶人啊，不服不行。等他刚停下脚步，就被云暮撞得晕头转向的，谷峰也是气不打一处来，直接对着云暮喝道。

云暮满脸歉意地笑了笑，后退的脚步出卖了他的心虚。

"谷哥，你让开，这渣男是在躲我。"一声冷笑伴随着一道身影扑过来，越过谷峰直接一巴掌就"赏"在了云暮的脸颊上。

"啪！"

清脆的声音再加上诡异的身形，瞬间让在场的所有人都惊呆了，谷峰的反应最是直接，他被这突如其来的举动直接吓得一哆嗦。当看清楚来人时，谷峰下意识地退到了几米开外，这速度不愧是干了十几年的森林公安。谷峰心里明明白白的，这个时候得躲，避免"殃及池鱼"，伤及无辜。

渣男？

在场的人们没想到居然还有这么一出"都市情感大戏"在等着自己呢，每个人的眼中都冒出了熊熊的"八卦"火焰。

云暮没敢反抗，哪怕面前的这个人污蔑自己的声誉都不敢反抗，他就像是老鼠见了猫一样畏畏缩缩，完全没有一个刚从部队上退役下来的士兵该有铁血硬汉形象。

"小影，别激动啊，这臭小子是不是欺负你了？你告诉哥，我来收拾他给你出气。"谷峰拉住女孩的手劝道，毕竟都是一个院子里从小看着长大的孩子，这个时候也只能是他这个老大哥出来劝一下了，真要闹掰了，他夹在中间良心上也过不去。

云暮讪讪地笑着，心想今天出门没看皇历啊，碰到煞星了。

女孩拢了拢额前纷乱的鬓发，白了云暮一眼，对着谷峰说道："谷哥，现在没事了，我心情好多了。"

这里面有故事啊！现场每个人的心里面都冒出了一个抓耳挠腮的念头，即便是谷峰也不例外。

"小影，说说现在的情况吧。"谷峰轻咳一声，欲赶紧把话题转回正事上。

谷峰虽然心中疑惑不小，但眼下还是正事要紧，谷峰强忍着自己心中那翻江倒海般的好奇，瞟了一眼云暮和这女孩，面色凝重地说道。

女孩叫林影，可以说和云暮是青梅竹马，长得清纯可人，身材修长，皮肤白皙，黑色的青丝扎成一个丸子头，眉如柳叶细长，眼如皓月明亮，高挺的鼻梁上架着一副精致的眼镜，再加上那淡蓝色的格子衬衫，透着一股知性和冷静。如果要是不算刚才赏给云暮的一巴掌，这个女孩谁看了都会觉得是一个温文尔雅、秀外慧中的女孩。

但可惜的是，云暮不这么认为。

林影又狠狠地剜了云暮一眼，那意思仿佛是在说待会儿找你算账，这才扶了扶眼镜框，柳眉一蹙后说道："被毁的是十六楠，近百年的沉香楠木，这些人作案的手法很专业，他们把树盗伐后都锯成了数段，然后藏起来运下山去，整个盗伐的过程持续了大概一周。那些家伙趁着下雨,掩盖住了电锯的声音和飞扬的木屑,再加上上山的路不好走,这里人烟稀少,就此完成了整个盗伐过程。"

就在林影介绍的时候,云暮则是悄悄地到了那些仅剩下树桩的十六楠前面。林影分析得很有道理,这群家伙就是趁着下雨作案,但是这么大的工作量绝对不是一两个人能完成的,可以肯定是团伙作案。

作为曾经的特种兵,云暮的警觉性并没有丧失,他的大脑飞速地转动着,目光扫过整个案发现场寻找着蛛丝马迹,最终他的目光落在了一堆散落的树枝下面,在那里有一抹不易察觉的红色。

趁着所有人不注意,云暮飞快地跑过去,待看清楚那抹红色是何物的时候,他的眼珠子瞬间就瞪得大大的,伸出去的手也忍不住地微微发颤。

一截红绳。

那是一截散落的红绳,绳身打着金刚结。

金刚结最早来自西藏古老的佛法雍仲本教,与古老的象雄图案有着密切的关系。传说中的金刚结是与佛结缘,佩戴金刚结可得其加持,助其如愿,成就心中一切愿望。

这截红绳看上去有些褪色,可以推断它有些年头了,而这种特殊的密宗金刚结在青州这片内陆地区不算太常见,云暮的记忆中曾见过和眼前一模一样的红绳,这也正是他大惊失色的原因。

云暮趁人不备，小心翼翼地将这截红绳捡起来，紧紧地攥在了手心里面，他的呼吸变得急促了起来，脸上的神色也无比凝重。虽然看上去平平无奇的一截红绳，但是对云暮来说无比重要，因为这截红绳关乎着一件对他而言非常重要的事情。

十几年前的一天，是云暮永远难忘的日子……

那时的林俊峰还是森林公安刑侦大队的队长，他将云暮死死地搂在了怀里面，而他的后背上赫然是两个血洞，那是被猎枪打的，鲜血汩汩地冒了出来，林俊峰望向怀里的云暮，他那失血过多的脸庞透出了一丝惨白，原本炯炯有神的目光渐渐地散去了光华。

"林……林叔……"年幼的云暮哽咽着，只知道哭泣。

两声枪响，林间飞鸟惊起，林俊峰扑倒在地，身下护着的云暮瑟瑟发抖，如同受了惊吓的雏鸟，而林俊峰那强壮的身躯微微地颤抖着，鲜血顺着嘴角溢出，滴在云暮稚嫩的脸庞上。他的嘴角艰难地挤出一抹笑容，对着云暮低声说道："叔叔要拜托你件事情，云暮，不要再欺负小影了，替叔叔照顾好她。"云暮被这突如其来的一幕吓得不停地啜泣着，他点了点头，颤抖着说道："林叔，你……你没事吧？"

"我没事，很快就会好的，你一定要记住叔叔的话。"

"林队……"不远处传来谷峰焦急和惊慌的声音，他飞奔了过来，看到奄奄一息的林俊峰和他的手里死死攥着的半截红绳露了出来。谷峰忍不住惊呼了起来："快来人，马上送林队去医院。"

这一幕，一直都深深地印在云暮的脑海之中。

云暮没想到这竟然是自己和林叔最后的诀别，再见林俊峰时他已经成为挂在墙上的遗照，照片中的林叔笑得很和蔼，躺在鲜花中的他亦是很安详。而那一刻，泪水已经模糊了云暮的视线，他再也不敢与哭成泪人的林影对视，他怕林影会跟自己要爸爸。

"云暮，你发现什么了吗？"谷峰看到云暮像是老鼠一般地躲到了角落里，还以为他怕见林影这只"小猫"呢，他就找个借口凑到云暮身边。

云暮摇了摇头，嘴唇紧抿，没想到他才回来第一天就遇到了这样的事情。云暮觉得自己选择森林公安这个职业是正确的，从林叔牺牲的那一天起，云暮就一直想要找出杀害林叔的凶手，将坏人绳之以法。也只有这样，他才会有勇气面对林影，面对已经牺牲的林俊峰。这是云暮根植于心底的夙愿，这么多年他对此一直都心心念念、无法释怀。

谷峰兴致勃勃地凑了过来，对着云暮神秘地说道："你和小影之间是不是……"

"没有的事，我一直都把她当妹妹的。"云暮在心中苦笑着，他对林影心有愧疚，自然是不敢奢望什么。大概好多已经进入婚姻这座"围城"的人，哪怕是生活得不如意，也总是会积极地忽悠着"围城"外面的人进入"围城"。谷峰也不例外地想要撮合这俩年轻人携手进入"围城"。

谷峰故作深沉地拍了拍云暮的肩膀，以一种过来人的语气对着云暮说道："别怪我没提醒你，你和小影我都是看着长大的，小影这孩子长得漂亮，还是咱们大院里唯一的高才生，人家有才有貌的，你小子别不当回事儿。我可提醒你，过了这个村可就没这个店了，到时候可别后悔。"

"好了，我的谷大哥，你就别乱点鸳鸯谱了，兔子还不吃窝边草呢，我和小影是血亲般的兄妹。"

"啥叫兔子不吃窝边草？那是因为兔子窝边的草都不好吃，你俩打小就形影不离。还有，我结婚的时候你和小影可是我特意指定的小花童，你俩往那一站，每个人都称赞你俩是一对粉雕玉琢的金童玉女，这事儿你忘了？"

"谷队，你这用心良苦啊，连'粉雕玉琢'这样的词儿都用上了？"云暮苦涩地笑着说道。

"嘿嘿，昨天刚跟我家那丫头学的，没想到今天就用上了。"谷峰挠挠头，笑着说道，"不过我这话可是没说错吧？我是真的看好你和小影的。"

"好了好了，省省吧，我的谷大队，今天咱们出来是工作的，不是给我来相亲的。我说，咱们这森林公安平时就这么清闲吗？"

"那是，不过我刚才的话你可得上点儿心啊！小影真的很不错。"谷峰看到云暮不为所动，心想这俩年轻人估计是脸皮太薄了，这事儿还得靠自己来撮合，很快他转念一想，心中便已经有了主意。

撮合撮合，不往一起凑怎么能叫撮合呢？

云暮没想到谷峰依然是"贼心不死"，很快他就体会到了谷峰这满满的撮合之意。

云暮这边拍了照取了证，那边谷峰也忽悠着林业局的同事们一起下山回市里。起初云暮并没有识破谷峰的用意，等他们到达山脚准备坐车返回时，让云暮无比尴尬的一幕就出现了。

"谷队，怎么个意思？啥叫没座了？后排还能坐两个人，当我眼瞎啊？"云暮一指森林公安局的出勤车，没好气地对着谷峰说道。

"哦，拉设备的。"谷峰面不改色地说道。

"啥设备要占两个人的座？"云暮话音刚落，谷峰朝着其他人使了个眼色，很快地就有几个相机摆在了上面。

"没事，我抱着设备就行。"

"那不行，你小子毛手毛脚的，把咱们队里仅有的设备弄坏了怎么办？咱们局里也不富裕啊，我们得谨小慎微着。"谷峰又在炫耀他刚学会的新词儿。

"那我怎么回呀？你就狠心把我抛弃了？这里离咱们局还有四五十公里呢。"

"这话说得和个怨妇似的，树挪死人挪活，要不你去问问林业局的同事？看他们那里能不能给你空出来个座位。"谷峰朝着旁边的两辆车努了努嘴。

而在不远处，林影一脸错愕地站在一辆空车旁边，另外一辆车上人坐得满满的,林影那张精致的俏脸上表情满满的都是诧异。

林影心想,虽说自己刚来林业局不久,难不成林业局的这些同事们排斥自己吗?平时自己在局里那可是兢兢业业,而且性格随和的她也从未和同事们起过争执,怎么就受排挤了呢?

自古圣贤多蒙妒,不遭人妒是庸才。

说起来,林影作为中山大学生态系的博士生,那是林业局局长董清年亲自跑到学校和林影的导师要来的。当时董清年是动之以情、晓之以理,原本已经打算留校任教的林影和她的导师被董局这么一通忽悠,说得难听点儿那就是连哄带骗,这才将林影从学校给"骗"了回来。

林影想到了自己这算是树大招风,想到了自己可能会成为众矢之的,想到了自己可能会遭到某些同事的排挤,但就是没想到自己居然会被同事们扔在这荒郊野外。虽然他们给自己留了辆车,但是自己没驾照啊,原先还觉得同事们都挺好的,平日里嘘寒问暖对自己也挺照顾的,没想到今天做得这么过分。想到这里,林影的鼻头忍不住一酸,心里满是委屈,差点儿就哭出来了。

这边只剩下了一人一车,而谷峰他们那边也已经发动起了车子,一溜烟就跑了,最终还是没让云暮上了车。

云暮傻眼了。

这算是什么?森林公安局的入职欢迎仪式?

云暮嘴角微微地抽搐着，满腔的怒火快要遏制不住，不过当他发现不远处也被留下来一人一车的时候，云暮就突然间由惊变怒，恨得牙根直痒痒。谷峰这是一计不成又生一计啊，现在云暮总算明白了这家伙葫芦里面卖的是什么药。

看到林影孤零零的身影，云暮还是硬着头皮走上前去，努力地做了十几次心理建设之后，才对着林影说道："林影，我开车送你回去？"

林影闻声抬起头，透过婆娑的泪眼看到和自己说话的是云暮后，眼泪不争气地流了下来。

说句实话，云暮这几年在部队中所受到的锤炼也不少，但是在看到林影落泪的一刹那，心立刻就慌了。部队教会了他不少东西，但是却没开设怎么去安慰女人这项科目，更何况，云暮答应了林影的父亲，不会欺负林影，要好好照顾林影的。

看到林影哭，云暮顿感头大，忙安慰道："别哭了好不好，我错了。"

林影始终没有理会云暮，她只感觉心里越来越委屈，尤其是在今天遇到了云暮之后，仿佛这些年来受过的委屈终于找到了宣泄的口子一般，一股脑地全都倒了出来。

云暮抓耳挠腮了半天，也不知道该怎么劝，毕竟他都不知道林影为啥哭，为啥还哭得这么伤心。

"你告诉我谁欺负你了，我去替你收拾他。"

云暮空有一身的气力却连半分都使不出来，只能是干杵着，他发现自己在面对林影的时候嘴就变笨了，不知道该如何来劝她。

林影纤细的拳头捶在了云暮宽厚的肩头上，发泄着自己这些年来的委屈，还边捶边喊道："是你这个大混蛋。"

明明我什么都没做，怎么就成十恶不赦了呢？

云暮摇摇头，叹了一口气，说道："有啥话咱先到车上再说吧，要是被人看见了会被误会的。"

林影心中的委屈已经得到了发泄，虽然还在啜泣着，听到云暮的话她扭头坐到了副驾驶座上，心里那是万般不情愿，但眼下也只剩下让这家伙送自己回去这一条路可选了。

看到林影主动上了车，云暮长长地松了一口气。说实话，他还真怕林影跟自己僵在这里一直不肯走，那样自己还真的不知道该如何处理了。

车子发动了，坐在副驾驶座上的林影目视着正前方，一言不发。云暮感觉车内的空气完全凝固了，自己就连呼吸也变得困难了起来，他只得把注意力放在开车上面，心里面却一直都扑通扑通地跳个不停。

"那个，这几年，你过得还好吧？"气氛实在是太过于沉闷了，在车子停下来等红绿灯的时候，云暮还是忍不住没话找话和林影聊。

林影却没吭声。

云暮心里备感尴尬，他觉得和林影待在一起真的是一种折磨，互相折磨。

林影对云暮心有怨气是有原因的，事情还得追溯到他们上高中那会儿，林影和云暮是从一个大院里走出来的，再加上青梅竹马的关系，两人自然也就成了无话不谈的朋友。

少女总怀春，相思了无益。情窦初开的少女，总是幻想着能够找到属于自己的真爱，林影亦是如此，她的目光和心思一开始也未曾放在云暮的身上，在两人心里早就视彼此为兄妹了。

那时的云暮也有自己喜欢的女孩，叫琚然，是个文文静静的小女生，眼睛如同浩瀚夜空中最明亮的星辰，宛若林黛玉般的娇弱，面对这样的小女生，荷尔蒙分泌正旺盛的云暮深陷其中不能自拔。当初云暮在学校也算是风云人物，篮球打得超级棒，因此也迷倒了一大片的女生。

过了一段时间，云暮就偷偷地牵上了琚然的手。

后来，林俊峰的牺牲改变了云暮，也就是从那一刻起，云暮从男孩蜕变成了男人，一个人的临终嘱托让他不得不对自己一直欺负的林影关怀备至。在所有同学看来，云暮的心一刹那之间仿佛全部都用在了林影身上，渐渐地和琚然就淡了，断了。

云暮的变化让林影有些慌张，有些愧疚，也有些兴奋。

慌张是来自林影自己的，男孩喜欢一个女孩的表现那就是一直会守在她身边成为她的"天使"；愧疚是对琚然的，就好像是自己从闺蜜那里抢走了她最心爱的东西；兴奋则是对云暮的，她的心里面一直都对这个从小到大欺负自己的坏家伙耿耿于怀，但这怨念随着时间的推移渐渐地变成了念念不忘。

云暮知道这不是喜欢，而是责任，是哥哥要保护好妹妹的责任。

林影表白了，云暮拒绝了，林影很伤心。

每个人的心都很小，小到仅能容得下一个人。有一天某个人一旦走进了你的心里，你的心瞬间就会被填满，而某一天当这个人离开了，你的心里也就会变得很茫然，那种空落落的感觉会让你的心瞬间崩塌。

青色的苹果总是那么酸涩，但是却让尝过它的人回味无穷。也就是在那个时候，云暮被林影贴上了渣男的标签。

云暮每次见到林影都很心虚，毕竟答应林俊峰的事情他努力去做了，但却没做到，让林影品尝失恋的酸涩算不算欺负她，让林影伤心难过流眼泪算不算是没照顾好她？

高中的青涩时光总是很短暂，林影还未将心中的伤痛治愈就考入了中山大学，云暮则是义无反顾地参军入伍，两人各奔东西，虽无往来交集，但是却彼此牵挂，只不过一个心中满是失落，另一个心中都是内疚。

云暮也没想到会在这里遇到林影，更想不到势如水火的两人现在居然坐在一辆充满尴尬气氛的车子里面。

"对不起！"

良久，云暮无奈地叹息道。

一声细微的叹息声传来，云暮的心瞬间就警觉了起来，循着声音的方向，云暮发现在副驾驶座下一个不起眼的角落里躺着一部手机，而此时手机屏幕显示正通着话，那声叹息就是从此处传来。

"一个对不起就……"

林影刚想说话，却被云暮用眼神制止住了，顺着云暮的目光，林影看到了角落里的手机。此刻即便是修养再好的她也忍无可忍地一把抓住手机，怒喝了一声："够了！"

打开车窗，手机便被无情地抛弃了。

嘟嘟嘟……

另外一辆车上，几个兴奋的家伙在谷峰的带领下屏住呼吸，听到的却只是这挂断电话的忙音。

"啥意思？"谷峰忍不住挠了挠头喃喃道，"这也太不符合剧情逻辑了，啥叫'就一个对不起就够了'？故事情节的展开不是这个样子的啊？是不是哪个环节被遗漏了？"

这时，同车的一个队友忍不住哈哈大笑了起来，有点儿幸灾乐祸地说道："嘿，谷队，这中间哪个环节有没有遗漏我不清楚，但是我知道的是，你的手机现在肯定是被遗漏了。"

电话那头的忙音让谷峰心疼不已，几千块钱买的手机就这么报销了？他也没想到自己的手机这么快就被发现了。当然，隐蔽战线就是如此残酷，一个不慎就是粉身碎骨，谷峰自然明白想找回自己的手机残骸肯定是没戏了。

谷峰为自己的"八卦"付出了几千块钱的代价。

随着这部手机被林影毫不留情地从车窗甩了出去，在空中划过一道抛物线之后重重地落在了河里,她心中的郁结也随着情绪的陡然释放而消散了一些。

云暮小心翼翼地开着车,又一次试探性问道:"林影,你最近过得还好吧?"

说完这句话的时候云暮就已经后悔了,毕竟就冲着林影刚才那有些歇斯底里的举动,云暮也觉得她过得肯定不太顺心如意。

"还行,离渣男远了些,世界清静了好多。"

一句比千年寒冰还冰冷万千倍的话,瞬间就让云暮这个家伙被"冻"得瑟瑟发抖。

果然,自己这个"渣男"的标签还没从林影这里摘掉啊!看来女孩子爱记仇啊,这么多年过去了,林影仍旧是不依不饶,这"梁子"结得深了,云暮突然间觉得自己退伍选择回来就是个错误决定。当然,碰到林影更是一错再错。

"有句话我还是想要和你说明白的,那会儿我们年纪都小,对于自己的感情不懂得控制,而且呢,往往会把同学之间的情谊误会成其他别的什么感情了。这些啊都能理解,毕竟,每个人都有青涩的时候。"

云暮尽量把话说得很委婉,目的自然是通过平和的语气尽量不要触怒副驾驶座上的这位,林叔叔临死前让他照顾好林影,云暮要信守承诺,虽然回到青州的云暮知道这一天是一定会来的,但是像眼下这种没有任何心理准备的尴尬状况,还是完全他的出乎意料啊。

"哼,你的意思是说我在自作多情吗?"

"当然不是这个意思,我是说我应该还是得和你说声对不起的。"云暮好像是鼓起了勇气一般,然后露出了一副十分诚恳的表情。

林影望着车外,目光中多了一抹淡淡的失落,她声音低沉地说道:"我不需要你的道歉。"

沉默,空气凝重。

所念及星河,星河不可及;所爱隔山海,山海俱可平。

林影知道她对云暮的感情并非像云暮刚才说的那般,如果说年轻时错把喜欢当成爱,那么这份牵挂随着时间的推移也会渐渐遗忘,会随着空间的千里相隔渐渐冲淡,但是林影没有,这么多年过去了,她的心里一直都忘不了云暮,常常会想起他的样子。哪怕是几年未见,再相见时却依然不陌生,仿佛他一直就在自己身边,从未离开过一般。这么多年了,两个人毫无联系,一见面了还是让林影忍不住要动手,这就是爱。

云暮自然不会想到林影在见到自己时,真情流露之下竟然是对自己的打骂,这清奇的脑回路很难被理解,但实际就是这么个情况。当然,云暮压根儿也没敢往"打是情骂是爱"这方面想。

林影对待感情很认真也很慎重,分开数年的时间不仅没有冲淡这份情感,反而是有力地证明了她是喜欢云暮这个混蛋的。

偶然的重逢带给林影的喜悦她无法表达出来，但那张本来面若寒霜的脸上多了一丝柔和，无法藏住幸福的嘴角微微地上扬，再见到自己一直都喜欢的人，林影心中雀跃不已。

云暮此时将自己的注意力全都放在路况上，坐在自己身边的林影对他而言是既熟悉又陌生，熟悉的是这个邻家小妹女大十八变，越变越漂亮，再也不是小时候那个黄毛丫头了；而陌生的是这脾气，一点儿也不像小时候文文静静地惹人喜爱。

"你后来为什么要和琚然分手？"林影随口问道。

云暮听到林影的问话顿时如临大敌，这是道送命题啊，毕竟自己脑门上的"渣男"两个字还没有去掉呢，回答得一个不慎说不定极有可能换来另外一通巴掌了。

"哦，高中毕业后我不是参军了吗？后来她找了男朋友，我们自然而然就断了。"在心里面打了几次腹稿，总觉得这么说不会挨巴掌，云暮这才故作轻松地说道。

"你是说周海涛乘虚而入？"

"也不能这么说吧，姻缘天注定。"云暮努力地想要表现得无所谓一些，这些已经过去的事情云暮已经看得很淡。

"渣男！"

林影这句带着对云暮定性的话一出，云暮瞬间语塞，这两字评价，哎，实在是太过于沉重了，云暮觉得自己背不动啊！林影这是对自己心有积怨啊，成见太大了，怨念太深了。

面对着林影这种用两个字就能把天聊死的"选手"，云暮却也无可奈何，专心开车吧。

第二章　江清月近人

终于到了林业局门口。

看着头也不回、招呼都不屑跟自己打一声就离开的林影，云暮只是一副讪讪的样子，嗫嚅了半天却只能瞅着那道凹凸有致的曼妙背影消失在林业局的办公大楼里面。

云暮归队，一群人一窝蜂地涌了上来，谷峰却是坐在自己的座位上抱着那个保温杯，如同是老僧入定一般，其实是在哀悼着自己已经失去的那部手机。

"那是谷队的手机？"云暮此时一脸诧异的神色。

谷峰的嘴角轻轻地一抽，心想那可是老婆刚给自己买的新手机啊，才用了没几天，这回家怎么交代啊？

"谷队，对不起，是林影干的。"云暮看到谷峰脸色不善，随时都有可能要暴怒的样子，赶紧解释道。

这锅自己不能背，谁愿意背谁去！

谷峰走过来，轻轻地拍了拍云暮的肩头，一脸痛心地说道："老实交代吧，你和林影之间有没有叙叙旧情？"

"这个倒没有，谷队你知道的，我挨那巴掌的时候你也在场的啊。"云暮瞬间警惕性提高无数倍，没办法，一个手机几千块钱，自己刚刚转业，身无分文，这口"黑锅"本就应该林影来背，与自己没有任何干系。

谷峰咬牙切齿地说道："你嫂子刚给我买的手机，还没用几天呢，你们俩把我手机扔哪里了？"

"哦，扔河里了。谷队你太粗心了，手机怎么能乱放呢？不知道林影的脾气怎么变得这么暴躁，她过去可不是这个样子的啊。"云暮开始装傻充愣了。

"那可是你嫂子两个月的工资啊！"谷峰咬牙切齿地说道。从云暮的话里面他已经判断出来了，自己的手机极有可能已经"牺牲"了，"可惜了，事没办成，还搭上一部新手机，这可是你嫂子特意给我买的。"

"谷队，这我可就得好好地批评批评你了，嫂子送你的东西你怎么能随意乱丢呢？这样不好，容易破坏夫妻感情。"云暮一脸天真无邪的样子，不过这演技实在是拙劣，一眼就被识破了。

"哦，还有，我忘了跟您汇报了，我在部队里面学得最好的科目就是侦察。"

谷峰觉得自己的三叉神经在隐隐作痛，他觉得自己的手机牺牲得一点儿都不值。

"算了，不纠结了，不就一个手机吗。云暮，我也忘了提醒你了，试用期三个月没工资。"

谷峰这一脚算是踩到云暮的尾巴上了，三个月工资怎么着也得一万块钱吧，这摆明是抢啊！云暮急得跳了脚，喊道：

"不是,谷队,谷大哥,你这可是公报私仇啊。"

"不不不,我只相信好人有好报。"

说着,谷峰端着保温杯回到了自己的座位上,轻哼道:"跟我斗,你还嫩了点儿!"

"好吧,谷队,一会儿你给嫂子打电话,今天晚上我要吃清蒸大虾,个头大大的那种。"云暮一本正经地说道,然后挠了挠头,又带着些歉意地说道,"哎呀,不对,我忘了你把嫂子给你买的手机摔碎了。没事,一会儿我就辛苦一下,亲自给嫂子打电话,这三个月我可就在你家蹭吃蹭喝了。"

"你敢?"谷峰眼一瞪,凶狠地说道。

云暮笑着打了个胜利者的口哨,头也不回地消失在了快要暴怒的谷峰面前。

出了门,云暮便朝着检验科走去,今天虽然是他报到入职的第一天,但是这局里却也算得上是熟门熟路了,自己小的时候放学了就和林影一起到这里写作业,现在就算是让他闭着眼睛也知道每个部门的位置。所以,谷峰也就懒得给云暮介绍森林公安局的工作环境了。

将那截红绳交给检验科之后,云暮并没有急于离开。

那截红绳勾起了云暮的记忆,林俊峰牺牲的那一晚,死死攥在他手里的红绳和今天看到的完全一样,如果说这两根红绳之间没有任何联系的话,云暮是不会相信的。

红绳,或许就是解开林俊峰牺牲原因至关重要的线索。

云暮很有耐心地等着,这也让他把已有的线索理顺了一些，十六楠被盗伐绝非一人所为，能够在悄无声息中把十六楠砍倒，再神不知鬼不觉地运走，只能说明一个问题，这些盗伐的家伙绝对是一个团伙。

仅凭着一截红绳，无法将那些利欲熏心的家伙一网打尽，而是需要抽丝剥茧般地层层解开眼前的迷团才行，这就像是一个缠绕在一起的线团一样，云暮觉得自己此时已经拽住了线头。

"咦，是你这个臭小子啊？你被分到谷峰那里去了？"刚从检验科门口走出的一位中年妇女看到云暮先是吃了一惊，然后又一脸平静和善地说道。

"韩阿姨。"

这位从检验科走出来的不是别人，正是林影的老妈——林俊峰的爱人韩爱萍。此时的韩阿姨略微有些发福的脸上溢满了热情的笑容。

"是的，我今天刚到的。"

"你这脸颊是怎么了？"观察仔细的韩爱萍好奇地问道。

说到这里，云暮脸一红，心中满是无奈，总不能说是被你家姑娘赏巴掌了吧？真要这么回答别说是韩阿姨不信了，云暮自己也不愿信，林影可一直都是文静的女孩子啊。在所有人眼里的乖乖女，这人设已经在所有人的心里是根深蒂固的了。

"哦，自己不小心磕到的。"云暮赶紧把话题转移了，"韩阿姨，有结果了？"

"都这么大的小伙子了还是那么毛躁，结果出来了。这种红绳现在被小年轻人称之为'月老红线'，材质有些特殊，是红棉成熟后用朱砂染成这种艳红色，所以看上去才会呈现出这种殷红的色彩。说起来，这种红色棉花特稀少，我了解到这种红绳大概也只有咱们青州的归林寺那里会种植。嗯，没错，这种红绳，在归林寺确实是很常见的，那里的僧人们一般都会拿这种红绳来赠送香客。也是，现在归林寺的名气可是很大啊，有不少的善男信女去添香火钱，归林寺如今也是财大气粗了。还有，听说寺里的那棵红豆树用来求姻缘可是很灵验的。"

听到了韩阿姨这么说，云暮的眉头轻轻地一皱，归林寺？

云暮突然间想到了林俊峰去世时手里紧攥着的那红绳，他的直觉让他想和韩阿姨核实一下这个想法，内心又打鼓，不知道此时和韩阿姨提这个是不是有些冒昧，怕勾起韩阿姨陈年的伤心往事。思考片刻，云暮还是忍不住地问道："韩阿姨，我记得林叔叔牺牲的时候，手里面攥着的好像也是这种红绳。"

说到了这里，韩爱萍脸上露出了一抹苦涩："云暮，你的意思是……"

云暮轻轻地点了点头，无比认真地说道："近日发现瑶山的十六楠被盗伐，我刚勘查现场回来，现在你手上的这截红绳就是从现场捡回来的，我看着和林叔叔那时手里握着的一样，所以我就偷偷地藏起来了。"

"你是在怀疑,这根红绳和老林生前一直追查的那案子有关?"

"是的,特殊的红绳材质,还有一模一样的金刚结,我不得不怀疑。"云暮说得很肯定,这么多年过去了,林叔叔的死一直都是云暮心里面的痛。

"难为你了,孩子,这都过去十几年了,就别记在心上了。况且,当初的那帮人该抓的抓、该判的判,你林叔的案子已经结了。"虽说都过了十几年了,但是从韩爱萍的语气中,云暮还是听出了一丝伤感的味道。

案子是结了,但是随着林叔叔的牺牲,他所追查的那件案子也就没有了下文。当时只惩戒了开枪的家伙,却没有揪出来整个盗猎团伙,这使得盗采盗猎在青州依旧很是猖獗,同时也导致青州的环境治理进展缓慢。

"韩阿姨,我想把林叔没做完的事情做完。"这才是云暮选择回来工作的最主要原因。

韩爱萍抬起头一脸吃惊地看着云暮,从心底涌起一股暖流,她的声音略微有些哽咽,却是笑着说道:"好孩子,你林叔果然没有看错。不过,云暮,遇事不要太冲动,阿姨不想让你置身危险之中。"

"放心吧,韩阿姨,我没事的。"云暮朝着韩爱萍露出了一个充满阳光的笑容,嘴上答应着。

山下兰芽短浸溪,松间沙路净无泥,萧萧暮雨子规啼。

这是苏轼的词,此刻的云暮穿着便装正奔向归林寺,那根红绳的事情终究还是让他耿耿于怀。天公也不作美，开始下起了淅淅沥沥的小雨，烟雨笼罩着瑶山，归林寺便坐落在这烟雨新翠之间。云暮并无闲心赏景赏雨，很快便到了归林寺。

归林寺，因取自唐代诗人贾岛的《送丹师归闽中》一诗而得名：波涛路杳然，衰柳落阳蝉。行李经雷电，禅前漱岛泉。归林久别寺，过越未离船。自说从今去，身应老海边。

诗的意境颇美，而这归林寺在青州也是同样出名，曲曲折折的青石板路上行人寥寥无几，两旁是望不到尽头的苍松翠柏，山中寺庙的那几座铺满青瓦的殿角和歇山顶在云雾中缭绕，时隐时现。

云暮还未踏入寺中，便听到了那悠扬的诵经声，他虽听不懂这梵音，但是云暮的心中却感到一种宁静，宛如置身事外。

云暮在一个小沙弥的引领下来到了那株红豆树前，树上满满的都是红绳锁结，红绳下小木牌上书写的都是情定一生的山盟海誓。当然，云暮的关注点并不在此，而是那多得都数不过来的红绳。

这算是线索吗？

此时的云暮不免有些失望，正如韩阿姨所言，这红绳在归林寺实在是再普通不过了，这满满的一树全都是红绳，甚至还有僧人在一旁专门赠送这个，这样说来根本就称不上是线索了，或许真的只是某些人不小心遗落在了现场而已。

根本就没有必要再继续追查下去了。

"云暮。"

这个时候,一个熟悉的声音从云暮的背后传来,声音中满是不可思议,其中还带着一丝的喜悦。

云暮扭头,却发现了一个穿着素雅的女人,站在那里宛若一朵盛开的青莲,摇曳生姿,又风情无限。云暮的心曲仿佛漏掉了一拍,等他缓过来的时候,隐隐地多了一些异样的情绪。

"真的是你啊,没想到在这里见到你,什么时候回来的呀?"女人笑着说道。几年过去了,女人也成熟了不少,再不是当年的模样,却比当年更有韵味。说不出来多了什么,少了什么,或许这应该就是所谓的魅力吧。

云暮定了定神,大方地说道:"琚然,好久不见。"

再见时不知已隔了多少个三秋寒暑,却也没有了当初一日不见的百转柔肠,就像是多年的老友一般,彼此的心中更多的是平静。

一间禅意十足的茶室里,墙上挂着山水画和书法作品,四周几件精致的摆件,还有旁边那创意十足的小叶紫檀盆栽,茶室中飘荡着轻喃般的琴音。焚香品茗,一男一女两人相对而坐,女人纤细的柔荑娴熟地泡着茶,男人则是满意地看着女人展示着茶艺,惬意无比。

叩齿焚香出世尘,斋坛鸣磬步虚人。百花仙酝能留客,一饭胡麻度几春。

"古有九雅,焚香、品茗、酌酒、莳花、听雨、赏雪、候月、寻幽、抚琴。今天能得其三四，也算是我不虚此行了。"云暮淡淡地说道。

琚然没有立即答话，而是等手中的茶杯递到了云暮的面前，这才淡然一笑，说道："别附庸风雅了，你我两人知根知底的。"

云暮"嘿嘿"一笑道："那倒也是。我就觉得这样喝茶实在是太费事了，还不如泡一大茶缸咕咚咕咚地喝起来痛快呢。明明都是要喝茶解渴，非得要搞得这么麻烦，这就是一帮子闲得慌的人搞出来装门面的。我真是搞不明白他们到底是怎么想的。"

"还是和之前一样，没两三句话就能把人气得半死。听说你毕业后就当兵去了，怎么回来了也不打声招呼？"琚然嘴角露出了一抹微笑，她还是当年的她，那个一笑起来就能够把云暮弄得目不转睛的她，就和当初一样。

"刚回来，手续刚办完。"云暮收回了眼神，然后端起飘着清香的茶汤，一饮而尽。

琚然又为他添了一杯新茶。

"听说你和涛子结婚了？嘿，没想到当年咱们的班花让那个混蛋给拱了，可喜可贺，也可悲可叹啊！"云暮装作若无其事地说道。

琚然的脸上露出了幸福的神色，目光看向云暮，半开玩笑地说道："是啊，等不到你了，所以就先嫁人了。"

"呵呵，都是过去的事了。"云暮端起茶，也借机掩饰一下自己的尴尬，他不知道怎么鬼使神差地提起这个容易聊死的话题。

"涛子还说要组织个同学聚会呢，他对你可是心心念念的啊。"琚然仿佛没觉察他心态微妙的变化，依旧平静地说道。

涛子就是云暮的同学周海涛，也是云暮的死党、狐朋狗友。

周海涛很有一副经商头脑，这几年下来在青州混得是风生水起，生意也是越做越大，提起辰海集团和周海涛，在青州那可是妇孺皆知。当然，云暮对此也是再清楚不过了。

云暮笑呵呵地说道："算了，那个家伙向来就是很爱显摆的，我不一样，我这个人喜欢低调。"

"你觉得狗能改得了吃那个吗？"琚然对着云暮白了一眼，没好气地说道。

"都嫁作商人妇了，说话还是这么不得体，粗俗，实在是太粗俗了。没文化真可怕，我那叫江山易改，禀性难移！"云暮笑呵呵地说道。

琚然狠狠地瞪了云暮一眼，没好气地说道："还说他呢，我看你俩都一个德行。物以类聚，人以群分。"

"算了吧，说实话我是真的没兴趣参加什么同学会，在一起不是炫富就是晒娃，我这穷光棍一条，啥边儿也靠不上，坐在一起没啥好聊的。"云暮摆手说道，"要聚还是咱几个坐一起喝喝酒、吹吹牛还行，其他的我觉得没啥意思。"

看到云暮一再拒绝，琚然自然也识趣地转移了话题。

两人有一搭没一搭地聊着，时间很快地就过去了，这时，一个中年僧人来到茶室，朝着琚然走了过来，开口说道："阿弥陀佛，琚施主，好久不见。"

中年僧人目光中满是平和，但是眼神掠过云暮时闪现出一丝错愕，在云暮反应过来的时候连忙收敛了起来，慈眉善目地将双手合十，对着琚然说道："您抄的经书我已经给您供到了佛前，我定当亲自诵读十遍，替您和周先生日日祈福。"

"谢过释然住持了。"

这位中年僧人便是归林寺的住持释然法师，琚然为云暮做了介绍，云暮笑着说道："幸会幸会，大师，我刚才在红豆树下看到咱们寺里面的树上满是红绳，没想到这归林寺中倒是浪漫得很啊！"

"佛度有缘人，我只不过是行举手之劳而已。千里姻缘一线牵，信姻缘也是信佛，也算是普度众生嘛。"中年僧人很谦和，一副得道高僧的模样。

"这红绳我看着和外面的那些不一样的。"云暮随口道。

释然法师微微颔首，说道："是不一样，佛家讲缘，这红绳便是将缘分系在了一起。有缘千里来相会，无缘对面不相识。这位云施主要是信缘呢，便是缘。"

"哈哈，大师是个妙人，佩服。"

云暮站起来，笑着对琚然说道："不好意思，我有事先走了。琚然，你和大师聊，我就不打扰了。"

云暮这一趟算白来，心里多有些失落，原本想要通过红绳来个顺藤摸瓜，没想到这"藤蔓"却是千丝万缕，让他此行徒劳无获。

释然住持将云暮送出寺外，望着悻悻而去的云暮，这位僧人面上的慈色瞬间消失，隐隐地多了几分寒意，他从衣内摸出一个看起来很老旧的手机，是现在的人都不用的"诺基亚"，拨通了一个电话，轻轻地说道："说柔软语，做慈悲事；行忍辱法，修大乘道。"

说完后释然住持挂断了电话，只此四句偈语，不知何意，不知对何人说。

青州市白华区，这里并不是青州市最繁华的城区，而是靠近静谧的墨池，墨池说是池其实是一个很漂亮的湖，经过青州市这么多年的环境治理，墨池的水也变得无比清澈，夕阳的余晖洒在墨池上面，随着清风徐来，波光粼粼，宛如人间仙境一般。

倒映在墨池中的是几幢典型的徽派别墅，中式的园林风格，黑瓦白墙坡屋顶，屋前有花，房后有树，四周青翠的草坪，真正是"苔痕上阶绿，草色入帘青"。透过半掩的门扉，有休憩用的凉亭，而此时坐在亭中藤椅上的是一位年轻人。

琚然走进院里，看到男人坐在亭中发呆，她的嘴角勾起一抹幸福的笑意，回到屋里便端着自己的茶具来到亭中，笑着说道："在想什么？"

"没什么，都是生意上的事情。你怎么才回来？归林寺那种地方你还是少去吧，你要是觉得在家待得闷了，找你的几个好闺蜜喝喝茶、聊聊天也好。"男人缓缓地说道，伸手接过了茶具,招呼琚然坐在自己身边。

"涛子,我正想和你说呢,云暮回来了,今天我在归林寺遇到他了。"琚然摆弄着茶具,那身姿就像是一幅极美的画卷,在男人的眼中徐徐展开,虽然这"画"已看过千遍万遍,但是却不曾厌倦,他依旧是津津有味地欣赏着琚然为他泡茶。

这位便是在青州算得上是富甲一方的周海涛,他也是琚然的丈夫,听到琚然的话之后,周海涛的眼中泛起一丝喜色,那是发自内心的真情流露。

"这混蛋,回来也不说来找我,倒是先跑去找你?看我不好好地收拾他,我的女人他还惦记着呢,找打。"

"说什么混账话呢,我们只是偶遇而已,老同学见面也就聊了两句。云暮这家伙刚刚退伍转业,没想到他居然跑去森林公安局了,越来越看不懂这家伙了。"琚然面色平静如水地说道,"不过,既然他回来了,我想找个时间把咱们这些老同学往一起聚一聚。前几天我还见林影了,她也回青州了,现在在林业局上班。咱们和他俩都有好几年没见了吧,正好也聚一聚,人别太多,你我再加上云暮和林影,坐一起吃个饭。"

周海涛点点头,轻轻地叹了一口气,说道:"也是,这几年我身边能够称得上是朋友的人是越来越少了,聚聚也好。"

"那就这么说定了,我来安排。"从琚然的语气中便能够听出来她对这次同学聚会很上心。周海涛对此并不在意,毕竟琚然天天待在家里,不是学插花就是煮茶抚琴的,周海涛看得出琚然很享受现在这种安逸的生活，从她眼中不经意地流露出来的一丝喜色，让周海涛体会到枕边人身上的那丝烟火气息。

"云暮那家伙呢？"谷峰看着分配给云暮的那空荡荡的座位，忍不住好奇地问道。报到都过了好几天了，谷峰却未曾看到云暮这臭小子老老实实地待在座位上，终于这次谷峰实在是忍不住了，问起了办公室的同事。

同事撇撇嘴道："不知道，一天神神秘秘的。"

谷峰看着手中的那份报告，心中有一点点的恼火，虽说局里比不上部队管理那么严格，但也必须要遵守局里的纪律的，这是原则问题。谷峰虽然早就知道云暮打小就不是个老实的家伙，而且极爱闯祸惹事，但他谷峰却是一个讲原则的人。

谷峰找云暮正是因为手里面这份从林业局送来的报告，是关于外来物种入侵案件的。云暮刚来局里，未立寸功，这种防治外来物种入侵的小案子交到他手里，谷峰相信云暮一定能够办好。他想要通过这种容易上手小案子来让局里的人尽快认可云暮。当然，还有另外一个原因，那就是这案子林业局那边对接的人是林影。

没想到这小子刚来没几天就原形毕露了，这让谷峰有些头痛，不知道接收这小子回来是好事还是坏事。

"就没有人知道云暮那臭小子跑哪里去了吗？"谷峰的语气中带着一丝不悦，每一个上级领导最不满意的就是这种很难指挥的下属，这样的人在自己队伍里那就是一颗"定时炸弹",说不定什么时候就会"爆"。

这个时候,一个同事从门外走了进来,正好听到谷峰的问询,就说道:"哦,我在档案室看见他了。"

档案室?

谷峰闻言微微地愣了愣,不禁眉头紧锁。事出反常必有妖啊!这小子从来就不是个安分的主儿,当初在大院里面生活的时候,啥时候只要听不到这小家伙调皮捣蛋的动静,只有两个原因,一是被家里大人揍了,二是憋着更大的招儿呢。

谷峰阴沉着脸出了办公室的门,朝着档案室走去。

档案室里面,云暮神色凝重,他这几天一直都在这里泡着,在十六楠被盗现场发现的那条红绳,一直都牵动着云暮的心。他想要弄清楚这中间到底是否还存在一些必然联系,红绳、金刚结,还有归林寺,这中间一定有什么至关重要的联系,一定是自己忽略了什么,云暮查得很仔细、很认真,就连谷峰坐在他对面几分钟了他都没有发觉。

"我就这么透明吗?"最终,还是谷峰沉不住气了,对着云暮说道。

云暮从堆得高高的卷宗中抬起了头,眉宇间难掩疲惫的神色,见是谷峰立马面带坏笑地问道:"谷队,今天怎么了,火气这么大,没吃牛黄上清丸?"

"说正事,少给我嬉皮笑脸的。"谷峰神色凝重,一本正经地对着云暮说道。

云暮赶紧收敛了笑容,认真地说道:"是,谷队。是有什么任务吗？"

"是有任务，而且还是你一个人的任务，今天局里刚接到林业局那边传递过来的报告，他们在瑶山发现有外来物种，可能会对我们青州市良好的生态环境造成破坏性的影响。所以，我决定把这案子交给你来办理，有困难吗？"

谷峰的话音刚落，云暮条件反射般"腾"地一下子就站了起来，声音洪亮地答道："保证完成任务。"

谷峰摆了摆手，示意云暮坐下，郑重地说道："这是局长亲自布置的任务，这种小案子你用来练练手。记住，我的要求只有一个，别给我和局里领导、同事丢脸就成。"

"是。"云暮爽快地接了下来。

"哦，对了，这次林业局那边负责这个案子的是林影，到时候你们两人对接一下。林业局和咱们森林公安局对这次外来物种入侵的案件非常重视，你小子好好地给老子上点儿心，别到时候给我玩砸喽。"谷峰眯着眼，不无担忧地嘱咐道。

一提到林影，云暮顿时像是一只泄了气的皮球，忍不住抱怨道："怎么又是她？咱们局里的领导也这么热衷于当红娘？"

"这是正常的工作交往，你小子别给我摆那一套。我告诉你，林影是林业局很优秀的干部，你可别动什么歪心思，好好配合人家工作。这不仅仅是组织对你的信任，更是对你的考验，别给我掉链子。听明白了没有？"

云暮心中虽然有些纠结，但是命令就是命令，还是得硬着头皮给接下来。

"是。"

这次任务就是一块硬骨头啊,还得啃。

任务布置完了,谷峰看着摊了一桌子的案宗,他的眉头微微地皱在一起。只一眼他就明白云暮在查什么档案了,摆在桌子上的资料这些年他不知道翻了多少遍了,只要一有空就来,但每次都是一无所获,从里面甚至找不到任何的蛛丝马迹。和云暮一样,谷峰也觉得林俊峰,也就是自己师父的案子绝不仅仅是写在案宗上的这些文字,而师父的被害也可能是因为他掌握了些重要的线索,那群狷獗的家伙才会痛下杀手。

这么多年过去了,云暮还记得要找出真凶侦破红绳案,以告慰林俊峰的在天之灵,谷峰又何尝不是?

"先把手头上的工作做好,不用在这里做无用功了。"谷峰幽幽说道。他的心中也有一些无奈,毕竟,这桩悬案也是他心里头最大的遗憾。

云暮点点头。

谷峰从口袋里面掏出来一个警号牌,递到了云暮的面前。148003,看到这个号码的时候云暮很明显地愣了愣神,他有些不可思议地看着谷峰胸前的警号:148072。

云暮当然明白这个警号的意义。

谷峰点点头道:"我跟局里领导申请了重新启用这个警号。你猜得没错,这是你林叔叔的,局里领导认为这个警号由你来继承最为合适，毕竟，你能够在退伍后回到这里来，就值得拥有这个警号。"

"是。"云暮眼圈红了。

云暮庄重地将警号戴在胸前，谷峰拍了拍云暮的肩头，平静地说道："云暮，好好干，别给你林叔叔丢脸。"

"请领导放心。"

云暮郑重地敬了一个礼，从这一刻开始，他就真正地成为一名光荣的森林公安干警了。

云暮并不是第一次来林业局，上次把林影送到林业局之后，云暮发誓如果非必要，自己是绝对不会登这个门了，更不想再和林影有什么其他的瓜葛，毕竟林影现在对他的人性评价很是偏激。

但是没想到，打脸来得如此之快，快到云暮还没有忘记自己在心里暗暗发的誓。

云暮深吸了一口气，怀揣着闯向龙潭虎穴般的沉重敲开了林影办公室的门。此时的林影正一个人坐在自己的位置上发着呆，眼角还有委屈的泪花在涌动，而整个办公室安静得出奇，其他人大气都不敢出，都埋头做着事，倒是坐在一旁的中年男人，油腻的脸上满是愠色，三角眼中难掩恼怒，气哼哼地看着林影。

林影抬头看到云暮的时候，不客气地白了他一眼，那眼神仿佛是在对云暮做鉴定：渣男一枚。林影毫不掩饰自己对云暮的鄙夷，那气氛甚至都能够将整个小小的办公室溢得满满的。

"你来做什么？"林影没好气地问道。

不用猜，就从林影这满是嫌弃的语气中透露出来的一丝疲惫，云暮也能猜出这小丫头看来刚刚受了委屈。

"谁欺负你了？"云暮眉头一皱，并没有回答林影。

"要你管？"

云暮的嘴角露出邪魅的笑容，缓缓地说道："你不说我也迟早会弄明白的，你说好巧不巧地今天我来了，我看看是哪个家伙吃了熊心豹子胆，居然敢在太岁头上动土。"

"云暮，这是我的事情，和你没半毛钱的关系，不需要你假惺惺地替我强出头。"

"现在晚了，我生气了！"云暮摇摇头，只要经过简单地推理就能够做出判断。

云暮来到那中年男人面前，当特种兵时掩不住的强劲、敏捷从云暮的身体里面涌了出来，云暮冷哼一声问道："是你吧？"

"这里是林业局办公室，不是你撒野的地方。"中年男人丝毫不惧，目光迎上了云暮。

"看来应该就是你了，聊聊吧！"云暮一把捏住了中年男人的手腕，然后不费吹灰之力就将男人给拽了起来，有点儿霸道地说道，"走吧，咱们外面单练。"

"你给我松手。"中年男人手腕吃痛，满是油光的脸上已经是涨得通红，头上的几根毛更是被气得抖动了起来，他大吼道，"你想干什么？"

云暮一句话都不说，直接就将中年男人生拉硬拽出了办公室，就像是拎着只鸡一般将中年男人拉进了走廊尽头的卫生间。将门反锁上之后，云暮这才徐徐说道："我的脾气不太好，说清楚是为什么？为什么要欺负林影？"

"你混蛋，你这是在威胁我。"中年男人咆哮着，仿佛受到了极大的侮辱一般。

云暮眼中的怒火已经喷涌出来了，他也大吼道："我不管你是谁，没有人能够在我面前欺负林影。当然，背着我也不行！"

"你知道我是谁吗？"

云暮眼神凌厉地一笑，说道："我管你是谁，就算你是林业局的局长也不行。"

"没想到你居然还知道我是谁，我就是林业局的局长董清年，你给我松手！"中年人梗着脖子吼道。

局长？

云暮的手微微地一抖，脸色渐渐地灰暗下来，林影的上级领导？这次确实是太冲动了，这个笑话闹得有些大了。

云暮的手讪讪地缩了回来，问道："你就是董局长？"

"现在才想起来问这些吗？"董清年没想到自己刚刚批评了林影，就有这么一个愣头青跑出来替林影出头。他摸了摸自己的手腕，这年轻人还真有劲儿，自己的手腕到现在还麻着呢。

"这个……董局长，不知道现在晚不晚？有没有挽回的余地？我知道您工作太忙了，都忘记了上厕所。所以，我劝您上个厕所，毕竟人都有三急嘛……"云暮的声音越来越小，全然没了刚才的那种豪气和怒气，他现在的样子就像是一个犯了错的小孩子。

"滚！"

董清年气得不轻，林影是他特意从中山大学请回来的高才生，他对她更是赏识不已，她一进入局里就已经是最年轻的副主任科员。上一次在被盗的十六楠附近发现了外来入侵物种马缨丹，谨慎的林影立刻就把这件事上报给了股长鲁平安，没想到鲁平安对此事不屑一顾。林影见自己的报告石沉大海，权衡之后还是上报给了董清年。

董清年得知此事之后非常重视，这才有了后面董清年亲自立案，并邀请森林公安局的人来配合侦破案件。好巧不巧地，董清年今天到林影的办公室宣布鲁平安停职反省，不小心地批评了林影几句，没想到就有个愣头青跑出来替林影出头，弄得董清年很是狼狈。直到现在，董清年还被堵在厕所里面，除了尴尬之外，就只有受到无妄之灾后的愤怒。

云暮挠了挠头，心想这下麻烦大了，大到了他都不知道该怎么收场。

董清年理了理自己有些凌乱的头发，看到云暮还堵着门，冷哼一声道："怎么？还不让开？我厕所都上完了，该放我出去了。"

"啊,您请,您请自便。"云暮一脑门子汗,赶紧将身子闪到一边。

董清年拉开门,看到他的下属在卫生间的门口堆了一大片,有男有女,感觉自己的老脸顿时挂不住了,狠狠地瞪了所有人一眼,吼道:"都闲得没事做了吗?还不回去干活!"

下属们顿时作鸟兽散回到各自办公室,董清年则是气哼哼地回到了自己的办公室。

云暮一边抹着汗一边从卫生间里面走了出来,卫生间的门口只有林影一个人站着,看着满脸尴尬的云暮,对着他就是一个毫不客气的白眼,怒气冲冲地骂道:"蠢货!"

几分钟之后,云暮做好了心理调整,有些扭捏地和林影一起站到了董清年的面前。

"你就是谷峰派来的吗?他怎么给我派了一个这么冲动的家伙?还有林影,你笑什么笑?是不是很好笑?"董清年狠狠地瞪了两人一眼。

云暮尴尬到冒汗,忙小声说道:"董局长,对不起啊!"

"云暮是吧?给你一个星期的时间,尽快把马缨丹的来历弄清楚。还有,林影,你要出个实施方案,把这种外来物种给连根拔起,绝不能让它给青州的生态带来任何的威胁。好了,你们去吧。"

两人离开了,董清年发福的身躯重重地倚在了椅子上,不停地捏着手腕嘀咕道:"这小子还真有劲儿……"

第三章　未行先起尘

马缨丹，世界上最危险的十种有毒杂草之一。

一束束白色、粉色、红色、黄色和紫色的花束，花形很是别致，甚至比梅花还艳丽几分。在青州，这种花叫作"五色梅"。不过，这种花虽然漂亮，但是却有一股臭味，而且它的枝和叶含有毒性，家畜吃了会中毒。这种植株极其强健，它生长的地方不管是向阳还是背阴，潮湿还是干旱，也不管土壤是不是肥沃，它都能够扎根疯狂生长，并且长势迅猛，两三年的时间就能长成一大片，还会挤占其他植物和农作物的生长空间。

听完了林影冷冰冰的介绍和图片展示之后，云暮若有所思地说道："这难道就是植物界里面打不死的'小强'吗？这也太可怕了。"

林影听完之后认真地点了点头，说道："你说得没错，要是把它放在人类里面还有一个名字，叫云暮！"

云暮听出来了，林影这是在无比直白地讥讽他。

"我是不是可以认为，你觉得我长得像这叫五色梅的花儿一样美？"云暮专门逆着她的说法调侃道。

林影把头摇得拨浪鼓一样反驳道:"当然不是,你这是从哪里来的自信?我是说你不仅像马缨丹一样臭、有毒,还打不死、除不尽、灭不掉、拔不净……"

云暮不得不承认,论伶牙俐齿这方面,自己和林影之间的差距有十万八千里,他无奈地说道:"停停停,还是继续介绍情况吧。"

林影对着云暮就是一个白眼,接着娓娓道来。

"这种东西在青州有专门的种植。"林影平静地说道,"马缨丹可药用,有清热、解毒、散结、止痛等功效,能用来护坎、护堤和护坡,还可以制造橡胶,它的叶片添加到烟丝中能增加香味,也可代替砂纸用于打磨,同时也可以制造杀虫剂。"

"看来,这东西并不是一无是处了。"云暮肯定地说道,不过从林影那比以往更甚几分的鄙夷目光来看,云暮明白自己还是没能够说到点子上。

林影摇头说道:"当然不是这个意思,我是说这东西在青州有人专门种植,不过防护措施做得很好,不会大面积地扩散。除非有人有意想要让它的产量更高,能从中卖个好价钱,从而牟取暴利。"

"这就不奇怪了,有人想要多赚钱,自然会铤而走险。"云暮很快地就进入了角色,他继续分析道,"那么,那些专门种植的人就有很大的嫌疑了。"

林影看云暮的眼光有些异样,那意思好像是在说:你现在才想到吗？

"前期我已经进行了调查，青州市能种植马缨丹的药农仅有十几家，想要找到些蛛丝马迹，就不是我们林业局的人擅长的了。所以，我们才让谷队派人过来，没想到派过来的居然是一个愣头青加二百五！"

云暮苦涩一笑，有了董局长那一出，看来自己在林影这里的形象是光辉不起来了。

"行了，我明白你的意思了。"云暮此时真的不想在这里待下去了，再待下去的话自己只能会被鄙视到地缝里去了。

见林影没回话，云暮继续说道："那我就回去安排布置了，苦活累活还得交给我来干。"

林影的目光盯着云暮的胸前，云暮自然明白她在看什么。

"我爸的警号？"

云暮点点头道："是的，谷队给我争取的。"

"那你就好好干，别给这个警号丢人。"林影的声音听上去有些低落，睹物思人，她想到了已经离开自己好多年的爸爸。

云暮没说什么，他从林俊峰牺牲的时候就知道，自己曾经做出的承诺，不是看你怎么说的，而是只看你怎么做的。

接下来的几天，云暮一直在青州市的药材市场中搜集情报，同时也认识了很多药农。林影则是一直都在局里面写着防治方案，两人每天都要碰头，对于植物学方面的知识，云暮知之甚少，现在的他也只恨自己孔武有力却知识面不足。

这天，云暮和队里的几个同事盯上了一个叫史大平的家伙，看到此人出现在药材市场，云暮朝着同事们使了个眼色，很快就有人跟了上去。

"他就是史大平？"云暮若有所思地问着一旁的药农。然后，他的目光便落在了一个近五十岁的中年男人身上，这个叫史大平的男人衣着很朴素，就算是放在人群中也没人觉得有任何的特色。如果要是没人告诉云暮眼前的这个人就是青州市数一数二的大药农，那么大多数的人也不会再看他第二眼，因为他实在是太过于普通了，普通到了容易被忽视的地步。

男人神情有些木讷，一副敦厚老实且本分的样子，专注地和收药的小贩聊着天。

云暮的目光一直都停留在史大平的身上，想要找寻些什么，却一无所获。但是多年的侦察兵生涯，让他觉得眼前的这个家伙肯定有问题，虽没什么证据，仅凭直觉而已。有时候云暮相信自己的直觉更甚于证据，在他认为有时候一些证据反倒是会误导自己的判断。

药农点了点头，说道："他是青州种植量最大的药农，在城郊种着三十多亩的药材。你说的那种五色梅他那里有不少，量出的也多。不过小兄弟，你要收五色梅可得到食品药品监督管理局备案啊。"药农并不清楚云暮的真实身份，不过却是个实心实意的家伙，他好意提醒着云暮。

这药农叫刘永红，是这几天下来云暮结识的一个药贩子朋友。当然,除了在林影面前,云暮的个人魅力充满着"渣男"味道之外,在其他人这里,云暮还是很豪爽仗义的,而且还很容易和人打成一片。

这么多天下来,云暮已经和这里的几个药贩子成了好哥们儿,刘永红就是其中之一。听到刘永红的劝告,云暮笑了笑,没说什么,他拍了拍刘永红的肩头,说道:"多谢哥们儿了,以后有时间了再聊,我得和史总谈一笔大买卖。"

说完,云暮就径直朝着史大平走了过去。

既然已经有了目标,云暮便对这史大平开始了调查,最直接的调查便是到史大平的药田去看一看。云暮的鼻子比警犬还要灵,如果他史大平真的有问题,云暮肯定能"嗅"得出来。

青州市郊到处是农田,这里是真正意义上的田连阡陌。

一辆极其普通的车子停在了田间地头,穿着一身便服的云暮从车上跳了下来。这里便是史大平的药田,云暮这一次来的目的是和史大平谈一桩大生意。

"你确定就是这里?"云暮问着身边的刘永红。

刘永红朝着远处望了望,肯定地说道:"没错,就是这里。我说大哥,你要买药材跑这里来做什么?药材市场还可以货比三家、讨价还价,来到这里的话虽说没有二道贩子在中间赚差价,更便宜一些,但现在的药农也精明得很啊。"

"我要的量大,一批一批地凑太麻烦了,直接找药农买的话更划算。"

刘永红不再多言。有了刘永红这个中间人做介绍,云暮很快就见到了史大平。

史大平有着古铜色的面庞和深深的抬头纹,脸上胡子拉碴的,听到了刘永红的介绍之后他仔细地打量起了云暮,眼中满是狐疑地问道:"听说,你要大量的药材,我这里的药材种得倒是不少,不知道你想要什么?"

"金银花、连翘、山茱萸等等。哦,对了,听说你这里还种着五色梅,我也想收点儿。"云暮淡淡地说道。

史大平眼中疑虑稍消,平静地问道:"你要多少?"

"嗯,千斤往上了。我是京州制药公司的,京州那边的药价都炒到天上去了,没办法,只能把收药的范围扩大了。"云暮不动声色地答道。来之前他都已经把应对的话想好了,所以在史大平面前没有露出马脚。

史大平这几天都在药材市场转悠,当然也就知道云暮的话是真是假。

不过,史大平不知道的是,他了解的消息都是云暮放出去的风,目的就是为了让史大平相信自己的身份。

史大平思索片刻后说道:"对不起,这位先生,你的生意我做不了,我没有那么大的量。其他的还好说,只是这五色梅我只有两亩,吃不下你这么大的量。"

云暮笑着摇摇头道:"无所谓,有多少算多少。我今天来呢,就是想在你这里考察一下,毕竟听说整个青州如果你史大平出不了这么多量的话,其他人也没有这个本事了。当然,价钱的事情好商量,我一定能够给史总一个满意的价位。"

虽然史大平对云暮的身份有所怀疑,但听到这些话还是带着他参观了自己的药田,其间云暮大张旗鼓地拍了照,然后便离开了。

云暮回到警局便将照片导入电脑里,虽然史大平在云暮面前表现得很是热情,但是云暮还是感觉到史大平的不安和警惕,那不应该是一个药农应该有的表现。或许,他真的是在掩饰什么。

浏览着照片,云暮想不出原因,他左手托着脑袋,右手则有些心烦地点着电脑屏幕上的照片,不承想身后突然有人冷冰冰地说道:"离董局长说的一个星期只剩下一天了。"

云暮不用想也知道来人是谁了。

"不用你来提醒我,好不好?你怎么阴魂不散啊?我在单位加个班还能够遇到你,你说你是不是我命中的劫数啊!大侠,求放过。"云暮正因为解不开那个结而烦心,林影的出现再加上她并不是那么善意地提醒,让云暮从心口郁闷到脚跟。

林影一个白眼送给云暮。

"你看,又瞪我。大姐,你是不是专门跑过来看我笑话的?"

"懒得理你。我过来是要和我妈一起回家,路过你的办公室,仅此而已。"林影冷冰冰地说罢,眉头骄傲地皱起,仿佛在俯瞰着那个叫云暮的"蝼蚁",眼神中流露出满满的鄙视。

"多大的人了,还要妈妈送你回家呀?"云暮嘟囔着。

林影听了这话立刻白了云暮一眼，冲着他喊道："你说什么？"

"没什么，好了好了，我错了，我服了你了。你去找你的妈妈好不好，别再打扰我了。"云暮无奈地说道。

林影却压根儿就没挪动一步，仍用一双杏眼狠狠地瞪着云暮。

云暮很无语，依旧无聊地翻着电脑中的照片，林影无意中瞥了一眼屏幕上一闪而过的照片之后突然尖叫一声道："停！这是马缨丹。"

"我知道，你给我介绍过的。今天我装扮成药贩子到药田看到了，这种东西是可以人工种植的。"云暮无趣地说道。他现在有点儿骑虎难下，更不想招惹林影了。

"闭嘴！"林影将云暮推开，坐在云暮的位置上盯着照片仔细地看了起来，眼中满是凌厉的神色。她微微垂首思忖，蹙眉道："一般药农的种植量是有规定的，尤其是像马缨丹这种带有侵害性质的植物，一户只允许种植一亩。这个药农很明显是违规种植了。"

云暮一听此话顿时开窍，他忽略了关键所在。

史大平种植马缨丹的量很明显超出了规定，那么他的不安和警惕也就可以理解了。不对，云暮突然间又想到，史大平还有一个身份，那就是青州数一数二的药农，如果仅仅是违规种植，那么他的不安可以理解，如果是警惕的话，那就说明他对自己的身份产生怀疑了，难不成是自己暴露了？

不应该啊，除非……

这个时候云暮突然间想到了什么，他终于知道哪里不对劲儿了，一切都太过于顺利了，他感觉自己被下了个套，而且还是自己钻进这个套里去的。应该是那个刘永红，药农和药贩之间是有利益关系的，他绝不会被自己三言两语忽悠了的。刘永红不可靠！

冷汗顿时浸湿了云暮的后背，他发觉自己犯了一个致命的错误，从一开始自己就很有可能被误导了。

冷静！云暮逼迫自己必须要快速冷静下来，他需要在脑海中把这几天的一切全部都过一遍。很快他便理顺了，目前刘永红应该并没有识破自己的身份，那么史大平也不可能识破自己的身份，就算是他们两人中的某个人或者两人都识破了自己的身份，那么云暮所看到的一切也做不得假，时间太仓促，他们根本来不及布置好这一切，而且还有破绽。

就在这个时候，一个电话打到了云暮这里，是守在药田附近的同事打来的，他给云暮带来一个非常不好的消息，那就是史大平跑了。云暮心中一惊，看来自己的身份还是被识破了。

现在云暮可以确定的是，史大平与马缨丹一案有关系，甚至他可以武断地认为，史大平有重大嫌疑。

云暮还是打草惊蛇了。

林影看着失落的云暮，并没有如以往那样嘲笑他，而是平静地说道："现在可以确定两点：一是你肯定暴露了，二是那个叫史大平的绝对有问题。你刚才说是以药商的身份和史大平接触的，对吧？"云暮苦涩地点了点头，将自己的隐秘行动和林影一一道来。

听完之后，林影摇了摇头说道："就算是他史大平种植了两亩的马缨丹，也绝不可能一个人吃下千斤的药材，这需要大面积种植才行。他这两亩种的量连三百斤都达不到，你直截了当地要千斤药材，而且还是专门跑到他那里买药，史大平一定会因此怀疑你这个药商的身份。"

云暮明白史大平的不安和警惕的神情是怎么来的了。

"现在你只能去现场调查了，说不定还能够找到些什么线索。"林影抬起头，看了一眼云暮胸前那个熟悉的警号，又说道，"这样低级的错误很致命，你让这个警号蒙尘了。"

云暮的脸色很难看，林影这一句话的分量很重，比给他两巴掌还要难受。

再回到药田，云暮的身边多了刘永红，此时的刘永红看到云暮臭着一张脸从警车上下来，脸上的惊愕只停留了短短几秒，随后就露出了一个无奈的神色。

"兄弟，还记得我吗？"云暮脸上的肌肉微微地抽动着说道，此时的他觉得已经没有和刘永红演戏的必要了。

刘永红赶紧赔着笑说道："知道，只是没想到您还是个警察呢？"

"知道今天请你专门过来跑这一趟，是为什么吗？"

"知道，知道，不就是想要问史大平的事吗？我肯定是知无不言，言无不尽，我会积极配合的。"刘永红忙不迭地说道。

云暮懒得和这家伙多废话，他挥了挥手，一旁的同事便将刘永红带过去录口供了。云暮的心情很低落，史大平逃走的事情和自己的贸然行动是有很大关系的，云暮第一次体会到了森林公安并不像自己想象中的那般好干。

"怎么了？这小小的打击就受不了了？"这个时候，云暮的肩头突然间被人拍了一下，他回头望去，居然是谷峰。

云暮的脸上露出了羞怯的神色，有点不好意思地说道："打击不至于，就只能算是一个挫折吧。"

"呵呵，别灰心。人有千算不如天之一算！"谷峰来到云暮的身边，目光望向远处山脚的青绿，他若有所思地说道："我刚来的时候和你一样，别人都告诉我森林公安很辛苦的，但是我就是喜欢当个森林公安。你想想看，这个世界需要法则，每个生命都需要被尊重，知道生态学的四条法则吗？"

"什么？"云暮有些惊讶。

谷峰平静地说道："这是我听林影说的，是康芒纳在《封闭的循环：自然、人和技术》中提出来的生态学四条法则：一是万物皆相连，二是万物有归属，三是自然最通晓，四是没有免费的午餐。当然，如果说这些是我说的，你自然不会相信的，这也是林影想对你说的，我只不过是转述而已。啧啧，我就说林影是个好女孩吧，怕你会因这些失误受到打击，特意让我过来劝劝你，她怕你会有什么不理智的行为。"

云暮笑了笑，释然了许多，轻声说道："谢谢谷哥。"

"林影是个好女孩呀，你小子一定要懂得珍惜才行，这样的好女孩不多见了。"谷峰还是那一套媒婆说辞。

云暮越是仔细思忖着林影的话，越是觉得有道理，这不仅仅是生态学的四条法则，好像还蕴含着更为重要的道理。

"史大平的档案我查过了，这个人确实有问题。"谷峰话锋一转，又回到了案件上面，"他的药出货量很大，大到了他根本不可能通过种植而获取这么高的产量，而且他的货去向大多不明。所以你的判断是对的，我分析，史大平的背后极有可能有一条利益链，说不定还是一个团伙，这么大的运作，很明显不是光一个药农就能够做到的。"

云暮平静地说道："确实，一个环节断了，很有可能会影响到整体。所以，我也想来现场找找，看能不能找到一些有用的线索，毕竟我的打草惊蛇会让史大平惊慌失措，他跑得挺着急的，不可能把所有的证据都毁掉。"

"嗯，有长进。"谷峰点点头，继续说道，"既然这样的话，也就不用我来劝导你了。队里还有其他的事，我先回去了，有进展立刻告诉我。"

"是。"云暮对着谷峰敬了个礼，然后就朝着现场走去。

谷峰看着云暮的背影，嘴角扬起了一抹慈祥的笑容，他并不怕年轻人犯些小错，但是却不能没有冲劲儿和闯劲儿，如果要是丧失了自信，那么他也就无法在这个岗位上继续工作下去了。谷峰今天来的作用就是不想让云暮因为打击而消沉，那样他可就毁了。

回到办公现场的云暮面貌焕然一新，他积极地投入工作中去了，凭借着自己作为侦察兵的敏锐反应和事无巨细的工作态度，寻找着一切有利于断案的蛛丝马迹。当他这一认真寻找起来之后，还真的让他有所发现。

一截红绳，还是那种打着金刚结的红绳。

搜查史大平家的时候，看到他压箱底的漆木盒里的那截红绳，云暮感到无比的震惊。如果说一次两次那只能算是巧合，但是多次发现那可就不是了。此时此刻就连三岁小孩也知道史大平和十六楠，甚至和林叔叔的死可能有着千丝万缕的联系。

云暮将这截新得到的红绳拿起来端详了半天，发现它确实是如自己所想的那种红绳，绳子颜色和其他的红色不一样，而上面的金刚结呢，在青州市更是少有所见。看到这里，云暮嘴角扬起一抹就连他自己都很难察觉的微笑，这算不算是塞翁失马？

林影来到青州市的一间咖啡屋。午后时分，金色的阳光穿过透明的玻璃窗洒在咖啡屋里面，让小小的咖啡屋多了一抹浪漫。这个时候咖啡屋的人不多，很是安静，林影刚进来的时候就看到了坐在窗边的琚然正在朝着自己招手。

林影脱下外套，然后坐在了琚然的对面，琚然叫服务员替林影上了一杯卡斯蒂洛的手磨咖啡。

"怎么样，见着云暮那个家伙了？"琚然神色平静地加了两粒方糖，用小银勺搅动着眼前的咖啡杯，咖啡的香味徐徐散发，那种浓郁的香味扑鼻而来，甜而不腻，是琚然最喜欢的口味。

林影撇了撇嘴，神色好似有一抹不屑，她故作不在乎道："一个大渣男有什么好说的。你呢，和周海涛那家伙过得还好吧？他现在可是有钱人了，会不会背着你在外面找小三啊？"

琚然自信地咯咯笑道："涛子对我挺好的，这个就不需要你来担心了。倒是你，我一直都觉得云暮那家伙对你很不一样，你俩可是青梅竹马啊。"

"行了行了，怎么每个人都这样，都想着把我凑合给那大渣男？怎么着，没了他张屠户，我还得吃带毛猪啊？再说了，他还是你的前男友呢？都这么多年过去了，你是不是还念着他的好啊。"林影没好气地说道。

琚然"咯咯咯"地笑了起来，笑得花枝乱颤，咖啡洒了出来都没觉察到。过了一会儿后，她才拍着心口说道："你呀，还是老样子，怼起人来不要命。别忘了你还是我的好闺蜜啊。不过你说得对，作为他的前女友，不得不说云暮那家伙确实是挺好的啊，而且那时候你知道吗？他的眼里可都是你，对你可是无微不至啊，我到现在想起来都挺吃醋的。"

林影何尝不知，但她不确定的是，云暮对自己无微不至的关爱是不是因为父亲临终前的那句嘱托。在没有弄清楚云暮的真心之前，林影是绝对不会做出回应的。

林影的沉默让琚然明白了这个话题已经不再适合接着往

下聊了，她赶忙转移话题道："我和我们家涛子说了，你和云暮都回来了，咱们的同学会是不是得搞起来啊。大家这么多年都各忙各的，往一起聚还真的是不容易呢。"

林影摇摇头，抿了一口咖啡，直接拒绝道："我不想参加。"

"怎么了，你最近遇到什么事儿了吗？"琚然看到林影的情绪不是很高，关心地问。

林影无奈地摇摇头道："董局把我从学校弄过来是想让我做些实事的，青州虽然经过这么多年的发展有了很大的改观，但是这里的生态建设还是很薄弱，我不能辜负董局的重托，还得做下去。只是没想到，我在做自己的工作时却得罪了一些人。"

"单位的同事吗？"

"没错。有些个年纪大的同事对我的做法很不满，也许是他们过惯了当'撞钟和尚'的生活了吧？现在居然还有人对我进行了威胁。"林影有些心烦地说道。

"威胁？现在都什么时代了，居然还有人敢进行人身威胁？"琚然瞪大了眼睛，满眼的不可思议。

"其实也不算是威胁了，不过我总感觉这段时间有人在尾随我。"林影忧心地说道。

"被迫害妄想症？"琚然突然问道。

林影对着自己的好闺蜜就是一个白眼，之后又反驳道："胡说什么呢，别忘了我爸妈是干啥的，就算是再不济我好歹

第三章 未行先起尘 / **059**

也从他们那里继承了些基因吧？这个还真不是，我刚才和你说过的，我们办公室的鲁平安因为上次我递交上去的一份外来入侵物种报告被停职反思了。有人和我说了，鲁主任那个人做事有些斤斤计较，我得罪了他，以后的日子都不会好过了。"

"你还是太年轻了，办公室法则你懂不懂啊？"琚然有些无奈地说道，她明白林影这是被人记恨上了。

林影无奈地摇摇头道："我又不是职场'小白'，办公室法则我当然是懂的啊，不过我对此不感兴趣。是他一直不把我的报告当回事，所以我一气之下就直接递到了董局那里了，再说了，我这也只是公事公办而已。"

"倔强会害了你的。你这脑子怎么长的啊，你和人家结下了梁子，人家不找你麻烦才怪呢。"琚然也替自己的闺蜜发起了愁，不过她的眼珠子很快一转，对着林影说道，"要不这样，这事你还是得找云暮，让他上下班陪着你不就行了吗？他那身警服就能震慑宵小。"

"我才不求他呢。"林影也知道这算是一个办法，但是她的心中却是百般不愿。

"你要是觉得和他说抹不开面子，我来找云暮说就行。"

"算了吧，没必要。我妈也是穿警服的，她就行。"林影急切地拒绝着，"我的事你就不用管了。我说，你们这些年也没打算要个孩子呀？"

林影的话触碰了琚然的心事，但仅仅是一刹那的黯然，瞬间她就已经掩饰了过去，解释道："涛子很忙，他那些生意上的事情呢，我又不懂。我一个人在家连个家庭主妇都不用当，每天就是插插花、泡泡茶，看起来很悠闲，但是我也不喜欢过这样的生活。"

"你这话说得就有点低调地炫耀了。"林影调侃道，"哪像我们这群打工人，命苦啊！"

林影的心弦动了，看着闺蜜那副样子，忍不住心软了起来，说道："好吧，既然你喜欢热闹，想要组织个同学会，那我就陪着你一起热闹就好了。再说了，我好闺蜜的面子我怎么能不给呢？"

"你答应了？"听到林影突然间改口，琚然的心里一喜，脸色稍霁，笑呵呵地说道，"实在是太好了，到时候你可要帮我一起张罗啊。"

"行。"林影痛快地答应了。

每个人都有烦心的事情吧，朋友之间不就应该是这个样子吗？人这一辈子就是一个匆匆赶路的行人，来也匆匆、去也匆匆，能够约着坐下来喝喝酒、品品茶，聊一聊各自的烦心事，稍做休息，然后收拾好自己的心情再继续赶路。

可惜的是，每个人都太忙碌了，能停下来一起坐一坐的时间都不容易往一起凑。林影如此，琚然又何尝不是如此。

离青州市有三十多公里远的安德县是个比较偏僻的小县城，县城的规模不大，但因为紧靠着青州，这几年的发展倒也还算得上是可以的。在县城边上有一座超大规模的粮库，这座粮库供应和保障着整个青州市的食品和药品。

这几天,粮库住进来一个人,每天都惶惶不安的样子。

这个人就是史大平,警惕的史大平识破了云暮的真实身份,在云暮还没有反应过来的时候就已经匆匆逃离了自己的药田。他明白自己暴露了,史大平知道自己如果要是进了"局子"里的话会是什么样的下场,他还不想后半辈子被关在"铁窗"里,这个时候他特别想要呼吸这自由的空气。刚进来的时候,史大平便打了一个电话,他要给自己后面的路做准备了。

今天,就是史大平摊牌的日子。

并没有让史大平等多久,一辆"迈腾"很快地驶进了粮站。史大平警惕地躲在一个容易逃跑的角落里面,他知道这些人都是心狠手辣之辈,真要是和他们讲道理的话,自己根本讲不通。而且,他们也从来不会讲道理的。除了钱是能够维系他们关系的纽带之外,其他的都不可信、不敢信。

"迈腾"在院里停了下来,从车子上面走下来一位戴着黑框眼镜的中年人,这人身材略微发福,浑身散发着一种儒雅的气质,他在院里站定后用凌厉的眼神向四周扫了扫,然后对着身边的人点了点头,径直朝着和史大平约定的地方走去。

史大平倒吸了一口凉气,没想到这次来和自己谈的人居然是"渔、樵、耕、读"中的"读",那个被人称呼为老师的家伙。

史大平知道自己这次想要过关太难了,他迅速想了想,将最后一个炸药安置好之后,这才拍了拍手回到了仓库。他在脑子里面又过了一遍,确定是万无一失了,这次自己能够全身而退。想想马上就能够拿到足够的钱去国外潇洒,再也不用过这种鸟日子了,史大平的心里面就忍不住窃喜了起来。

"史大平,出来吧,我来了。"戴黑框眼镜的中年人沉声说道。

史大平从阴暗的角落里面走了出来,抱拳笑道:"我还以为是谁呢,原来是方红岩老师,我的事情耽误您在学校里面教书育人了,实在是抱歉得很。"

"你我同为渔、樵、耕、读之一,这些客套话也就免了吧。说说为什么要跑?"方红岩脸上看不出任何的表情,眉头倒是紧紧地拧在了一起,神情中满是面对学生时的那种严肃和认真,甚至就连口吻中都带着一丝的批评意味。

史大平露出了自己那貌似憨厚的笑容,说道:"不跑不行,他们把目标锁定到我身上了。"

"这么说,马缨丹的事情是你做的?"方红岩追问道。

史大平摇摇头道:"这东西又不是我一个人在做,你知道的,我最近很缺钱,不想点儿办法我弄不到那么多钱啊!"

方红岩的神色更加凝重了,他严肃地说道:"现在是什么时候了,你居然还敢如此,没有上面点头,你想要做什么?老史,我曾经提醒过你的,大家谁不缺钱?都缺钱,我也缺。但是你就为了这一点儿蝇头小利?这可是会害了大家的。"

"我知道错了。"史大平尴尬地笑了笑,"方老师,现在事情都已经出了,你可不能见死不救啊。看在这么多年我辛苦劳累的分儿上,能不能和上面说一说,再帮我最后一个忙?"

方红岩微微地摇摇头,说道:"罢了,你说得对,你我都这么多年的交情了,你需要我帮你做什么?我尽量想办法帮你,条件不要太苛刻。"

"送我出国,不管哪里都可以,最好再给我一笔安家费。"史大平的目光从未离开过方红岩的脸,此时哪怕方红岩脸上只要露出一丝的不满,他就会按下启动炸药的按钮。现在的他眼中满是凶光,满脸的狰狞,小心翼翼地询问着、试探着,这个时候的他哪里还像是个朴实的老农民,分明已是穷途末路。

方红岩的神色没有任何变化,他平静地说道:"可以,你的退路我来替你考虑。但是,你都和那个假扮药商的警察说了什么,我需要你一字不落地告诉我。老史,我身后还有不少人,为了他们的安全我不得不慎重。"

"没说什么,他们现在也只揪住了马缨丹这条线。那个警察是个新手,我觉得不对劲儿就跑了。你放心,关于咱们的事情,我一个字都没有提到过。"说完史大平心里松了一口气,心想活着比什么都重要!看到方红岩松口,他知道自己这条命保住了。

可惜的是,他低估了方红岩。

"什么都没说,那就太好了,你可以上路了。"方红岩平静地说道。方红岩等了三天的时间,早就已经推断史大平并没有把他们给供出来。既然如此，最不稳定的因素便只剩下了一个，那就是史大平。今天方红岩来的目的有两个，一是要从史大平这里进行最后的确认，第二个嘛，就是送史大平"上路"。

"上路？"史大平就算是再没文化，也马上明白了这个词绝对不是什么好词。而方红岩作为老师是绝对不会用错词的，这不可能是口误，那就只有一个结果了——方红岩要灭口了！史大平咬着牙，冰冷的话从他的牙缝里面挤了出来："你的意思，是要卸磨杀驴？"

方红岩面对着情绪激动的史大平并没有任何的表情，依然平静地说道："前段时间我看了一个新闻报道，我来和你分享一下吧。在云南贡山有八只豺出来觅食，豺群走了一段路之后终于嗅到了美味，那是一群水鹿的气息。水鹿一开始没发现豺群，而且当时公鹿已经长出了角，这是水鹿的武器，同时也是会让豺群受伤的风险所在。豺群为了避开风险，从不同的方向围堵水鹿，第一步要让水鹿群慌乱后各顾各地逃跑，只有这样才能够将弱者分离出来；第二步便是要将那头离群的水鹿耗尽力气，这样才会让其鹿角失去攻击的能力。最后，便是一口咬死那只最弱的离群水鹿。"

方红岩看着史大平，就好像是豺群中领头的那只豺狼一样，目光凶狠地盯着自己面前这只受伤的"水鹿"。

第四章　纤纤擢素手

史大平被方红岩盯得浑身发冷,他那只按在遥控器上的手忍不住地发抖了起来,他是一个惜命的人,自然是非常怕死,同归于尽并不是他愿意的。

"嘿,多年的情谊现在也只剩下兔死狗烹了吗?"史大平的声音都有些发颤了,"方老师,你就不怕我拉着你同归于尽吗?"

方红岩缓缓地从口袋里面掏出了一块眼镜布,然后摘下眼镜若无其事地擦了起来,边擦边缓缓说道:"说实话,怕。但是如果能够做到胸有成竹,那么就不会有怕的了。还有更重要的一点,那就是你比我更怕死。至于你说的情谊这东西,其实向来是最靠不住的,你和我都是为了钱才在一起的,现在你害得我们少赚了很多的钱,那我只能和你说一声对不起了。"

"别动!"这个时候史大平把遥控器拿了出来,对着方红岩恐吓道,"狗急了还跳墙呢。方老师,我是怕死,但是我不介意和你一起上路。"

方红岩将眼镜布塞回了口袋里面,然后摇头说道:"你不介意我介意，我还要赚钱。至于你，在那边如果缺多少你托个梦回来，你要多少我给你烧多少。没时间玩了，动手吧。"

史大平心一横，直接按下了遥控器，然后紧紧地闭上了眼睛，只可惜他并没有听到爆炸的声音，而他那把自己吓得瑟瑟发抖的样子像极了一个小丑。

"我就说过，其实你胆子很小的。但是，今天我还真的是有点儿佩服你了，你来回答一下刚才为什么没响？"

史大平当然无法回答。

就在他按动遥控器的时候，几道身影已经扑到了史大平的身前，直接将他扑倒在地，其中一人用胳膊死死地扣住了史大平的脖子，如同是一条巨蟒一般死死地缠住了史大平，史大平那里只剩下了蹬腿的声音，不停地扑腾着。

就在这个时候，方红岩的手机突然响了起来，看到这个电话的时候，他对着手下的人说："让他走得安静点儿，不要见红，我要接一个电话。"

方红岩背对着被死死地摁住四肢的史大平，而被制服的他只能发出微弱且越来越急促的喘息声。

"喂，是琚然啊！"方红岩马上换上了一副慈祥的笑容，就连语气都变得柔和了起来，而他的脚下，被制服的史大平正死死地盯着他，那充血的眼珠子都快要突出眼眶了。

"方老师，我准备搞一个同学聚会，不知道您方便参加吗？"电话那头传来了琚然温柔的声音，依旧是如同天籁一般。

方红岩沉思了片刻，然后恍然道："啊，是高62班的同学聚会吧，你们这是第一次搞啊。我想想，咱们青州的大明星企业家周海涛，还有那年的高考状元林影，嗯，还有那个去当兵的云暮，你们都是一个班的吧？呵呵，都这么多年过去了，老师也很期待能够和你们在一起聚聚啊……"

在方红岩身后的史大平已经没了呼吸，只有身体微微地抽搐着。

方红岩的电话还在继续，他捎带着看了一眼史大平，然后挥了挥手。那群手下便悄无声息地将死尸抬走。很快就有人过来清扫现场了，史大平也被火化下葬，这一切一气呵成，仅用了半天的时间，一个人在这个世界上已经悄悄地消失了。

直到把史大平下葬，方红岩全程都在陪同着，他亲眼看到墓碑上面那个叫"史永平"的名字，方红岩才点了点头，说道："这里山清水秀，是个风水宝地，我替你选的。还有两万的墓地钱、一万多的火葬费，是我自掏腰包出的。你放心走吧。"

方红岩是个无比谨慎的人，胆大心细说的就是他这种人的做派，他早就已经料到史大平会有防备，所以才利用和史大平聊天来拖延时间，要找出史大平藏匿的爆炸点并不难，再加上信号干扰器的搜索，史大平的拼死一搏也就成了一出闹剧。

"事情解决了，警报解除了，大家安全了。"方红岩坐在"迈腾"上驶回青州，这个时候的他拨通了一个电话，脸上没有一丝波澜地向电话那头汇报道。

电话那头的人没有说话，听到了方红岩的话之后直接就挂断了……

马缨丹的案子有结果了，虽然史大平下落不明，但是这并不重要，林影提出来的治理方案很快就通过了林业局专家会议的一致认可，之后，在林影组织的有效防治之下，马缨丹这一外来物种入侵的案子算是告一段落了。

然而云暮的思绪却一直都在那两截红绳上面，十六楠的盗采、马缨丹的入侵，都在案发现场发现了红绳，这两者和林俊峰的死到底有什么关联？云暮越来越觉得自己陷入一个更大的谜团，这个谜团将云暮死死地缠住。

就在这个时候，云暮的电话响了起来，他拿起来一看，是一个陌生的号码，云暮犹豫了片刻之后便接了起来。从电话那头传来了一阵爽朗的笑声，听到这熟悉的笑声，云暮的脸上也露出了久违的笑容。

"哈哈，你个混蛋回来了也不跟我报备一下啊，还偷偷摸摸的，怕我找你麻烦呀？"电话那头是周海涛的声音——青州市赫赫有名的明星企业家，更是云暮的前女友琚然的老公。

"是啊，咱俩现在是云泥之别，我怕你已经不认识我了。"云暮调侃道。

"呀，都会用成语了？不错，是林影教你的吧？以你的脑子根本想不到这么好的词。不过你说得对，咱俩现在确实是云泥之别啊，你这团臭泥巴在门口等我，我这团白云马上就飘过去找你。"

云暮笑了："你还是和以前一样霸气啊。"

"一会儿见了面再说，等着我啊，马上就到。"周海涛说罢挂断了电话。云暮则是收拾了东西，然后脚步轻快地走到了森林公安局的门口。

很快地，一辆豪华的进口"辉腾"停在了云暮面前。车窗玻璃缓缓地降了下来，云暮低头一看，便看到了那个长相还算端正的周海涛，云暮忍不住调侃道："果然是大老板啊，还是这么的低调，二百多万的车让你开出了顺风出租车的既视感。"

周海涛听到了云暮的嘲讽之后不怒反喜道："嘿嘿，这么多年过去了，还是没改了你这毒舌的毛病。少废话，上车。"

云暮直接跳上了车，左看看，右看看，嘴里啧啧赞道："这么豪华的车我还是第一次坐，这感觉就是不一样啊。说吧，周总，你这是要把我带哪里去呀？告诉你，我可是洁身自好的人啊，少领我去那些乱七八糟的地方。"

"少给我挖坑，我不知道你在说什么。"周海涛笑了起来，"同学聚会，你是我的特邀嘉宾，琚然和林影组织的，我们俩负责出席就行了。"

云暮皱了皱眉头，虽然他心里有几百个不愿意去赴这个约，但是在周海涛这里却是抹不开面子，只好说道："嗯，明白。不过，先得把职责分派好才行，你这个大老板就负责显摆，我这个小干警负责吃就行了。至于那些同学啥的，我平时也没和人家有交集。"

"行。"周海涛的目的显然达到了。

车子很快就停在了青州最大的酒店"听涛海阁",五星级的酒店装潢得那叫一个金碧辉煌,这里一餐的消费能够顶得上普通一家人一年的菜钱。从车上跳下来,云暮有些无奈地对着周海涛说道:"还真的是白瞎了这二百多万的车了,让你开得像'捷达'一样慢。"

"那是,我虽然有钱,但我却是个奉公守法的好公民。而且,我还有另外一个很重要的优点,那就是我这个人其实很低调的,就好像眼前的这酒店其实就是我的产业之中微不足道的一点点而已。"周海涛今天很开心,这种开心是好久不曾体会到的那种青春记忆,和自己想的一样,无论他们两人的身份再怎么变,他们依然还是那个睡在上下铺、共抢一碗方便面的兄弟,有这份真挚的情谊足够了。

周海涛和云暮来到酒店,琚然和林影已经在门口等着了。

林影看到云暮就给了他一个白眼,云暮仿佛没有看见一般,直接走到琚然面前,正要准备张开双臂抱一抱对方时,却被周海涛一把给推开了,随后佯装生气道:"这是我老婆,你滚远点儿。"

云暮摸了摸鼻子,丝毫不介意地说道:"小气,她还是我前女友呢,抱一抱还介意呢?"

"你滚,我介意。"周海涛没好气地说道。

"渣男!"这个时候,一旁的林影则是直接从牙缝里面挤出来两个字,然后冷冷地扫了一眼云暮,迅速地直接把头给扭开了。

云暮讪讪地笑了起来，感到有些尴尬。开玩笑没注意场合，自己的形象分在林影那里恐怕已经是负的几万了吧？

周海涛听到了林影的话之后眼前一亮，附和道："林影，还是你了解这家伙，我告诉你，这家伙确实就是一个渣得不能再渣的渣男了，你以后还得好好地管教管教他，别让他再跑出来祸害我家媳妇了。"

琚然今天很开心，以往眉宇间的那抹灰暗也被冲淡了不少，看着眼前的这几个人插科打诨地打闹着，仿佛瞬间就回到了那个充满青涩和激情的年代。这时，琚然"咯咯咯"地笑了起来："好了好了，涛子，你就别火上浇油了。"

"哎，还是琚然最懂我。"云暮叹了一口气，装作无可奈何地说道。

这个时候，一辆出租车上面走下来一个中年人，看见四人则是笑着迎了上来，边走边热情说道："云暮、林影、周海涛、琚然，呵呵，好久不见了啊。"

中年人戴着眼镜，脸上露出了慈祥的笑容，从其身上散发出一股儒雅气质，整个人看上去非常睿智且严肃。

四人看到来人，立时停止了打闹，快步来到这位中年人面前，云暮则是毕恭毕敬地说道："方老师，您好，没想到您还记得我们啊。"

来人正是方红岩，此时的他全然没有了之前在粮站仓库里的狠辣，取而代之的是如同弥勒佛一般笑呵呵的模样。看着四人，方红岩无比感慨地说道："那是当然了，林影嘛学习最好，琚然长得最漂亮，至于云暮和周海涛则是最调皮的，你们四个人实在是太有特点了，我想忘了都很难啊！"

"方老师，请，就等您了。"琚然伸手拉住方红岩的胳膊，然后引着他朝着酒店内走去。方红岩看着琚然和周海涛，满意地说道："嗯，好，海涛啊，琚然是个好孩子，你可要好好地待她啊。"

"那是一定。"周海涛乐呵呵地答道，他在方红岩面前全然没有任何架子。

方红岩看了一眼林影，又在云暮身上扫了一眼，问道："他们俩都已经修成正果了，你们俩呢？方老师什么时候能喝上你俩的喜酒啊？"

林影被方红岩的话直接闹了一个大红脸，云暮也讪讪地不答话，两人心中则是不约而同地想道：这方老师又要开始乱点鸳鸯谱了。

琚然拉着方红岩走进了酒店，周海涛则是一脸坏笑地望着两人，然后也跟在方红岩身后走了进去。此时，酒店的门口只剩下了云暮和林影，两人大眼瞪小眼，然后林影则是冷傲地轻哼了一声，直接转身朝着酒店里走去，只剩下了云暮一个人在那里后悔：早知是这就不来了，来了果然就是在自取其辱啊，要怪也只能怪自己立场太不坚定了。

进入雅间落座后，云暮被琚然安排坐在了林影的旁边，此时的他心里什么都不想了，只想着践行自己来参加同学聚会的目的,那就是负责吃,其他的什么都不管、什么都不问、什么都不说。

酒桌上,大家都在回忆过去的岁月,回忆着以往的点点滴滴,方红岩讲述着他们学生时代的过往,做过的那些糗事,还有青涩的情感,只有云暮一个人在那里自顾自地大快朵颐。

周海涛瞥了一眼云暮笑了,这兄弟果然还是和以前一样不拘小节;琚然也被云暮的吃相逗笑了,她其实就喜欢云暮的这种真性情;方红岩脸上一直都挂着淡淡的笑容,只是目光经常会不经意地在林影那里停留,那意思仿佛是在说,管管你的人!

林影感到很气恼,今天坐在自己旁边的这货怕是一头饿了几百年的猪吧?实在是太丢人了。

云暮却不管不顾,就算是林影桌子下的脚一直在他的脚面上不停地碾压着他的脚,云暮也是无动于衷的样子,他依然享受着面前的美食。

将云暮的狼吞虎咽放在一边,其他人聊得都很开心。周海涛也在践行着自己和云暮的约定。他不需要做过多的显摆,其实也是,一个明星企业家和成功人士,加在身上的光环足以让他不用说什么、做什么就能够达到显摆的目的,最终的结果就是,周海涛喝多了。

酒足饭饱,周海涛已然是东倒西歪了,他把车钥匙直接扔给了云暮,意图很明显,那就是要让云暮送他回去。

散了酒宴之后,琚然、林影两人和云暮合力将周海涛弄到了他的"辉腾"上，云暮发动车子，然后和林影将这两口子送往他们在墨池边的豪华别墅。

车子上，除了浓烈的酒味之外，就是琚然对自己丈夫照顾得无微不至的甜蜜味儿。哦，对了，还有从副驾驶座上面飘来的阵阵"硝烟"味儿，云暮感到自己好像是又做错了什么，吓得他一句话都不敢说。

车到别墅门口，周海涛的酒也醒了不少，他邀请林影和云暮二人到家里面坐一坐，林影本是拒绝的，但是她又放心不下琚然一个人照顾周海涛，索性也指挥着对自己言听计从的云暮来到两人的别墅里面小坐。

"林影，你在局里的事情解决了？"和云暮一起将周海涛安顿在沙发上，然后给两人各倒了杯水，琚然开口问道。

今天的琚然虽然看起来有些劳累，但是看她那舒展的笑容，两人就知道今天的琚然很开心。琚然就如同是一只关在笼中的金丝雀一般，今天见到旧时的朋友，那种欢悦是由内而外地散发着。

云暮听琚然这么说不禁一怔，诧异地扭头看向了坐在自己旁边的林影。

林影缓缓地点头应道："嗯，还可以吧，最近那些盗采盗猎的人实在是太过于猖獗了，前段时间十六楠也被他们给砍伐掉了，瑶山的植被大量被破坏，现在想要修复困难不少，主要还是资金上的问题。"

林影说到自己的烦心事，便忍不住地多说了两句，现在的她也觉得自己或许是太疑神疑鬼了，这几天林影上下班的时候都要让自己老妈接送。她也觉得有些不好意思，甚至怀疑自己是不是真的有被迫害妄想症，况且被人跟踪只不过是自己的猜测，如此兴师动众或许并不太好。

就在这个时候，躺在沙发上的周海涛却是腾地一下坐了起来，接话道："林影你缺钱啊？缺钱可以跟我说啊，我可以捐赠一些用来恢复被破坏的生态环境，你说个数就行。"

林影笑着回绝了周海涛的善意，她可不想让自己看起来像是被施舍一样。

周海涛却借着酒劲儿，直接给林影开出了一张百万元数额的支票，硬塞到林影的手里面，满嘴的酒气更衬托出他那股子充满义气的劲头儿，然后又直接倒在了沙发上，弄得林影瞬间不知道该如何了。

"他给你你就收下，这件事情我做主了。其实没什么的，林影，你和云暮是我们俩最好的朋友，互相帮助是应该的。涛子现在别的没有，就是有钱，你替他花一点儿没什么。"琚然看着手中拿着支票的林影，宽慰地说道。

无奈林影只能收下。感激之余，林影的嘴唇嗫嚅着想要说什么，却被云暮用眼神制止了。林影又和琚然聊了一会儿，便准备和云暮离开了。琚然让云暮开着周海涛的车子送林影回家，林影没有拒绝，而是有些反常地答应了。琚然悄悄地提醒云暮要好好地珍惜林影，别错过了这段缘分。

回去的路上坐在车上的林影一言不发。

云暮发动了车子，刚才闺蜜俩聊天，他插不上话，此时他才忍不住地问道："刚才听琚然说你在局里遇到什么事儿了，需要我帮忙吗？"

林影依然一声不吭。

云暮心中无奈地叹了一口气，看来林影对自己还是和之前一样，这里面的误会有些深啊！

车子开往林影家的路上，突然间林影有些不满地问道："刚才在周海涛家里，你为什么不让我说话？"

"我知道你想说什么，所以先示意你别说，过于直白的话实在是太伤情分了。"云暮没有任何考虑，直接回答道。想想林影的性子，如果要是换个人的话，自己和她的关系也不至于会处得如此僵。

林影对着开车的云暮就是一个白眼，埋怨道："你又不是我肚子里面的蛔虫，你能知道我想什么？"

云暮叹了一口气，心想要说别人还真的不好猜，但是对于你林影，自己可是一猜就是一个准，有些人把这种感觉称之为"心有灵犀一点通"。

"其实很好猜，周海涛家里奢侈品实在是太多了，尤其是客厅的那些家具装饰品，好些材质应该都用的是违禁的上等材料吧？"

林影闻言有些错愕地盯着云暮，好像她是第一天才认识云暮一般，这让云暮心里直发怵。

"你真的猜到了？"林影觉得不可思议，难道这家伙真的会读心术不成?

林影继续说道:"他家里的家具都是长白松材质的,这种树只生长于长白山北坡,从那些木材的纹理能推断出树龄已达百年,是国家一级保护野生植物。这种材质做出来的家具,堪比黄金。"

云暮听了这话也吓了一跳,说道:"你的意思是说周海涛那小子玩了一手'金屋藏娇'?而且竟然是大手笔啊。现在我终于明白了,我要是琚然,我也会死心塌地跟着他的。"

"这是不是你的真实想法?"林影突然间眼神凌厉地问道。

云暮讪笑着说道:"呵呵,这个嘛当然不是。不过,周海涛那家伙还是让我吓了一大跳啊,青州能买到这种违禁的家具,看来肯定是有一条我们还没找到的线索,或许这样的情况并不是只有周海涛一家。"

"因为他是周海涛?是你从小玩到大的兄弟?所以,你的原则呢?"林影忍不住地问道,直把云暮问得发蒙。

云暮有些无言以对,林影说的其实并没有错,错是在他,他想要替自己的好兄弟开脱,这种想法也不是没有过。正如林影所言,他在这件事上确实是丧失了自己的原则。此刻云暮的嘴角挤出一丝苦笑,看来有必要抽时间私下里和周海涛说一说了,提醒他要注意低调一些。

"没有买卖就没有杀害,没有利益就没有盗猎。"林影淡淡地说道,说云暮的同时其实也是对她自己的灵魂拷问。云暮替自己的兄弟考虑,而她又何尝不是为了自己的好闺蜜琚然在丧失自己一贯坚持的原则呢?

云暮被林影说得哑口无言,或许是为了满足某些有钱人奢侈的私欲,才会有那些铤而走险的犯罪行为,也正是因为这些人的需求助长了对于珍稀动植物的盗采盗猎。

被人称之为"一寸缂丝一寸金"和"织中之圣"的缂丝,用的便是藏羚羊的羊绒,这种缂丝有着"软黄金"之称,可见它的珍稀。因为,一条用藏羚羊羊绒制成的围巾,要杀死三到五只藏羚羊才能织成,真正的藏羚羊围巾在欧美市场上叫价可达两万美金。正是因为这种高额的利润使得可可西里的盗猎活动十分猖獗,20世纪90年代初,藏羚羊的数量仅剩下了两万只左右,在国家不断地投入人力物力保护之后,盗猎行为已然绝迹,藏羚羊的数量才恢复到了七万多只。

正如林影所言,没有买卖就没有杀害,没有利益就没有盗猎。

讲道理的话,云暮讲不过林影,送林影回家的路上,云暮没有多说什么,车内的气氛无比压抑。有关盗采盗猎的现状两人都很清楚,虽然他们在尽力改变着这种现状,但是毕竟两人的力量还是太过于渺小,太过于微弱。

到了林影住的小区门口,下车之后,云暮打破了沉默,又一次问道:"刚才我听琚然说你最近在单位遇到些麻烦,需要我帮忙吗?"

"不需要!"林影冷冷地回绝道。

云暮没想到两人之间的关系会变成现在这么尴尬,不过在林影面前，云暮还是耐着性子说道："林影，其实我觉得你可能对我有些误会，我答应了林叔叔要好好地照顾你……"

"我也跟你说过了，不需要！"林影直接打断了云暮的话，转身就要离去，手却直接被云暮给拉住了，她挣扎了几下却没有任何作用，见自己的手腕被云暮死死地拽着，林影狠狠地瞪了云暮一眼，说道，"你要是再不松手的话，我可就报警了！"

"报吧，我就是警察！"云暮平静地说道。

林影皱了皱眉头，举起手就要给云暮一巴掌，不料她扬起的手却被云暮的另一只手抓住了，云暮认真地说道："你再打我可就是袭警了。"

"你！"林影气恼。

就在两人僵着的时候，不远处却传来了一个熟悉的声音，韩爱萍一手拎着菜正朝这边走来，看着两人此时有些暧昧的举动，忍不住地笑着说道："云暮，你和小影这是？要是谈恋爱的话不如到家里去谈呀，就在这路边就开始卿卿我我了？注意点儿影响。"

"妈！"林影咬着后槽牙气哼哼地说道，"你哪只眼睛看见我俩谈恋爱了？"

韩爱萍对于女儿的态度根本就当是没看见，仍一脸笑意地来到云暮身边，说道："果然林影还是找你了，我早就跟她说了，一个女孩子在外面容易遇到坏人，这女孩子身边还是得有个护花使者才行啊。"

"韩阿姨，这是我应该做的。"云暮一副死皮赖脸的样子。

"滚，谁让你瞎搭话了？"林影反感地说道，她深知自己的老妈对云暮很是喜爱，时不时地想要把自己和他往一起撮合，在云暮回来之后，老妈的谈吐举止更加直白露骨了。

"要说还是你小子有心，这段时间林影可是一直都不敢一个人回家，下了班还要跑到我那里让我跟她一起回才行。这下有你陪着她，我就放心了。"

"妈。"林影对老妈的兜底行为非常不满，俊俏的脸上已满是怒气。

韩爱萍直接把林影给"屏蔽"掉了，对着云暮无比热情地说道："要不到家里坐坐，今天正好阿姨买了菜，做你最爱吃的菜，怎么样？"

"好啊。"看着林影那已经快要冒烟喷火的眼睛，云暮却毫无顾忌地答应了下来。

韩爱萍满意地点了点头，然后拎着菜朝着楼宇门走了过去，扭头看到还僵在原地的两人，韩爱萍忍不住地催促道："走吧，还愣着做什么。"

"好嘞！"云暮兴冲冲地跟在韩爱萍的身后，留下林影一个人杵在原地干瞪眼。看着消失在楼宇门里面的两人，林影狠狠地一跺脚，皱着那两道柳叶细眉极不情愿地跟了上去。

林影家中。

云暮十几年来第一次登门林家，很普通但温馨的小家，八十多平方米的房子被收拾得整洁又雅致。韩爱萍此时和林影在厨房里面忙碌着,娘儿俩不知道在低声地说着什么,云暮听不清楚。他坐在客厅的沙发上,面前的茶几上放着一杯热水,这还是林影极不情愿地放在自己面前的,那嫌弃又无可奈何的表情被林影渲染得淋漓尽致。

云暮的目光不经意地打量着整个屋子,最终停留在了一面墙上,墙上挂着一个相框,相框里面嵌着几张照片,其中一张是林俊峰一家三口的全家福。此刻,云影不由自主地站了起来,走近了端详着,照片中三个人的脸上都挂着幸福的笑容,云暮看得有些怔然出神。

此时厨房中的韩爱萍对着身边正在择菜的林影说道:"闺女,你对云暮是不是还有意见啊?我告诉过你的,你爸的牺牲和云暮没有一丁点儿的关系。我也知道,这么多年过去了,你的心里面一直都还有他,何必这么僵着呢,想开点儿。其实,我对云暮这孩子很满意的,局里的人对他的印象也都很好,能够回到森林公安局工作,这就表明了这个孩子还是很顾念旧情的,别把人家心头的这团火给浇灭了,到时候后悔的人肯定会是你。"

"妈,别人瞎起哄,你跟着凑什么热闹,况且我又没逼着他。再说了,他对我好,只不过是为了履行他对我爸的承诺,也仅此而已。"林影不满老妈的说教,虽然她嘴上不承认,但是心里面对老妈的话却很笃定。感情这东西是不能勉强的,更不能凑合,她在没弄明白云暮内心的真实想法究竟是爱还是仅仅为了兑现承诺之前,林影绝对不会勉强。

"这是起哄吗？你这孩子平时活得挺明白的，怎么在这件事情上就要如此较真呢？其实嘛，太明白了反而不好，连郑板桥都说了要'难得糊涂'，不管是喜爱还是承诺，他的心里只有你一个人，而且我相信云暮的心里也就只有你一个人，再也容不下其他人了，这些难道还不够吗？"韩爱萍质问道。

林影沉默不语。不是她不想反驳，而是无从反驳，只有最亲的人才是最了解自己的，有时候林影本也不想去较这个真儿，毕竟她对云暮的感情经过时间的推移没有变淡消失，反而是愈发地深沉了，这就是她自己内心的真实写照，能骗得了其他人，但是却瞒不了自己。

"闺女，其实人这一辈子，能够像云暮一样遵守一个承诺也就很不容易了。这样的人始终如一，重情重义，这么多年来他一直都对我们母女俩照顾有加，如果换了别人我绝对不敢说这话，但是云暮我却是能够肯定的，他绝对值得你托付终身。"

林影知道自己说不过老妈，嘟着嘴无奈地说道："妈，你是不是被他给收买了？"

"瞎说什么呢，你妈妈好歹也是人民警察，立场坚定，意志坚强，怎么会被人随随便便收买呢？好了，别贫了，妈妈只是提醒你，要正视这段感情，不要任性，你的幸福才是爸爸妈妈最看重的。"韩爱萍语重心长地说道。

林影点点头，心底涌过一阵暖流。

云暮盯着那张照片已经看了很久，而此时在照片下面放着一摞书,闲得无聊的云暮随手便翻看了起来,原本他想进厨房帮忙的,没想到直接被韩阿姨给赶了出来。

这些摆着的书,是林俊峰最喜欢的金庸的全套武侠小说。云暮小时候也经常跑到林俊峰家里面来看这些书,那个时候的云暮便看得如痴如醉,再品味时却已经是感慨万千。正当云暮将书放回去的时候,却发现了在一摞书中夹杂着一个黑色的本子。

云暮有些疑惑地拿了起来,翻开第一页的时候,却发现本子上面只写了一行字:生而热烈,藏于俗常,心有山海,静而不争。再翻开一页,却是林俊峰写的日记,云暮没想到林俊峰那么一个铁血硬汉居然还有记日记的习惯,忍不住觉得有些好笑,不过很快他的神色渐渐变得严肃起来。

云暮突然间想到了一种可能,或许通过这个日记本,他能够找到一些线索。

"云暮,饭好了。"

韩阿姨将热气腾腾的饭菜端了出来,因为云暮来了,所以今天的菜做得丰盛了许多,云暮的心里顿时一热。云暮在林影那里受到的冷漠,在韩阿姨这里倒是得到了些慰藉。

吃饭时,韩阿姨显得很热情,林影倒是一副乖乖女形象,只是优雅地吃着饭,一言不发。云暮一向自来熟,和韩阿姨的相处自然融洽,对云暮身上阳光善良的本质韩爱萍是看在眼里,美在心里。她琢磨着别人撮合两人,自家闺女或许脸上还有些挂不住,甚至还有些反感,但如果要是自己来说和的话，那就另当别论了。

吃完饭，帮韩爱萍收拾了餐桌，云暮便自告奋勇地跑进厨房洗碗去了，熟络得一点儿都不生分，完全就把林影家当成是自己的家了。韩爱萍示意林影去帮忙，她自己却坐在客厅里面看着两个年轻人，心里美滋滋的，越看心里越觉得这两个孩子还真的是挺般配的。

云暮一边收拾一边觍着脸阿谀奉承地说道："林影，阿姨烧的菜果然还是最好吃的，我是怎么吃都吃不厌。"

不待林影回答，便从客厅里传来了韩爱萍的笑语声："云暮既然喜欢我做的菜，那以后就常来。"

"云暮你别太过分了啊！"林影给了云暮一个白眼，压低声音冷冰冰地说道。

云暮对林影的威胁丝毫不放在心上，他现在可是有韩阿姨做靠山的，就专门调皮地大声说道："行，那我以后只要馋了，就来家里吃饭。"

林影听云暮越说越过分，忍不住地直接狠狠地朝着这个家伙的脚面踩了一下。云暮却面色不变，仿佛这一脚不是踩在自己的脚面上，看到云暮那样子，林影更来气，踩在上面的脚狠狠地碾了几下，云暮的嘴角这才忍不住地抽搐了两下，回瞪了林影一眼。这些小动作被韩爱萍看在眼里，心里更为两个孩子感到开心。

云暮的心中一直还惦记着那个日记本，趁着这个机会他试探性地对着林影说道："林影，我看书桌那里有个黑色的日记本,能不能借我带回去看两天,说不定里面有些东西会对我今后的工作有用呢。"

云暮不想让林影知道自己在暗中的调查,所以找了一个理由借日记本。可惜的是云暮并不清楚刚才韩爱萍对林影的劝导,如果要是知道了,他一定会挑一个更加好的时机去索要这个日记本,而不是现在。

听到了云暮的这个要求之后,林影对云暮的那刚刚泛起来的一丝好印象瞬间就消失得无影无踪,她以为这或许就是他要送自己回家并蹭一顿饭的目的。

"滚!"林影无比气愤,她感觉自己被耍了。

云暮没想到林影翻脸居然比翻书还要快,刚才不是还好好的吗?怎么一下子又生气了?云暮实在是想不通她生气是什么原因。

此时就在客厅里面的韩爱萍听到云暮的话之后也深感无奈,心想云暮这孩子真的是不懂女人心啊,这个时候提什么日记本,难道不应该是趁热打铁,一举把自己喜欢的女孩儿先拿下吗?唉,傻小子就是傻小子。

云暮还弄不清楚是怎么一回事,直接就被林影给推搡着赶出了家门。

砰!云暮傻傻地呆立在门外面,直到现在他还不明白林影这是怎么了,刚才还好好的,转眼说翻脸就翻脸,果然这女人心就是海底针。他挠挠头正要准备再敲门的时候,门从里面开了,韩爱萍走了出来,她的手里面拿着他刚才提到的那个黑色日记本。

"韩阿姨，林影这是？"云暮从韩爱萍手中接过日记本，有些不解地问道。

韩爱萍无奈地叹了一口气，说道："傻小子，你说说你，平时挺机灵的，怎么这个时候变得这么傻呢？你这傻小子怎么就不琢磨琢磨女孩子的心思呢？这是你要的日记本，还有，阿姨能帮你解释的话可全都说了，我们家林影现在还在气头上呢，不过你别灰心，还得抓紧努力啊！"

砰！韩爱萍说完这一句话转身进了家，门又关上了。

第五章　芳菲夕雾起

云暮捧着那黑色的日记本，心里头有些茫然，他不知道自己到底错在哪里了。带着日记本回到了住处，云暮做的第一件事便是仔细地翻看起了林俊峰的日记，虽然日记记得很是潦草，但是云暮还是能够辨认得出来。

当初青州市的经济还没有像现在这么高速发展，那个时候的人们更多的是想要赚钱，只要钱赚得够多，就能够改变自己的命运。因此，也就有人动起了歪心思，通过正大光明的途径挣钱，虽然干净但却很难一夜暴富，只有捞个偏门，或许才能够快速地积累财富。而有了钱就能够买到一切，比如乐善布施的好名声，比如肤白貌美的大美人，很多人都沉醉于这淘金梦之中，有的甚至为之疯狂。

林俊峰那个时候就是森林公安局刑侦大队的大队长。

有人想要发财，把主意打到了盗采稀有植物、猎杀珍稀动物的上面，就在林俊峰牺牲的前三个月左右的时候，他接手了一个猎杀云豹的案子。

云豹这种珍稀动物生活在瑶山之中，它的皮毛很是漂亮，是制作皮衣最上等的原料，而且它的骨头也可以被当作是中药材,一张云豹皮的价格在黑市上能够卖到近百万。在那个年代,百万已经是人们能够想象到的天文数字了,自然也就有一些人把主意打到了云豹的身上。

林俊峰在巡林时发现了一个钢丝猎套,很快他就由此锁定了一个盗猎团伙。

这种钢丝猎套的陷阱很残忍,将竹竿插在机关上,弯成弓形系上钢丝,挖个绳洞,将不足一厘米粗的钢丝绳放入洞中盖上草和土,只要有猎物接近,陷阱就会迅速弹出,直接将猎物套住,这种钢丝套也叫"活套",猎物一旦被套中,越用力挣脱,"活套"就勒得越紧,猎物不是被勒死就是被饿死。

林俊峰侦破案件的速度很快,他的目光锁定在了一个叫耿向东的猎户身上。这家伙原本是个以砍柴为生的樵夫,上过学读过书,常年在瑶山中活动,他猎杀过的野生动物没有一千也有八百,而且因常年在瑶山中活动让他有着超敏锐的嗅觉,其反侦查能力特别强,对于林俊峰的追查总是能够抢先一步察觉到危险。耿向东也因此和林俊峰玩起了"猫抓老鼠"的游戏。

林俊峰的日记在离他出事的前一天戛然而止,而林俊峰在日记中记录他离耿向东最近的一次便是在秘密的抓捕行动中,这一次的行动中耿向东仓促而逃,但是却留下了一根红绳,那上面打着青州市不常见的金刚结的红绳。

看来林俊峰牺牲时手里面紧紧地攥着的那根红绳,应该就是属于耿向东的。由此分析史大平和耿向东应该是同属于一个团伙的,要不然也不会有如此多的巧合。

经过云暮的推理之后,他也明白了林俊峰的死应该不仅仅是耿向东一人所为,至少他还有帮凶,甚至还不少。或许可以做这样的推论,林俊峰掉进了耿向东他们事先为他准备好的局中,而一个人终究是无法与整个团伙抗衡,双拳难敌四手,更何况有可能是十手、百手,想到这里,云暮的心瞬间沉到了谷底。

林俊峰牺牲了,那么耿向东呢?

翻着还有不少剩余空白页的日记本,云暮陷入沉思,他的记忆中只有关于林俊峰牺牲和葬礼时的片段,至于其他的已是记不清了。突然间,一抹红色出现在了临近日记本封底的空白页当中,那赫然是一条编成金刚结的红绳。云暮愣住了,如果不出所料的话,这应该就是林俊峰牺牲时死死攥着的那根红绳,韩阿姨连这个重要的线索都给了自己,她的良苦用心不言而喻。

林俊峰死得不明不白,尽管这么多年过去了,可是韩爱萍的心里面也和云暮一样,根本就没有放下,在没有让那个杀害林俊峰的幕后凶手伏法之前,韩爱萍、林影还有云暮的心也根本不会释然。

云暮长长地舒了一口气,他感觉自己责任重大。

翌日。

云暮来到了森林公安局的档案室,现在红绳的重要线索通过林俊峰的日记本指向了耿向东，或许从这里便可以查出一些自己需要的线索。云暮在这里待了一个上午却一无所获。下午他又到市公安局的户籍科去调查耿向东，很奇怪的是，户籍科同样也没有此人的信息，得到的结论都是一样的，查无此人。

云暮心中的疑惑越来越大，难不成一个人就这样无缘无故地消失了吗？这不可能。云暮把视角放在了查阅记录上面，在这里云暮找到了线索，林俊峰也曾来市局户籍科查阅档案，时间就在十几年前也就是林俊峰牺牲的前几天，林俊峰得到的结论就是查无此人。

没有线索，往往就是线索。

耿向东的失踪太过于诡异，或许是他早就已经给自己想好了退路，由此更能确定林俊峰的牺牲和耿向东为首的团伙有关。

云暮坐在市局户籍科外的长椅上面，仰着头眼睛微微地闭着，他把所有的线索重新在自己的脑海之中梳理了一遍。红绳就是无比重要的线索，无论是在十六楠盗采的现场，还是在史大平的药田里面，甚至是多年前林俊峰从耿向东这里得到的红绳，都把目标指向了一个作案团伙，这里面有耿向东、有史大平，可能还有其他更多的人。云暮睁开眼睛，他的眼神中散发着自信而又果决的光芒，他的斗志已经被激发了起来，不仅仅是为了已牺牲的林俊峰，还有要把这群破坏环境的家伙全部揪出来、绳之以法的决心。

此时此刻，云暮不再迷茫，他的手紧紧地攥着，眼神坚定，神色刚毅。或许在这个过程中，自己也会像林俊峰那样以付出生命为代价，但是他不在乎，他要还青州市一个碧水蓝天，要成为开创青州市人与自然和谐共生的先行者，而这就是云暮的梦想与追求，即便前途坎坷，他也决不退缩。

归林寺隐于山林中，这里诵经礼佛的声音悠长神秘，云雾缭绕之间，让人感受一种静谧。而此时在寺庙后面的禅院中却是热闹非凡，这里的人很明显并不是寺里的沙弥，每个人都在默默地忙碌着，各司其职。院门里面摆着一张精致的檀木桌，桌上放着一盏茶，旁边是一把藤椅，一个男人双眼微微地闭着躺在上面，神情无比享受。

而在不远处放着十几棵砍伐的沉香楠木，如果要是林影在这里的话，一定能够认出来这就是被盗的十六楠。

电锯的嘈杂声并没有影响躺在藤椅上的男人，反倒是这种嘈杂让男人觉得无比享受，仿佛进入耳朵的是最悦耳的交响乐。男人长得很瘦，穿衣的色调十分简单，坐在那里给人的感觉十分稳重，而且毫不起眼。这种沉稳只有经过多年的机关工作经验才能够拥有，从容且坦然。

就在男人独自享受着这种嘈杂时，突然间他似乎听到了什么，他猛地睁开了眼睛。顺着声音发出的方向，有人从禅院外面走了进来，男人定了定神看清楚了来人，赫然是戴着黑框眼镜的方红岩。

"方老师，难得的稀客啊！"看到方红岩板着一张脸走了进来,男人瘦削的脸上堆满了笑容,毕恭毕敬地来到方红岩的面前,笑嘻嘻地说道,"今天您怎么大驾光临这里了?真的是让我这个小木工倍感荣幸啊!"

方红岩对这个家伙的谄媚并没有做出任何的回应,而是一屁股坐在刚才男人坐着的位置,声音听上去还是那么的冰冷:"我没时间和你废话,上面想要一个解释。冒着天大的风险把货弄回来,鲁平安,你的胆子很肥啊!"

鲁平安,林业局综合治理股的股长,林影的顶头上司。

"花竹宜造景,树木多成材。它们被栽种在那里也只不过是几棵树,只有我才能够让它们成材,才能够体现出它们的价值。"鲁平安笑呵呵地说道,"沉香楠木不过百年不成材,过百年似黄金。方老师,您说是不是?"

"现在不比以前了,你这样做很有可能带来不必要的麻烦。鲁平安,我只想告诉你一件事,史大平已经永远地在这个世界上消失了,知道是因为什么吗?他私自在野外种植马缨丹,被森林公安局的人给盯上了,上面考虑不要因小失大,所以我送了他最后一程。你比那个农夫要聪明得多,我想你不会也让我送你走吧?"方红岩很厌恶做这种事情,但是这个时候不得不做,算是威胁也算是提醒。

鲁平安听到方红岩的话之后忍不住地微微一怔,冷汗从后脊背直接冒了出来,方红岩此番话虽然没有疾言厉色,但是他还是体味到了沉重的压迫感。方红岩从来不开玩笑,只会教训人。虽然鲁平安很不喜欢别人冲自己说教,但如果是方红岩这位资深老师的话，那就另当别论了。

"现在知道这些东西烫手了吧?"方红岩平静地说道。

鲁平安如学生一般点头应道："是，不过既然都已经做了，那么还是麻烦方老师给估个价吧，最近我手头确实有点儿紧。"

"每个人都用这么一句话来给自己找借口，那你来告诉我，谁不缺钱?和自己的命比起来，钱财就都是粪土了。"方红岩站起来，掏出眼镜布擦了擦眼镜，然后就那样站在那里，好像是想起了什么，一言不发。

鲁平安觉得实在是太压抑了，但是在方红岩面前他又不敢造次，这位老师在集团里面可是有着举足轻重的地位。近期渔夫和樵夫很久都没有露面了，耕夫史大平也渐渐地淡出了大家的视野，这位读夫的地位自然是水涨船高，说不定渔夫、樵夫也和耕夫一样，被这位看似温和儒雅的读夫给害了。

"不过，鉴于你暂时还没有露出马脚，那就另当别论了。鲁平安，把自己的尾巴好好地收起来吧，别被人抓住，到时候我也保不住你。"

"是是是!"鲁平安赶紧说道。

"说说这次的收获吧。"方红岩的神色缓和了许多，这归林寺一直以来就是他们用来掩人耳目的避风港，只要这里不被发现，那么他们就永远安全，包括那盗伐的十六株百年沉香楠木也很安全。再过一段时间，这些沉香楠木就会永远地消失，取而代之的是黑市上一件件价格高昂的楠木家具了。

"这次的木材我查看过了，利用率能够达到40%。如果要是做成全套家具的话，大概能够做成五套左右吧。"鲁平安那颗悬着的心此时才终于放下了。

方红岩闻言皱了皱眉头，神色有些不悦道："冒着这么大的风险才能做成五套家具，这个买卖不太划算。"

"已经不少了，全套的中式家具能够卖到五千万，这个价格还能再上浮，毕竟百年沉香楠木料可不是那么好找的。"鲁平安一边说着，一边观察着方红岩的表情。

方红岩脸上的神色虽然依旧是波澜不惊，但是心里面却是一震，鲁平安这席话狠狠地让他怔住了：五千万一套，那五套就是两亿五，这绝对不是个小数目。他在心里忍不住地感叹鲁平安这手笔是越来越大了，这买卖要是成了，那绝对是大赚一笔。

"方老师，我说的全套是包括椅凳、桌案、床榻、柜架和屏风等一整套家具，这五千万的估价确实有些保守了。我觉得，如果要是遇到识货的买家，再加上我祖传的手艺，说不定能够卖到八千万左右。"鲁平安看方红岩那无动于衷的表情，一咬牙又加了些价。

果然，方红岩心动了。

"嗯，我还是那句话，把你的尾巴藏好，别露出来。"方红岩点点头，然后语气已然是缓和了不少，沉声道，"规矩你懂的。"

"是，请方老师放心。"鲁平安小心翼翼地答道，然后送方红岩离开。

等方红岩走后,鲁平安这才按捺不住自己激动的心,为自己终于能赚大钱而兴奋。就在这个时候,一个小沙弥来到鲁平安身边,对着鲁平安说道:"阿弥陀佛,住持说了,让你们小声点,吵了他老人家的清静了。"说完就匆匆地离开了。

鲁平安对小沙弥露出了嗤之以鼻的不屑,心想装什么装,现在的和尚假的太多,在金钱面前哪有一个人能够保持冷静而不贪婪的,即使是这归林寺的住持也不可能例外。当然,还有那个刚刚离开的方老师。

林业局今天要开全局会议,会议的主题只有一个,那就是表彰。

此时在会议室里面,坐满了参加会议的人员,就连多日不现身的综合治理股股长鲁平安也到场参会了。鲁平安当了近二十年的股长,在林业局里面的地位自然是不可撼动的,平日里他的表现虽然无功,但也无过,只求落得个好人缘。

虽然鲁平安一直表现得坦然淡定,但当林影出现的时候,他的眼神还是忍不住地凌厉了许多。

上次的事情还没有完,要不是这段时间忙着施展自己的祖传手艺,用兴趣爱好来赚大钱,鲁平安一定会让林影品尝到得罪自己的后果。鲁平安的嘴角勾起一抹冷笑,自己在综合治理股的威信该树立的时候还是要树立,要不然的话还真的当他这个股长是很好被拿捏的。鲁平安攥了攥拳头,他要好好地教训一下这个不知天高地厚的高才生。

"现在开会。"等局里所有人都落座之后,董清年清了清嗓子,用他那一贯沉稳而又凝重的声音说道,"今天会议的议题呢,有两项,第一项是请林影同志分享一下防治外来物种入侵的工作成果,下面有请林影同志。"

林影来到主席台,开始介绍起了这次防治马缨丹这种外来入侵物种的工作进展情况。目前国内有效的抵御外来入侵物种的防控措施有三种,一是人工防治,依靠人力捕捉外来入侵动物或拔除外来入侵植物;二是机械去除,利用专门设计制造的机械设备防治有害植物;三是替代控制,根据外来入侵植物群落演替的自身规律,用有经济或生态价值的本地植物取代外来入侵植物,或者从外来入侵动物的原产地引进食性专一的天敌将有害生物种群密度控制在生态和经济危险水平之下。

林影报告的时间并不是很长,但是却能够发表出自己对外来入侵物种防治的独到见解,董清年和其他几位领导听得很认真,甚至还时不时地在本子上面做着笔记。

董清年局长作为一把手对林影的表现非常满意,毕竟林影这匹"千里马"是自己这个"伯乐"发现并带回来的。林影作为中山大学生态学博士生,自然有着更为高超的学识、先进的技术,董清年想要通过她来带动甚至提升林业局整体的工作水平和工作能力。这条"鲶鱼"已经是放到了池子里面了,至于能够起到多大的效应,董清年尚在拭目以待。

但是当董清年的目光扫过坐在台下的员工时,眉头忍不住地微微皱了起来，大家好像听得很敷衍，甚至那个多日不曾出现的综合治理股股长鲁平安还连着打了好几个哈欠，这让董清年的心里非常不满。

或许这就是机关单位的众生百态，但是对于想要做一番事业的董清年来说，这是绝对不允许的。

很快地，林影的报告结束了，报告内容数据明晰，论证完整。然而听到下面稀稀拉拉的掌声之后，董清年心里面一直都憋着的那一团火在这个时候终于忍不住了，他严厉的目光扫过了台下众人，然后带头用力鼓起了掌，这才让下面的掌声逐渐热烈了起来。

董清年心中忍不住地涌起一丝悲哀，现在机关里尸位素餐的人实在是太多了，真正想要干事的人却是得不到重用，他们在心灰意冷之下也将渐渐地丧失了斗志。这种情况必须要改变，而今天就是要迈出去的第一步。

"感谢林影同志的介绍，下面进行会议的第二项议题，由我来宣布一项人事任免。经过局党委的集体决策研究决定，任命林影同志为林业局综合治理股股长，鲁平安同志不再担任综合治理股股长一职。"董清年直接在会上抛下了一个"重型炸弹"，会场瞬间就如同是炸了锅一般。

林影也被这个突如其来的任命弄得有些不知所措了，她忍不住望向了董清年，董清年的目光中满是鼓励，这才让她的心绪稍微地平稳了一些。

对于这个任命，最不能接受的便是鲁平安，林影来到林业局工作的时间并不长，正常情况是等自己退休后才能够轮得到她来接自己的班，没想到居然是今天这个结果，这简直是鸠占鹊巢。鲁平安当下便忍不住地要站起来，但当他看到董清年凌厉的目光之后，还是压抑住了自己的冲动。

会议一结束，鲁平安立刻来到董清年的办公室表达了对这次任命的不满。

董清年在局里执牛耳多年，自然明白鲁平安为什么会来，也明白鲁平安想要说什么。他让鲁平安先坐下，然后这才缓缓地说道："老鲁，你来的目的我很清楚，也明白你想要说什么，但是我希望你能够顾全大局。"

"局长，我在林业局兢兢业业这么多年，就算没有功劳也有苦劳，总得有一个说法吧，局党委的决定我不能接受。"鲁平安心中恼火不已，这已经是摆明了要将自己卸磨杀驴了，虽然他对这个股长的位置不算怎么太留恋，但是人嘛，不蒸馒头总还是要争一口气的。

董清年摇摇头，鲁平安这种机关老"油条"始终无法适应当前的工作节奏，他自身存在着懒惰、高傲、媚俗、贪吃、浮躁这些坏毛病，免不了会影响到一个部门的人，这样的老干部，总是要被淘汰的。

"老鲁，这是局党委的决定，是慎重考虑后的集体决议。"董清年对这样不努力、不作为的干部毫不手软。

鲁平安此刻知道，他被局领导放弃了，他愣了一下才说道："好吧，我尊重局党委的决定。"

董清年知道，鲁平安这样的人心里面肯定会有怨言的，但时势造英雄，像他这样不思进取的干部总有一天是要被时代所抛弃的。

"希望你能理解。"董清年补充道。

鲁平安又回到了之前的那个样子，老成地说道："请董局长放心，我能理解。"

鲁平安的态度让董清年很不放心，多年的相处已经让他明白了鲁平安的为人，现在董清年有点儿替林影担心了。

鲁平安站起身走了，很安静地离开了局长办公室，但那不是放弃挣扎，而是要酝酿更大的风暴。

林影对自己突然被升职也心有疑惑，在董清年办公室门口看到鲁平安平静地离开，她忘不了鲁平安看向自己的那一眼，他的眼神中满是怨毒、仇恨，还有无法掩饰的怒火。

林影敲开了局长办公室的门走了进去，董清年看到是林影后，热情地从座位上站了起来，面露和悦之色，对着林影说道："林股长，有什么事吗？"

林影犹豫了一下，鼓起勇气对着董清年说道："董局，我觉得我资历还是太浅了，不知道能不能够胜任现在的这个工作岗位，而且我才来局里半年，升得这么快，会不会不太合适？"

"这是局党委的决定，你的成绩大家有目共睹的，不过是赏罚分明而已。而且，你是我特意从中山大学要来的高才生，无论是你的业务能力还是学识才能，都完全可以胜任现在这个岗位。当然,这不仅仅是我一个人相信你,而是整个局党委对你的信任。"董清年诚恳地说道。

林影知道自己不能再拒绝了,她谦恭地说道:"我不会辜负局党委对我的信任的。"

董清年满意地说道:"嗯,这就对了。林影,在这里我还是要提醒你,鲁平安这个人心眼不大,你要小心。如果要是有什么解决不了的问题,你可以告诉我,我来替你挡掉一些不必要的麻烦。当然,我还是希望你能够尽快地带动一下咱们局里的工作氛围,毕竟有些人的思维还是无法跟得上时代的脚步。"

"是。"林影应道。

"好了,回去好好工作吧。"董清年将林影送到了门口,本想着要再提醒她两句,但是却无法说出口,他并不想打击林影的积极性。

林影打电话将这个消息第一时间告诉了母亲,同时她也把自己的担心说了出来。韩爱萍在听到女儿升职的时候并没有表现出特别的开心,反倒是心里面还有些担忧,鲁平安这样的人在机关办公室实在是不少,她怕自己女儿的安全受到威胁。

韩爱萍挂掉了电话,看到一旁正在查看红绳检测结果的云暮,顿时心里有了主意。

"云暮,阿姨想麻烦你一个事,行不行?"韩爱萍没有丝毫犹豫地对着云暮说道。

第五章 芳菲夕雾起 / 101

云暮一边看着检测报告,一边随口应和道:"嗯,当然没问题。韩阿姨,您还跟我这么见外啊?"

"林影升职了。"韩爱萍有些忧心忡忡地说道。

云暮抬头看了看韩爱萍,有些不解地说道:"这是好事啊!"

"办公室里面有人不服,我担心林影在局里受气,又担心有人会对林影不利,毕竟她可是挤掉别人的位置才升职的啊,这样势必会得罪人。"韩爱萍叹了一口气,继续说道,"所以啊,阿姨希望你这段时间接送一下林影,就算是震慑那些宵小之辈也是好的。"

对于天底下所有当父母的人来说,面对儿女,何曾求过荣华富贵,只求他们健康平安。

既然韩爱萍都已经把话说到这份儿上了,云暮就算是再有百般不情愿也是不好意思拒绝的。上次在林影家里吃了顿饭之后,两人就基本上已经没什么交流了,很明显林影还在生气。

"好吧。"云暮犹豫了许久还是没能拒绝韩爱萍的请求,他只能是硬着头皮去兑现自己的承诺。

见云暮满嘴答应后,韩爱萍脸上都笑出了鱼尾纹。

林业局的大门外,云暮等得有些焦躁,他知道自己要等的这个人只会让自己更加焦躁,但却是没有办法的事情,谁让自己打肿脸充胖子答应了韩爱萍的请求呢。估计一会儿之后,自己的脸或许就真的会被打肿了,之前又不是没有发生过类似的"恶劣"事件。

　　林影忙碌了一整天,新的岗位再加上前任股长鲁平安的不作为,让林影有更多的事情需要处理,等她拖着疲惫的身躯出现在门口的时候,却看到了一张让自己更加讨厌的脸,这就是老妈说的让自己放心的原因?

　　林影直接无视云暮,迈着倔强的步伐从他身旁走了过去。

　　云暮一看,得,这小妞挺记仇,到现在还没解气呢。他连忙发动了汽车追了上去,放慢速度后对着林影说道:"林影,韩阿姨让我来接你回家。"

　　"不需要!"林影的性子很拗,上次这个家伙对自己献殷勤,就是想索要父亲留下来的日记本,这次又玩上次那一套把戏,真当她是传说中只有七秒钟记忆的鱼不成?

　　云暮只得苦口婆心劝道:"给个面子好不好?"

　　"不好。"林影气哼哼地说道,怎么总是在自己心情不好的时候,这个人就会出现,然后让自己的心情更加不好。

　　"其实吧,我也挺担心你的安全的。就算是卖我个面子,最起码也别让韩阿姨担心你呀。你要觉得不解气,上了车你怎么样对我都行,这里离你家还有十几公里,你真的要走回去不成?"

　　"要你管。"林影依旧气哼哼地说道。

　　云暮只好一点点地踩着油门尽量跟上她的步伐,林影毕竟是个女孩子,体力很快就不支了,她狠狠地瞪了云暮一眼,在心里骂道:混蛋,知道我真的不可能靠两条腿走回去,你

第五章　芳菲夕雾起　/　103

好歹把车给我停下来呀!

很快地,林影就真的走不动了。靠赌气是走不完这十几公里的,只走了几百米,林影就已经认输了,冲着车里的云暮喊道:"渣男,你还不把车给我停下来!"

最终,林影屈服在了自己的体力之下,云暮赶紧踩住了刹车,让这个骄傲的女孩坐上了车,他的目的已经达到了。接下来,就要用自己的三寸不烂之舌来感化林影了,即使不能让林影感激涕零,至少也能不再让林影叫自己"渣男"吧?其实,云暮心里还是挺委屈的,自己何曾渣过,怎么这个特别刺耳的词就落在自己脑袋上了呢?

上了车之后,云暮便直接一脚油门给踩了下去,而此时的林影气哼哼地死死盯着云暮,如果此时林影的目光能杀人的话,那云暮估摸着自己早就被林影给千刀万剐了。

"周海涛那里的线索,你有没有继续跟进?"林影坐在云暮的车上,直截了当地问道。车里的气氛实在是太压抑了,要怪只能怪开车的这个家伙实在是不知道怎么哄女孩子开心,他就像是一根木头一样,不会主动搭腔。

云暮有些吃惊地把头扭向了林影,问道:"你不会让我真的去调查周海涛吧?他只不过是过得稍微奢侈了一些,还没有构成犯罪吧?"

林影直接送了云暮一个白眼,没好气地说道:"你是真蠢还是假傻,我说让你调查周海涛了吗?他家里的那些奢侈品家具是怎么来的,他是如何买到那些家具的?这里面是不是有一个地下交易市场？别告诉我你忽略了这些可疑点。"

云暮突然间哑口无言，林影的分析很到位，确实是自己疏忽了这些，如果顺着这条线往下查的话，说不定会查到十六楠的真正下落。自己钻入了死胡同，一味被红绳这条线索牵扯着被动地思考问题，反倒是林影这个局外人给自己一个新的提醒，换个视角去看问题，也许能够获得不一样的启发。

"你说得对，我是真蠢！"云暮喃喃道。

林影幽幽地说道："真不知道你是怎么混进森林公安局的，要时时刻刻地保持清醒，而且还必须要从全局去看问题，有些时候看似毫无关联的碎片信息，却是能够拼接成最有用的线索，你还差得远呢。"云暮这还是第一次被人指责，但他却没有任何的不满。

"谢谢你！"云暮真诚地说道。

林影平静地说道："既然说谢那就要有诚意，这段时间你要天天来接我上下班。我要是嫌你烦你就给我闭嘴，我要是不想看到你那张渣男脸你就给我目视前方，专心致志地开好车。听明白了没有？"

"行！"云暮心想，这女人还真的是翻脸比翻书还快，刚才还誓死不上自己的车，现在却让自己成了她的专职司机，反正讲道理自己是拼不过这女人的，要是拼武力的话自己肯定不忍对女人动手，那么自己注定就只能屈服于她了。

森林公安局。

第五章　芳菲夕雾起 / 105

云暮重新审视着林影所提及的另外一条可能会引出十六楠失踪的重要线索，他将线索在自己的脑海之中重新梳理了一遍，重点监察周海涛那些奢华家具的来源，并由此得出了一个推论，那就是青州极有可能会存在一家或几家奢华家具的地下交易市场。因为都是珍稀木材加工而成，通过正规途径是走不通的，只有类似于黑市的存在，才会让这些家具流到那些非富即贵的人家里，云暮立刻判定，如果照着这个方向查下去的话，一切极有可能会将一切水落石出的。

云暮将自己的推断汇报给谷峰，谷峰听闻之后一脸的凝重，他们被史大平的失踪牵扯了过多的精力，并没有想过要换一条线索去摸排，另辟蹊径或许也可以达到目的，谷峰立刻组织警力去进行排查。

"你说得很对，或许我们真的应该换个角度调查了。"谷峰在布置完任务之后，对着云暮说道。只不过他打量云暮的眼神有些疑惑，云暮这个家伙脑袋怎么突然间变得活泛了呢，居然能够想到跳出局外，从整体看问题，这不是云暮的风格啊。看到了谷峰对自己的怀疑，云暮忍不住叹了一口气，感叹自己这个卖力气打把式的永远都是卖力气打把式的。当然了，虽然谷峰的怀疑有些瞧不起云暮的意思，但云暮自认还是有勇有谋呢。

"这条线索是林影提醒我的，经过我的推断和分析之后得出的结论。"云暮坦然说道。

谷峰一副恍然大悟的样子，那表情就像是在说：果然是这个样子，和我猜得差不多。

谷峰这样子让云暮很是受伤，但他也无可奈何，只好说道："谷队，如果你想嘲笑我的话就尽管笑吧，我没想到是因为我的经验少，您这经验丰富的老队长居然也没有想到换个角度去思考问题，那就很……"

看着谷峰的脸色越变越差，云暮却仿佛是压根儿就没看到似的，继续说道："尸位素餐？经验主义？德不配位？才不堪任？力不从心？智不匹谋……"

谷峰的脸已经拉得老长了，对于云暮这个家伙的调侃，他已经快要到了爆发的边缘了，谷峰咬牙切齿地说道："这次关于地下非法交易家具市场的案子，由你来负责，出了任何岔子，我拿你是问。"

云暮终于搬起石头砸到了自己的脚，看来他也是有点儿得意忘形了，你说他逞这些口舌之快又有何益处呢？云暮只得垂头丧气地带着队友们往外走，终究是要为自己的年少轻狂付出了沉重的代价呀！

"哦，对了，你现在和林影那小丫头处得怎么样了？啥时候喝你的喜酒。"谷峰在背后冷不丁地问道，然后觉得自己这态度的转换是不是有些太快了，便又讪讪地说道，"哦，这是你嫂子让我问的，我也是替她打听一下。"

"老死不相往来！"云暮冷冷地扔下这么一句话，然后直接就转身离去了。

这一次，云暮并没有"掉链子"，抓住这个重要的线索，只不过用了三天的时间，案件就已经有了很大的进展。他们在青州市家具市场中锁定了几个涉及地下黑市的嫌疑人，此时的云暮看上去还是有些狼狈，毕竟这三天的时间，除了定时定点去接送林影之外，他一直就带着人泡在这家具市场，这里上上下下都已经快要被他翻了个遍了，要是再追不出点儿线索，那也只能说明他们的方向错了。

恰在此时，在市场的一间店铺内，一个看上去有些鬼鬼祟祟的身影出现在云暮的视线中，当他看到这个人的时候，云暮的神色直接变得异常凝重了起来。他拿起对讲机说道："盯住六号商铺出来的那个人，必要时可以实施抓捕。"

"是！"从对讲机里面传来了声音，而云暮眼神中露出了一丝认真，这一次自己总算是占据了主动，应该是会有一些重要的线索的。当他看着那人被悄悄地控制起来押送上警车的时候，云暮知道抓捕任务完成了，而且还是在没有打草惊蛇的情况下。

第六章 月影波心见

云暮对自己的侦察能力很是自信,这源于他在部队学到的那些极为有用的知识和技能。那个家伙虽然已经很警觉了,但他只不过是一只嗅觉灵敏的狗而已,而云暮是一匹狼,还是匹战斗力极强的头狼,两相比较,高下立判。

整个抓捕过程无比顺利,云暮兴奋地坐在车子的后排。车门很快地打开了,一个家伙被押了上来,由于干警们穿的都是便服,开的也并不是警车,所以那个被抓的家伙上了车仍然是一头雾水,嘴里骂骂咧咧的。云暮微微地皱了皱眉头,一句话也没有说,对着前面的队友点了点头。很快地,车门被锁死了,然后发动了起来,悄悄地消失在了家具城外。

"邢德民?"云暮侧着身子打量着眼前的这个家伙,这个家伙个子不算太高,皮肤有些黝黑,两只三角眼滴溜溜地乱转着,看上去有些不修边幅,嘴里露出两颗金牙,正满脸警惕地望着云暮。

邢德民知道,自己现在的处境非常地不妙。

"小兄弟认识我?"邢德民装出一副若无其事的样子,小心翼翼地问道,"我好像与你不认识吧?大路朝天各走一边,咱和小兄弟是井水不犯河水啊，不知道我这是得罪了哪路神仙了？"

云暮拍了拍这家伙的肩头，淡淡地说道："嗯，不用跟我打马虎眼儿了。实话告诉你，咱俩呢确实没见过，不过这不代表着我不认识你，听说你手上有不少的好家具，料子还挺好？"

邢德民摇摇头，说道："有些夸大了，我只不过是个二道贩子而已，替人牵牵线搭搭桥，不知道怎么得罪了这位小兄弟？"

"说不上得罪，听口音你可是咱们青州人？"云暮不急于暴露自己的身份，反倒是从邢德民这里挖掘更多自己想要的信息，他知道邢德民对自己极度不信任，他也并不需要这样的家伙信任自己，他只需要得到自己想要的信息就足够了。

于是，云暮又说道："你在咱们青州市也算得上是小有名气了，听说想买最好的家具找你就可以了。"

"这个？"邢德民很明显地有些顾忌。

云暮淡淡地说道："我朋友家里有一套长白松的家具，我挺喜欢的。听我朋友说找你可以弄上一套。真是巧了，我也想要弄一套上档次的家具结婚的时候用。"

邢德民听了这个，戒心放下了一些，说道："老板你早说呀，把阵仗搞得这么大，差点儿吓死我。不知道老板你喜欢什么材质的，只要老板你给的价钱合适，无论什么样的材质我都能够给你弄到。在青州，这点本事我还是有的。"

云暮看了一眼这个家伙，决定不装了，要摊牌了，直接说道："听说百年沉香楠木的料子不错，做出来的家具既结实又美观，不知道你能不能搞得到？"

听到了云暮这话，邢德民刚刚放下的戒心瞬间又悬了起来，他的额头瞬间就渗出了细密的汗珠，目光有些恐惧地盯着云暮，说话的声音都有些结巴了："老……老板，你……你别开玩笑了，百年沉香楠木，那我可弄不到手啊！"

"我不信！"云暮摇摇头道，"既然你不愿意在这里说话，那么咱们还是换个地方吧。"云暮对着队友使了个眼色，车子便朝着森林公安局驶去了。

邢德民知道自己这是耗子钻到老猫窝了，他的脸色瞬间就变得煞白，忍不住用手擦着额头上的冷汗，身体更是微微地打战，他知道云暮说的那百年沉香楠木的料子是什么意思，在他这行混的没有不明白的，云暮指的是青州市瑶山里的十六楠。

云暮的眼神瞬间变得凌厉了起来，目光死死地盯着这个家伙手腕上露出来的那截红绳，一条打着金刚结的红绳。云暮的手如同闪电一般直接抓向了邢德民，抓住他的袖子推了上去。云暮眼神冷峻地盯着邢德民，说道："这里离局里还有段路呢。邢德民，介意说一说你手上的这条红绳吗？还是打着金刚结的红绳，这东西在青州市很少见啊！"

"这……这是别人送我的。"邢德民没想到云暮突然间会对一条不起眼的红绳感兴趣，他只感觉自己的手腕被云暮抓得生疼。

"谁送的?"云暮厉声问道。

邢德民摇摇头说道:"我不认识,我看着好看,就从那个家伙手里要过来的,人们都叫他木工。"

"木工?"云暮一听这个名字不禁神色更加凝重。

"我要知道他的真名?"

邢德民再次摇摇头说道:"他不让我们问,更不允许我们打听。我们只知道他叫木工,他做的家具很漂亮,家里是有祖传手艺。警察同志,我真的什么都不知道啊!"

邢德民即便是再傻,到这个时候他也已经猜出了云暮的身份。

"是吗?我倒是觉得你这里有我想要知道的东西呢,我劝你还是老实一点,别在我面前耍什么花样儿。不要跟我说什么你不知道十六楠,你觉得我会信吗?"云暮脸上露出了笑容,但是这笑容在邢德民眼里却是如此狰狞。

"我只不过是放哨的。"邢德民毕竟胆子小了点儿,被云暮这一诈,全都吐口了。

"那些楠木呢?"云暮接着追问道。

邢德民垂下了头,犹豫着要不要说,最后他还是怕了,本身他做的就不是什么能见光的生意,真要是卷进去了,那么铁定要吃几年牢饭的。人家既然都已经秘密地把自己控制起来了,那就意味着他们已经掌握了证据。

云暮并没有催促邢德民,而是对着前面的队友说道:"回去后让谷队来审吧。"

"不不不，我说我说。那些楠木被运去了一个叫海王木器厂的地方，在那里锯成木材，至于后面又转到哪里了，我就不知道了。"邢德民一听到谷峰的名字，顿时被吓得不轻，立刻主动要交代。

云暮一愣，没想到这时候居然还有意外收获。不过，让他更疑惑的是，这家伙好像对谷峰很恐惧啊，为什么？

"你好像很怕谷队？"云暮调侃道。

邢德民并没有答话，倒是坐在前面的那个队友"扑哧"一笑，说道："没办法，谷队的威名在这群家伙的耳朵里实在是太响亮了。"

"哦，谷队有啥名？"云暮饶有兴趣地问道。

邢德民毕竟只是一条小"鱼"，但是小鱼却也是有小鱼的用处。回到森林公安局，云暮将邢德民移交给了谷峰，然后又带着人直奔海王木器厂，但当他赶到的时候，还是晚了一步，这里已是人去楼空了。

云暮没想到敌人的警觉性如此高，他才刚刚知晓海王木器厂的存在，下一刻这里就已经成了一个空壳子。

云暮的脸色很差，他的手里捏着从邢德民胳膊上拽下来的红绳，从目前搜集到的信息来看，自己要面对的绝不仅仅是一个人，而是一个有组织的犯罪团伙。

云暮第一次体会到了林俊峰当时所面对这个犯罪团伙的无力感，自己的力量太渺小了，哪怕是有整个森林公安局作为自己的坚强后盾，但面对着这群能够做到未卜先知的家伙们，云暮深感步履维艰。

"有什么发现没有？"云暮坐在海王木器厂的台阶前，看着一无所获的队友们问道。

那些队友摇摇头，他们做事非常谨慎，而且准备得也非常充分，但队里的行动总能先一步被对方发觉，云暮忍不住开始怀疑，是不是问题出在了自己的内部。

云暮十分茫然，心里面隐隐地有些愤怒，他感觉自己好像是被别人牵着鼻子走一般，这种感觉非常不好。

很显然，这一趟算是白跑了。

云暮正要站起来带人收队，没承想自己的脚好像被什么东西给硌了一下，等他回过神来的时候，眼疾手快的他直接将那个东西捡了起来。这是一颗珠子，表面泛着微微的黄，上面的纹路清晰可见。而当云暮将这珠子凑到鼻前闻了闻的时候，他本有些失落的脸上立刻泛起了喜色。

淡淡的香味，似沉香一般，云暮可以断定这必然就是沉香楠木。有了这颗小珠子，云暮这一趟也不算白来。

或许是因为这硌人脚的珠子打通了云暮的任督二脉，他的大脑立刻陷入了沉思。这海王木器厂人去楼空，看起来好像是什么都没有给他留下，但是这遗留在角落里面的珠子也说明了一些问题，那就是之前这里的人清空现场时确实挺匆忙的，而忙中必有乱，或许这些乱就能够给自己提供些有用的线索。

"不急着走了,再看看,说不定还能够找到些有用的证据呢。"云暮平静地说道。

"可是,所有的证据都已经被清空了,别说是在这里找那十六楠了,就算是连个木屑也没有给咱们留下啊!"其中的一个队友忍不住抱怨道。

冷静下来的云暮也开始思考了,他思索片刻,说道:"嗯,或许我们需要的那些直观证据都被人给清理干净了,违法分子也是从这个出发点才清理现场的,但有时候证据这东西不仅仅是直接的,还有可能是间接的。比如说,他们的账本之类的。"

听到了云暮的提醒,队友们再一次仔细地搜索起来,果然不出云暮所料,很快地,一些账本便被云暮他们给找到了。

云暮当场就翻阅了起来,但他却看不懂上面的数据信息,毕竟不是财会专业人员。这个时候,云暮就想起了自己身边那硕果仅存的高才生——林影。要是请她给自己帮帮忙,说不定就能够找到些有价值的线索。

回到警局,云暮第一时间便拿着账本来到林业局。云暮这是第一次主动地登门,林影看到云暮的一刹那,眼神之中略微有些慌乱,不过很快地便掩饰了过去,然后板着一张脸,对着云暮说道:"你好像很闲啊?"

云暮挠了挠头,说道:"江湖救急!"

林影对着办公室的同事交代了两句之后,便把云暮带到了走廊外面,说道:"说吧,找我什么事儿,我现在很忙。"

"知道你忙,我查到了些线索,想要请你帮我鉴定一下。"云暮说着,直接从口袋里面掏出来那颗珠子,然后就递到了林影的面前,继续说道,"你帮我看看,这颗珠子的材质是不是沉香楠木?"

林影有些疑惑地接过了珠子,然后只是用了几秒的时间就点头应道:"应该没有错,确实是沉香楠木,而且树龄也已经过百年。你的意思是说,这珠子是用十六楠做的?"

"是的,我怀疑是,但是追踪的线索断了。这颗珠子我也是在现场无意中发现的,如果说这珠子就是十六楠做出来的话,那至少可以证明我追查的方向没有错,十六楠现在已经被人给转移了。"云暮一本正经地答道。

"有没有抓到人?"林影追问道。

云暮摇摇头道:"没有,我们去了的时候,那个叫海王的木器厂已经人去楼空了,我估摸着那批沉香楠木已经转移了。"

"不是没有这个可能,海王木器厂可能只是他们用来粗加工木料的场地,需要深加工的地方并不在那里。但是,我猜想那个精加工的地方离你所找的海王木器厂应该不会太远,侦破不是我的长项,我帮不了你。"林影干脆地说道。

云暮点点头,果然是术业有专攻,但是这次来他还有其他的目的,既然自己硬着头皮来求林影,那索性就要求提得彻底一些。于是,云暮就说道:"我们在那个木器厂里面还发现了几本账，你知道的，我肚子里面这点儿墨水根本看不懂，所以想要让你帮我，看看能不能从这里面找些线索出来。"

看着云暮那一脸诚恳的样子，林影很平静地说道："拿来我看看。"

云暮直接掏出一个优盘递给了林影，说道："账目都在这里了。林影，这东西对我很重要，或许我能够从中找到些线索。"

"我知道了！"林影一个白眼，有些不耐烦地回怼道，自己在他眼里就这么不知轻重吗？

"呵呵，那好，那就辛苦你了，我先回去等你的消息了。林影，如果有消息的话第一时间通知我，这对我很重要。"云暮诚恳地说道。

林影没再理会他，径直走回了办公室，云暮感觉自己有些没趣，便悻悻地离开了。

就在他俩刚刚各自走的地方不远，鲁平安一脸阴沉地从一旁虚掩的门里面走了出来，刚才两人的对话他全部听到了，他一边朝着卫生间走着，一边拨通了一个电话。

"方老师，你是怎么搞的？那些猫狗已经查到咱们老家了！"鲁平安有些气愤，他的那些小爱好是绝对不能公之于众的，到时候别说是现在的饭碗不保了，恐怕自己也会到"号子"里面吃上几年的牢饭了。

方红岩此时正在学校的办公室，接到鲁平安那近乎咆哮的电话之后，他就举着电话来到了学校操场的柳树边，神色冷漠地说道："木工，所有的一切都是我在替你擦屁股。这是你自己弄出来的烂摊子，要不你自己去收拾如何？"

"哈哈哈！"鲁平安被气得笑了起来，笑得很是狂妄，他继续说道，"拿人钱财替人消灾，方老师你一直做的不就是这种事吗？这几年大家的钱是挣得越来越少，我只不过是找个能赚大钱的项目，你敢说你从里面少拿了吗？我记得好像并没有吧？拿钱的时候挺痛快的，你以为我的钱就那么好拿？这件事，你必须得替我解决好了，要不然，大家一起玩儿完。"

赤裸裸的威胁！

此时鲁平安的话已经彻底地激怒了方红岩，方红岩是缺钱，但是他却不傻，非但不傻而且还很冷静睿智，多年来的从教经历让他的修养和涵养变得非常好，不过这并不能说明他会被鲁平安这样的家伙给威胁到。

"木工，你要我怎么做？"

鲁平安目视着林业局的大门，然后心一狠，咬着牙说道："给我做掉一个人，林业局的林影，她现在已经掌握了海王木器厂的账本，用不了多久就会查到你我的头上。"

方红岩沉默良久，他并不是不愿意听从鲁平安的安排，而是在猜测着这位木工的真实身份。在他们这个集团里面，没有人的身份是对其他人公开过的，就像鲁平安只知道方红岩是老师，至于是哪里的老师，他从来不会去打听，也不敢去打听，有了活儿就通过电话联系，之前是渔夫，之后是樵夫，而这近二十年是读夫方红岩。

方红岩平静地说道："好，这工作我接了，不过钱要另外算。就如你说的，拿人钱财替人消灾，不过我提醒你，这次的价可不低。"

"我只要她人消失。"鲁平安恶狠狠地说道。

方红岩笑了，挂断了电话，他的眼神渐渐地从凌厉变成了柔和，对于他来说，杀个人是很容易的，而且他也已经对此习以为常了。只要有人胆敢挡着自己的路，那么这个人离死也就不远了，不管他是谁，他是什么身份。方红岩都已经记不清自己已经除掉多少人了。

方红岩冷静地掏出另外一部手机，他身上永远都装着三部手机，一部是正常与外部联系的，另外两部只开震动的手机，换了个手机，方红岩直接拨了出去。

刚刚过了一天时间，林影对账目的调查就已经有结果了。早上的时候，云暮准时地出现在她家小区的楼下，等林影上了云暮的车，她平静地告诉着云暮："从账目中看，有几个地方很是可疑，其中一家叫易盛的外贸公司承揽着海王木器厂的大宗交易，交易的数额之大，并不是海王木器厂这样的小家具厂能够承受的。这就意味着，两者之间的交易很有可能是价值不菲的违禁木制品。"

"易盛外贸公司？"云暮的脸上露出了欣喜之色，果然还是让自己抓住了线索，他忍不住地有些激动地说道，"实在是太好了，林影，谢谢你，下次我请你吃大餐，地方随便你挑，啥贵咱就吃啥。"

林影的脸上露出了略微有些疲惫的笑容，她只是轻轻地应了两声，昨天晚上云暮把自己送回家之后，她就一直都没停下来过，熬了个通宵才看完账本上的所有内容，这才有了告诉云暮的那些重大发现。所以现在的林影有些困意。她对着云暮说道："你好好开车，我先眯上一小会儿。"

"好嘞，辛苦了！"云暮知道自己交给林影的事情就从来没有让他失望过，这次自然也一样，果然那些家伙做得还是太匆忙了，这也证明了他们不可能做到不留一丝痕迹。

将林影送到林业局，云暮便直接开车回到了森林公安局里面，在局里面安排一番后，云暮带着人直奔那个叫易盛的外贸公司。

等云暮赶到易盛外贸公司的时候，公司整个大楼已经陷入熊熊的火海之中，消防队员们正在积极地扑救着。云暮坐回到警车之中，一时没了对策。

敌人实在是太狡猾了，连这一点都能够预料吗？这次销毁证据做得更加地仓促，但是这也说明了问题，那就是自己这边一而再，再而三地扑空，证明了警队里面肯定有内鬼，这种猜测此时在云暮心里无限地放大着。

云暮深吸一口气，面色前所未有的凝重。到现在为止，他所看到的不仅仅是掩藏罪证了，已经是涉及刑事犯罪了。纵火罪，无论古今中外都是大罪，这也能够从侧面反映出自己的步步紧逼让那些人狗急跳墙了。对于今天的扑空，云暮心里其实并没有多大的失落，反倒是激起了他的好胜之心。

下一次自己再逼他们的话，或许就能够抓住他们的尾巴了吧？云暮在心里面如是想道。

"收队！"云暮朗声说道。

而此时，在离火场不远的一间茶室里面，方红岩正坐在离玻璃橱窗最近的地方安静地品着茶，他的目光一直锁定停在路边的那辆警车上面。刚才云暮从警车里面出来的时候，方红岩的眉头在那黑框眼镜后面隐隐地皱了起来，然后很快又恢复了平静。他的心情看上去还算不错，毕竟，对于那些一直在后面步步紧逼的"猫"来说，线索断了，那么也就预示着他们现在安全了。

至于是林影还是云暮，对于方红岩来说并不重要，无论是谁，只要有人胆敢阻碍他赚钱，那么下场也就只有一个，死！他手上的人命并不少，多两条不多，少两条最好。当然，这得自己的这两位年轻的学生要识相一点儿，要不然的话，自己也就只好给他们俩上这人生中的最后一课了。

云暮无功而返，现在他只会将自己的注意力放在森林公安局内部，多次的扑空让云暮不得不怀疑警队里是否有人在为那些家伙偷偷地提供情报。

谷峰看到云暮的瞬间便明白了云暮此次行动毫无收获。

两人来到院子里的一片空地上，谷峰忍不住问道："怎么回事？"

云暮撇了撇嘴，有些无奈地说道："被人牵着鼻子走了，我觉得这种情况只有两种可能,一是那边的人对我们的行动了如指掌,总是能够料到我们下一步的行动;二是问题可能真的是出在我们这边。"

谷峰摇摇头说道:"我知道你的怀疑,但是可能性不大。"

任务再三失利,云暮反倒是越来越冷静了,仿佛越是在逆境之中,云暮就会直接变成另外一个人,这种感觉像是回到了之前在部队一个人执行任务的时候,作为一名最杰出的侦察兵,孤狼似的性格总是会在困境之中克敌制胜,而这两次任务的失败,已经激发起了云暮的那种血性。

"是的,我从不怀疑和我一起战斗的兄弟。谷队,我想要申请独自行动,这或许比一起行动收益更大。"云暮语气坚定地说道。

谷峰沉默,云暮说的其实并没有错,现在他的目标很大,刑侦大队的一举一动都会落在别人眼里面,如果云暮单独行动的话或许会更恰当一些。

谷峰却不想让悲剧再一次地发生,之前林俊峰就是因为独自行动才会牺牲,但他知道自己并不能阻止云暮。"好吧。"纠结了半天,谷峰权衡再三之后还是答应了。

云暮脸上的笑容早就已经收敛了起来,在听到了谷峰的答复之后他的神色变得更加刚毅,他微微地点点头,没有说什么,直接转身离开了。对于云暮而言,从这一刻开始,他将会是一枚暗子,行动不受限制,但同时也会让他更容易陷入绝境。

望着云暮离开，谷峰想要说什么却是无法说出口，谷峰虽然相信自己的队员，但是必要的调查还是要做的。

林业局的门口。

林影突然间接到一个电话，是一个快递员打的。林影有些疑惑，她这段时间并没有网购任何东西，不过她还是抽了个空儿来到了快递站。快递小哥把帽檐拉得很低，他的身边停着一辆带厢的快递三轮车。

"你好，我是林影，我来取快递。"林影说道。

就在这个时候，那个快递小哥突然抬起头，脸上露出了一抹诡异无比的笑容。只见他二话不说，直接拿着一块布子迅速地捂住了林影的口鼻，林影眼中露出了惊恐的神色想要挣脱，当她意识到这是一种迷药想要屏住呼吸的时候，还是晚了一步。很快，她的身体便软绵绵地垂了下去，而那个"快递员"迅速地把林影扔进了三轮车里面，发动车后若无其事地离开了。

林影被绑了！

云暮听闻这个消息之后来到林业局，他很快地就从监控里查到了那辆快递三轮，由于那个假扮的快递员帽檐拉得很低，云暮根本无法从监控视频中辨别出他的样貌。很快地，谷峰也闻讯赶来，在他的协助之下，又调出市里的监控摄像头，云暮确定了大概的位置，最终那辆车消失在了拐往瑶山的路口。

整个过程云暮的话都很少，但无论是谁都能够感觉云暮

第六章 月影波心见 / 123

那无法掩饰的怒火,他死死地攥着拳头。谷峰上前安慰道:"云暮,不要太担心,我派人立刻赶往瑶山,林影一定会没事的。"

云暮摇摇头,此刻他虽然是又急又气,但还是保留了一丝冷静,他平静地说道:"谷队,我相信找人的事情没有任何人比我在行。"

"你不要冲动。"谷峰嘱咐道。

"放心,我不会冲动的,我说的是真的,作为侦察兵,我在这方面是最擅长的。而且我答应过林叔叔要照顾好林影。要怪只怪他们,惹了不该惹的人,谷队,我请求在必要的情况下,我可以开枪射击。"云暮无比理智地说道。

"我知道你的身手,也了解你的本事,我可以同意你在必要情况下开枪。但是,云暮,你一定要注意安全,我不希望看到你也出危险。"

"放心,我一定注意,并把林影给安全地带回来的。"云暮坚定地说道。

谷峰没再说话,只是用力地拍了拍云暮的肩头,然后便离开回队里面去布置了。而此时的云暮则是早就已经换上了一身迷彩服,他冷静地检查着自己的武器,然后一头便扎进了瑶山之中。

瑶山,青州市的自然保护区,这里有大片的森林植被,通往山上的路并不好走。不过,对于云暮来说,这里却是他最熟悉的环境,进山的路即便是那种相对稳当的三轮摩托车也开不上来，只能靠徒步行走，他很快就找到了被抛弃在路边的那辆快递三轮。

部队里每个侦察兵都必须要有过人的军事素质、身体素质和心理素质，他们的行动更为迅速、灵活，无论是从体能、敏捷度还是从综合作战意识上来说，在部队里都是数一数二的。侦察兵的主要任务是获取重要的军事情报，因此云暮在部队里也就掌握了特种作战的技能与技巧，他的野外生存及格斗技术那都是一等一的。自从进入瑶山的林区，他就如鱼游大海一般。

云暮很快就锁定了目标，他的目光在丛林之中如同是冰冷的狼眸，死死地锁定了自己的猎物，而那群猎物往往还浑然不知。

让云暮心安的是，林影暂时还是安全的。

最终，云暮跟踪着那个家伙来到了瑶山深处，在这里，云暮看到了一块被砍伐后清理出来的空地，这里俨然成为一处工地，从工地的牌子上看出这是一家名为青绿瑶山的旅游开发公司。昏迷的林影被带到了这个工地，关在一个集装箱房里面。

云暮没有轻举妄动，因为他看到在这个工地的四周还有一些岗哨，如果自己贸然行动，很有可能救不出林影，反而还会暴露自己的位置。

与此同时，集装箱房里的林影幽幽地醒了过来，她感觉自己好像做了一个很长的梦，但是当她想要动一动僵硬的手脚时，却发现自己的双手和双脚被尼龙绳死死地绑着。

林影的眼中露出了惊恐的神色，但是很快她又冷静了下来，她渐渐地回忆起来了，自己正是因为要取一个莫名其妙的快递，被那个快递员迷晕了。现在林影可以肯定的是，那个家伙绝对不是什么快递员。

现在的林影是一头雾水，她不知道自己究竟得罪了什么人才会落到这种境地。她一直觉得自己只不过是得罪了鲁平安而已，以鲁平安那睚眦必报的性子，可能会给自己的工作使使绊子，就算他胆子再肥，最多也只会对自己进行恐吓。直接玩绑架这一套，她料定鲁平安绝对做不出来，除非他鲁平安真的是蠢。

就在这个时候，林影听到了集装箱房外面好像有人因为什么在争执。

"你说什么？你把人给绑到我这里来了？你是不是想让我们大家都死？"那个声音林影觉得听上去好像有些熟悉，但是想不起来那人是谁。

"我只不过是按照他的要求做的。"那个应答的声音满是恐惧。

过了一会儿，林影才听到之前的那个声音说道："蠢货，你这么做只会把狼群给我引来，那个家伙私底下到底给了你多少钱？"

接下来几句林影并没有听清楚，两人好像在嘀咕着什么。

"明天你想办法把她送走，送到哪里都无所谓，但是这里绝对不能暴露。这可是我花了大力气才弄起来的铂矿，你要是坏了我的大事，后果你自己想想。"

"不至于吧？"

"不至于？你个蠢货，你知道一斤的粗铂能够卖多少美元吗？真的要是坏了我的事情，我可以很负责任地告诉你，你离死不远了！"

两人的声音渐渐听不清了，林影感觉他们应该是已经走远了。

铂矿？

林影吃惊了，她没想到在瑶山中居然有这种稀有金属矿藏，而她更没有想到的是，居然有人敢私自开采。

铂族金属元素有六个成员：钌、铑、钯、锇、铱、铂。而最普通的铂俗称白金，价格堪比黄金，如果要是能够从铂族金属中提炼出像铑这样的金属，那就是天价了，这诱惑足够让人铤而走险。

怪不得，在那些人眼里面，就算是冒着死也要拼一把了。

但是，这种暴力开采最容易破坏生态了，而且想要恢复那简直困难重重，铂族金属毕竟是一种极其稀有的金属，其所处生态环境也更为脆弱。

林影忧心忡忡，这样的事情光靠禁是屡禁不绝的，在诱人的利益面前，或许某些人就难以把持得住。而且，她相信以后也难以禁绝，毕竟这类人的生存逻辑是人为财死、鸟为食亡。林影心里面也有些痛恨，这些人真是胆大包天，明显是在顶风作案。

很快，有人进来了，林影赶紧躺回到原来的位置，装作昏迷不醒的样子。

那人只是看了林影几眼，在集装箱房里面转了一圈之后没发现什么异常又离开了。离开之时，这人还谨慎地把门给反锁了。

林影躺在地上，倦意袭来，没过一会儿又沉沉地昏睡了过去。

等林影再醒来的时候，天已经黑了，远处的窗外只有那昏暗的夜色，还有一些开采矿物的机器设备的嘈杂轰鸣声。

林影挣扎着站了起来，往外看了一眼，看到的景象却是让她感到无比的触目惊心，四周的树木被砍伐殆尽，而经过暴力开采使这里的植被全部消失，形成了一块光秃秃的斑痕，四周尘土飞扬，而那些简单粗暴的机械运作声响却是让山里的夜除了静悄悄，愈发地冷了，只有时不时会传来几声野兽的叫声。林影感觉又冷又饿，尽管就这样被关在这集装箱房里，林影却没有显得多么慌张，她隐隐觉得自己肯定会平安无事的。

此时的林影忍不住地想到了那个人，那个让她心心念念却又恨得牙痒痒的家伙。此时此刻她把所有的希望全都寄托在他身上，现在反倒是希望他是个信守承诺的人。

林影手脚被绑，望向窗口外面，黑色的天幕上，满天的星辰充满着诗意与浪漫。林影有些想笑自己的幼稚，她时不时地遐想一下,自己现在就好像是迪士尼的一位公主,在期待着自己的王子来拯救自己。

每个少女总是希望自己能够生活在童话故事中,林影也不例外。

就在林影有一些期盼、一些担心的时候,突然间几声轻微的声响传进了她的耳朵。那是她很熟悉的节奏,小时候她和云暮玩躲猫猫的时候,只有他们两人才会懂的暗号。今天再听到这暗号,林影确定这不是幻觉之后,便轻轻地靠到声音的位置,指节轻轻地叩着作为回应。

"云暮?"林影的声音压得很低,内心却多了一丝喜悦。

"嘘!"让林影感觉十分安全的声音再度响起,"你别害怕,我现在就想办法救你出去。"

林影正要答应的时候,却忽然想到了什么,赶紧说道:"别,如果他们要是发现我不在了,那就打草惊蛇了,等你再回来的时候一定会扑个空。况且,我要是跟在你身边的话,对你来说绝对是个累赘,咱们跑不远的。"

"任务什么的不重要,你的安全对我来说最重要。"云暮的声音听上去有些焦急。

"我暂时还是安全的,倒是你必须得去搬救兵来,那样才能把这里连窝端了。然后只要顺藤摸瓜,很快就会破获这件大案的。"林影的声音听上去很平静。

云暮急了,虽然林影说得很有道理,但这个时候的云暮很明显不想跟林影讲道理,他粗鲁地打断了林影的话:"少废话，这个时候你必须听我的。"

虽然被骂，但林影的心里却感到有些甜蜜，这就是被人关怀的感觉吧。

"好了，听我的，我留在这里还有用。我一点儿也不害怕，因为我知道有你在我身边，我就是安全的，就算我被绑架到了天涯海角，你也一定会来救我的。"林影的声音很果决，"有你在，我不怕。"

云暮在这一刹那有一种感触：温柔乡英雄冢，现在就算是为林影搭上自己这条命也值了。

"我明白了，你放心，我一定会让你平安无事的。"林影听到了云暮这句话之后，外面便又恢复了沉寂。林影知道，云暮被自己说服了。

第七章　水落鱼梁浅

深夜的瑶山林区之中,一道身影飞奔着,如同是一只矫健的猎豹一般,仿佛这里的一草一木他都非常熟悉。而且这道身影飞驰着却没有发出任何的响动,这就是一个侦察兵的素质。

云暮在赶时间,林影的位置他已经记在了心里,他要赶回去报信。

等天刚刚亮的时候,云暮已经赶回了局里,而谷峰在这段时间也没有闲着,他通过自己的方式追踪到了林影接的那个电话。通过排查,那个电话主人的身份很快就锁定了,是鲁平安。

鲁平安很快就被控制起来了。

谷峰通过一夜的审讯,鲁平安很快地就交代了。他气不忿林影抢了自己股长的位置,就派了一个社会上的闲散人员去绑架林影,想要给林影一个深刻的教训。

不过谷峰不知道的是,这一切都是鲁平安已经设计好的。从他被秘密控制起来的那一刻起,他就已经想好了应对的说辞,目的也很明显,鲁平安想要玩一手瞒天过海,而且从他踏进警局的那一刻起,他的计谋也就成了。

只有避重就轻才能够帮助自己瞒天过海,因为就在他踏入森林公安局的那一刻起,他做好的那些家具也已经出货了,所有人的视线都被林影的绑架案所吸引,而他就可以在那些紧追不舍的刑侦人员眼皮底下完成自己的交易。说不定还能够牵制住读夫,拆除方老师这颗"定时炸弹"。

很显然,所有人都上当了。

云暮赶回来的时候碰到了谷峰,谷峰告诉了他审讯的结果。云暮却告诉谷峰,是谁指使人绑架林影已经不重要了,重要的是林影现在的安全。作为经验丰富的侦察兵,他只用了十几分钟的时间便画了一张图,让谷峰凭借此图控制那个"黑矿",而他在添了些补给之后,又一个人折返回了瑶山。

云暮最关心的还是林影的安全,这才是他认为最重要的。

就在云暮刚刚动身的时候,在瑶山深处的"黑矿"里,林影的眼睛被蒙住了,此时她蜷缩在集装箱房的一个角落里。

"送她走!"那个听起来有些熟悉的声音冷冰冰地说道。

林影觉得自己真的对这个声音很熟悉,但是她实在是记不起来拥有这个声音的人会是谁。

"你们要把我带到哪里去?"林影吃惊地问道,"我现在很饿,能不能给我点吃的。"

过了一会儿之后,那个声音才冷冷地说道:"给她点儿吃的。"

很快,饭菜的香味儿飘了进来。那个声音说道:"你最好老实点儿,你是叫林影吧?你得罪了什么人,我想你应该比我更清楚吧?"

轰!

宛如一股电流击中了林影的大脑,林影有些不敢相信自己的耳朵,当一个人的视力受阻时,会下意识地提高其他感官的能力。林影已经知道了这个声音听起来有些熟悉的人是谁了,只不过她没想到,平日里道貌岸然的他居然还有另外一重身份。

林影沉默了。

她直到现在都不敢相信,顶风作案的人居然会是自己最为敬重的老师——方红岩。

"方老师,没想到会在这种地方见到您。"林影幽幽地说道。

沉默,陷入死寂一般的沉默,她知道现在自己的处境很危险了。虽然她不想相信自己的推断,但是在青州市或许只有一个人会把她的名字叫错,而这个人就是林影的老师方红岩,印象中他前后鼻音不分,经常性地把她名字中的"影"读作"引",当年这也是被云暮经常性地用来调侃方老师的小故事。

林影感觉有人靠近了自己,一声重重的叹息之后,方红岩直接扯掉了林影脸上蒙着的黑布。

一道刺眼的亮光,让林影不得不眯缝起双眼,等她渐渐地适应了之后,才发现自己面前站着的正是那个戴着黑框眼镜的中年人。方红岩原本慈祥和蔼的脸上此时却是挂满了寒霜，他面色阴沉地盯着林影。

"一直以来，我都觉得你是个聪明的学生。不过，你今天却是不太聪明了，如果我是你的话，会把揭露我身份的这句话直接烂在肚子里，至少暂时性地不会让我起疑心也可以。但是你今天的表现太不理智了，这会让你丢了性命的，真是可惜。"方红岩淡淡地说道，他那冷漠的眼神让林影感觉到了彻骨的寒意。

"想不明白？"方红岩看着一脸错愕的林影。

林影点点头，没有说什么。

"那么，既然都已经打开天窗说亮话了，那么我也就不藏着掖着了。我的红绳，应该还在你手中吧？"方红岩看着林影那逐渐变得越来越惊愕的眼神，他的脸上露出了那一丝略带神秘的笑容。

林影的心顿时沉到谷底，方红岩这真的是和自己不遮不掩了，一直以来萦绕在自己心头的那个谜团陡然间被解开。林影知道，这是方红岩在和自己摊牌，同时也意味着方红岩对自己动了杀心。一想到他居然在害死了自己的父亲之后，还能够装作若无其事地站在讲台上讲课，林影就感觉到自己的后脊背一阵发凉。

"其实我早就应该猜到的，方老师的化学课是讲得最好的，整个青州懂铂金矿价值的恐怕也只有你一个人吧？"林影恍然，思前想后，她现在终于把一切都串联起来了，"为什么要这么做？方老师你应该清楚，这么做是犯法的。"

方红岩漠然地点了点头，说道："我知道，从我一开始做这些我就知道我这么做绝对是犯法的。但是没有办法，当个教书匠实在是太穷了，你知道我的女儿方琼吧，她小的时候你见过的，她的学习成绩很好，大学毕业后就到了国外。我一个月五千块钱怎么能供得起我女儿读书，我得想办法多赚钱，这样才不会让她有后顾之忧。"

"虽然我很想承认你作为父亲很称职，但是你有没有想过，你剥夺了我应该有的父爱。"林影厉声说道。虽然愤怒的情绪被她压得很好，但是面对着这个杀害自己父亲的凶手，林影还是无法控制。

"我知道，所以我才会在你上学的时候想方设法地补偿你。你不会真的以为，你学习成绩优异仅仅是你个人的努力吧？没有我劝我的同事对你格外关照，你能够顺利地考上中山大学？林影，我欠你的已经还清了。"方红岩面对着林影的控诉，显得很平静，也很淡然。

林影惊讶万分，这还是她认识的方红岩吗？那个温文尔雅、平易近人的方老师？这么无耻的话，他居然能够如此轻松地便吐出口，完全颠覆了为人师表者应有的形象。面容冷峻且狰狞的他此时却是让人感觉无比丑陋，他伪善的光芒褪去，现在只剩下了邪恶。林影实在无法想象，站在讲台上的他是如何能够从容淡定地面对自己，面对他要教导的那些学生。

林影的目光一直都盯着方红岩，然后满是蔑视地笑了，有点儿嘲讽地说道："方老师，这样的伪装，你觉得累不累？"

方红岩笑了笑，没说话，在他的眼里，林影已经从这个世界上消失了。他手上的人命已经不少了，多一条不多，少一条却是会害死自己的。

方红岩转身，对手下吩咐道："把她带走吧，这里已经不算安全了。咱们的人也该撤了，以防万一。林影有个当特种兵的同学，对她爱慕不已，平常跟她更是形影不离，那小子恐怕此时也已经离我们不远了。那些简易的设备都留下就可以了，现在的她就是我们的保命符。"

林影听后一怔，她明白事情有些麻烦了，方红岩对自己和云暮实在是太熟悉了。当林影知道这一切盗采盗猎的幕后黑手就是方红岩的时候，林影也就想明白了一些事情，方红岩是个冷静到极点的人，而且还是一个异常小心谨慎的人，这样的人是非常危险的。云暮的几次行动都被阻，暗中和方红岩过了不只是一两次的招，每一次方红岩都能让云暮无功而返。如果这样危险的人要是继续存在下去，那么对于云暮、对于青州来说，都是一场劫难。

方红岩离开了，林影明白就算她想挣扎也无用，这个时候要愈发冷静才是道理。云暮肯定会回来找她的，那么她想要自救，唯一有效的方法就是相信云暮。

林影又被关了起来，此时的她只有一个想法，那就是要想尽一切办法给云暮留下线索，让云暮通过这些线索找到方红岩。

此时此刻，云暮的心里非常担心林影。他也分不清楚到底是为了曾经的承诺还是因为真心喜欢，一边用最快的速度赶回那个简陋无比的矿坑，他一边在心里面默默地祈祷着林影一定要安全。但是，当他再一次回到这里的时候，他的心还是沉到了谷底。

那个集装箱房还在，但是里面却空无一人。

云暮此时并没有慌张，他相信自己的实力，以前在部队实战演习时那些精英战友发现不了自己的行踪，现在的这些人也同样不可能做到。他明白自己这次要面对的敌人很强大，他们每次好像总是能够嗅到危险，总是会先自己一步逃掉。云暮的目光在集装箱房内寻找着任何的蛛丝马迹，即便是一丝一毫也不放过。

很快云暮便有了收获，他的目光停留在了集装箱房内的一个角落，里面有两行字：你离开我，真的不痛。

云暮立刻就认出了这是林影那娟秀的笔迹，而这句话是他们上高中时一部青春偶像剧《十八岁的天空》的主题的第一句。这是林影给自己留下来的第一条线索，那主题叫《红色石头》。

云暮细细地思索着林影想要告诉自己的信息，而当他再寻找的时候，却是发现了另外一处林影的笔迹，上面只有两个字：老班。

老班是他们上学时对班主任的称呼，这条线索只有他们这些做学生的明白它的内涵，当两条线索结合起来的时候，云暮的脑海之中立刻浮现出了一个人的身影：方红岩。

云暮有些不明白，林影为什么要给自己留下关于方红岩的线索。突然间，云暮怔住了，林影在这个时候给自己留下来的每一条线索都是极其有用的，如果要是她发现了幕后操纵一切的那只黑手的真实身份呢？难道是方红岩吗？

云暮很快地便坚定了自己的想法。不是没有这个可能，林影细细回想着过去发生的种种，却让他愈发地感觉到了寒意，而且这股寒意愈发彻骨，如果说对自己最了解的人，不一定是父母，但绝对会是老师。方红岩对自己实在是太熟悉了，因为自己是他教出来的学生。

云暮的嘴角微微地抽搐着，和林影一样，当云暮明白这个幕后黑手极有可能是方红岩的时候，他也被吓了一大跳。

"又扑空了？"

这个时候，谷峰也带着人赶了过来，当他看到已经空无一人的现场，谷峰恨得更是牙根直痒痒，直接骂道："娘的，不要让我知道是谁在背后搞事情。"

云暮站了起来，双手轻轻地拍了拍自己的脸颊，有一刹那他确实是慌了，但是他用这种方式让自己快速地冷静下来，如果真的是方红岩的话，那么林影现在的处境可就十分危险了。

"我知道那个人是谁了。"云暮吐了一口浊气，然后冷冷地说道。

云暮此时的样子很是吓人,谷峰有些担心云暮的状态,就问道:"你还好吧?"

"谷队请放心,我没事,现在和林影在一起的人,我已经知道是谁了。他曾经是我和林影在高中时的班主任老师——方红岩。谷队,这里就交给你了,我还有事情要处理。"

云暮正要准备走的时候,谷峰直接拉住了他的胳膊,神色凝重地说道:"云暮,要小心行事,这个时候不能冲动。"

"我不会冲动的,我要的是一个解释,为人师表的老师居然有一天会变成一个无恶不作的歹徒。我倒是很想弄清楚,他为什么要这么做?"云暮的声音听上去很是低沉,仿佛压抑着一股即将喷涌而出的怒火,不因为别的,就因为方红岩曾是云暮最敬仰的老师。虽然他的学习成绩不是太好,但方红岩对自己却很是关心,自己去当兵也是听从了他的建议,而现在自己居然反过来要抓捕自己的老师,这真的很讽刺。

林影并不知道自己现在身在哪里,她心里依然很是震惊。方红岩一直在她脑海之中都是一个伟岸的存在,甚至在父亲刚牺牲的那段时间,林影都会把方红岩当成自己的父亲。但令她没想到的是,老天爷跟她开了如此大的一个玩笑,方红岩居然是杀害自己父亲的凶手!

当黑布被扯掉的那一瞬间,林影并不想要睁开眼睛,她觉得自己只不过是做了一个漫长的梦,她努力不让自己相信发生的这一切都是真的。但是,传入耳朵里面的那个声音还是打消了她的幻想。

"林影,只能怪你太聪明了。"方红岩的声音中带着一丝假慈悲的惋惜。

林影被绑在一间废弃的厂房内,这里到处弥漫着腐朽的气息,如同是阴间一般森然。而她的对面,方红岩不苟言笑地坐着,好像是在思索,又好像是在犹豫。

面对着方红岩的惺惺作态,林影平静地望着这个曾经的班主任老师,她神色平静地说道:"方老师,看来今天我活不成了。"

"你说得没错。"

"我想知道,我的父亲是你害死的吗?"林影犹豫了半天,她还是忍不住地想要从方红岩这里得到求证。

"是,也不是。"方红岩说得很平静,平静得有点冰冷。

林影凄然地闭上了眼睛,对于方红岩的坦诚很是痛心。

"不想问问为什么吗?"方红岩反问道,"你说得没错,你活不成了。但就算是让你死,我也要让你死得明白,只要你想知道的,我一定都会知无不言的。你是我的学生,我可以做到尽量坦诚。

"局是我设的,你的父亲很聪明也很强大,仅凭我一个人的话是无法让你父亲闭嘴的,所以我们便设好了一个局。我和你父亲交过很多次手,知道他是一个有原则的人,你是他唯一的弱点,而我对你又很了解,所以我们的局做成了。"

"那为什么是云暮?"林影闭着眼问道,她不想再看到方红岩的那张脸,那张满是丑恶的脸。

方红岩叹了一口气，继续说道："阴差阳错吧，也许是我的怜悯心吧。我始终觉得，对于一个女孩子来说，这种血腥的场面实在是太过于残忍了，云暮只不过是一个备用的选择，也许是一个意外，那天要不是他发现了留给你父亲的那些消息，或许那个人是你就不是他了。所以，你得感谢云暮。"

"什么消息？"林影吃惊地问道。

方红岩倒是如他所言很坦诚，笑着说道："比如说是你被绑架了，被你父亲害得狗急跳墙的一些凶徒已经把你绑架了，想要玩一把鱼死网破的游戏。你知道你在学校里面，唯一能够完全掌握你行踪的人只有我一个人。把你支开，然后再给你父亲送这么一条假消息，对我来说很容易的。"

后面发生的一切，不用方红岩说，林影也就明白了。

云暮得到消息之后放心不下林影，然后就带着这个假消息找到了林俊峰，偷偷跟着林俊峰进了瑶山，所以才会目睹一切。林俊峰是为了保护云暮才惨遭毒手的，而她也因为这个误会在心底里面怨恨了云暮多年，原来，她应该怨恨的人是她自己才对。

想到这里，林影的心里面涌过一股暖流，现在的她才发觉云暮对自己的感情从始至终其实都没变过，要怪就怪她自己实在是太笨了。

沉默。整个废弃的厂房内只剩下了沉默，如同是死寂一般的沉默。

"那么，我会怎么死？"林影幽幽地问道。

方红岩摇摇头，答道："你不会想知道的。"

"我想知道。"

这一次，方红岩犹豫了，但是面对着林影执着的眼神，他还是无奈地说道："你被绑架了，然后被撕票了，就这么简单。云暮他们现在应该很快，不，或许他们已经查到是谁要绑架你的。其实，本来就是他指使别人绑架你的，我只不过是借他的手，杀了你！"

鲁平安！

林影很快地就想到了这个对她怀恨在心的人，一切都显得是那么合理。林影有些不甘心，她没想到到头来，坏人依然还会逍遥法外，就像是十几年前一样，方红岩或许还会是那个挂满了慈善面具的老师，而她的死将会毫无意义。

方红岩淡淡地说道："好了，说了这么多，我的人该送你上路了。"

林影没有恐慌，也没有害怕，仿佛是认命了一般。只不过，或许只有她自己才明白，她一直都相信生命里有一束光，就像是永远都会相信有奥特曼会来拯救自己一样，而她的那个"奥特曼"一定会来。

方红岩离开了，他的谨小慎微让他觉得这里并不安全，面对着云暮，其实他的心里并没有自己所表现出来的那般冷静。对于云暮他实在是太过于忌惮了，云暮前几次的行动都让他损失惨重，钱损失再多也没关系，但是关乎自己性命的事情，方红岩不敢开玩笑。

"好漂亮的小妞,直接杀了太可惜了。"

"没办法,谁让她得罪了老大。干活吧,每次的脏活累活都是要我们俩来做,啧啧,啥时候才能换一种活儿啊!"

两个手下有说有笑地走了过来,林影感觉他们做这些活儿应该是都习以为常了。

林影紧紧地闭上了眼睛,现在的她有些怕了,她在内心不住地祈祷着云暮赶紧来,她从来没有像这一刻一样感觉自己十分需要云暮,脑子里面全都是云暮的影子,还有云暮对自己的承诺。

砰!

枪声响起,闭着眼睛的林影身体猛烈地颤抖了起来,她感觉自己的大脑一片空白,但是却没有感觉到随之而来的剧痛和生命力被抽取的感觉。

砰!

紧接着又是一声枪响,时间间隔还不足一秒,然后林影就感觉自己身边"扑通扑通"两声重物砸落地面的声音。当她睁开眼睛的时候,发现自己的双眼前挡着一双手,还有那让她再熟悉不过的声音。

"好了,现在没事了。别害怕,也别看,把眼睛紧紧地闭上。"

林影的心激动万分,果然可以相信光还是存在的,而此时她的面前就是光,林影听话地闭上了眼睛,身体不受控制微微地颤抖着,眼泪扑簌簌地滚落了下来。

云暮护着林影离开了这废弃的厂房。

林影睁开眼睛看着云暮,心里久久不能平静。此时她在想,管他是因为什么承诺还是其他的,她希望这个时候的自己应该活得糊涂一些,只要有他在自己身边,这就已经足够了。林影被云暮紧紧地抱在怀里面。

"谢谢!"林影的声音很轻,但这是她仅有的感激,一切的一切已经无须再多言了。

云暮没有说什么,两人就这样相依偎着。

就在这个时候,不远处的一辆"迈腾"突然发出了轰鸣声,如同是一匹脱缰的野马直接咆哮着朝两人撞来。云暮下意识地将林影推开,然后他的身躯便被这辆车直接给撞飞了,云暮倒在地上昏死了过去。

"云暮!"林影见状,发出了一声凄厉的喊叫声,然后便扑了上去……

车里的方红岩双手紧握着方向盘,从后视镜里面看到了倒在地上的云暮,他想把车倒回去解决掉后顾之忧。但是,他并没有那么做,不是他不想,而是他做不到,车子的速度很快,这个时候停下来只能是车毁人亡。

方红岩从来只相信自己,刚才的谨慎是对的,几分钟前他出了废弃的厂房并没有急于离开,而是在等电话。但是,当云暮和林影的身影出现在他的视野时,方红岩知道自己的计划失败了,更严重的是,他已经完全暴露了。此时,已经疯狂的方红岩脑海中只剩下了一个念头,那就是林影不能活。

所以，他便发动了车子撞向了两人，可惜云暮的反应实在是太快了，林影这个隐患还是没能够除掉，现在留给方红岩的只剩下了逃亡。

"该死，娘的！"

方红岩气急败坏的脸上只剩下了狰狞，平日里非常注意形象的他，这个时候也忍不住地爆了粗口。

经营了半辈子，方红岩没想到自己终落得个如此下场。一着不慎，满盘皆输。

云暮做了一个梦，一个时间很长很长的梦，在他的梦里面只有一个人，那就是林影。林影一直都站在离自己触手可及的地方，仿佛自己只要一伸手就能够抓住她。但是，当他试着去抓住林影的时候，却发现无论自己怎么努力都做不到。

然后是林俊峰、谷峰、周海涛、琚然……

这些人都站在自己的面前，脸上露出了真挚的笑容。但是，当人群中出现了方红岩的时候，云暮变得有些焦急了起来。方红岩的脸上露出了不自然的笑容，虚伪的且又包藏祸心，云暮想要提醒大家的时候，却发现自己怎么都说不出话来。而此时林影的笑容中又多了两行泪，血红血红的，云暮顿时觉得自己的心很痛，胸口很闷，仿佛只要一呼吸就能够感觉到那火辣辣的疼痛……

噩梦醒来，云暮骇然睁开眼睛，他的身体只是稍微一动便能够感觉火辣辣的疼。而在他的一侧，林影伏在自己身边，眼角还挂着泪珠，云暮的胳膊好像被压得有些发麻，但是云暮心里面的那块大石头在这个时候却终于落了地。

原来，只是一场梦。

云暮望着周围的环境，淡淡的消毒水味让云暮意识到自己现在是在医院里面。他想要抽出自己被压得发麻的胳膊，不料林影却是抱得死死的，云暮苦笑一下，只得任由她抱着。

"云暮！"

病房的门被打开了，周海涛这个家伙急急地冲进来，看到的却是这尴尬一幕，而云暮则是朝着他狠狠地瞪了一眼，这家伙怎么总是这么煞风景啊！

周海涛对眼前这些却不管不顾，好歹还压低了声音，对着云暮笑道："哎，我还以为你小子要死了呢。不过也是，你小子福大命大，绝对不会这么挂掉的。那句话怎么说来着？好人不长命，祸害遗千年。"

随后进来的琚然却是直接给周海涛来了一记粉拳，看着云暮有些担心地说道："好了，涛子。云暮现在是个病人，你说话注意点儿。"

"哈哈，你看看他这样子，连生个病都有美人相伴，我猜这小子心里面一定感觉很爽吧！嘿嘿，这很明显就是因祸得福啊。"周海涛啧啧地羡慕道。

琚然瞪了自己丈夫一眼，但看到林影和云暮那一幕，忍不住地也调侃了起来道："你真别说，他俩确实是有点儿让人羡慕。"

云暮对这两口子的调侃很无能为力，毕竟现在的他确实是个病人。

或许是几人的说话声吵到了林影，她有些慵懒地直起身来，揉了揉眼睛，脸色有些憔悴地说道："嗯？周海涛，琚然，你们怎么来了？"

云暮偷偷地将自己的胳膊收了回来，胳膊上有些湿漉漉的，那是被林影的涎水给浸湿的。当然，这么糗的事云暮肯定是不想被外人给发现的，只能装作若无其事的样子，看着林影现在如同是鸡窝一样毫无形象可言的头发，云暮说道："林影，你先去卫生间洗一洗吧。"

林影有些蒙，拖着沉重的脑袋去卫生间洗漱了。周海涛看着林影的背影，笑呵呵地说道："不错，不错，你小子终于是开窍了，也算是抱得美人归了。这下我就放心了，至少你不会再惦记我媳妇了。"

"说什么呢。"琚然有些不悦地说道。

"没说什么，看到我兄弟平安幸福我开心啊。怎么回事？你也不至于如此卖命吧，你说说你，怎么就能够被车给撞了啊，听说还撞断了三根肋骨。到底有事没事？"周海涛无比关切地说道，不过听他那话的意思调侃的意味多一些。

云暮摇摇头，但一想到了方红岩，他的眉头就皱了起来。

"是方老师！"云暮想也不想，平静地说道，只不过他的声音越平静，在周海涛和琚然两人的心里面却是显得如同惊涛骇浪一般。

"方红岩老师？这……这怎么可能？"琚然惊讶地捂住了

嘴，有些不可思议地看着云暮，仿佛云暮此时此刻在说胡话一般。

周海涛的眼皮微微地跳了一下，很显然还是有些不太相信，他问道："方老师要杀林影，这怎么可能？林影可是方老师最喜欢的学生。还有，你说方老师是个杀人的罪犯，我到现在还不能相信，那方老师现在是被抓了还是逃走了？"

就在这个时候，林影从卫生间走了出来，看着周海涛，她面色淡然地说道："这个，我和云暮就不清楚了。"

林影看着周海涛，目光中突然间就多了一丝的警惕，她依旧平静地说道："我这几天一直都待在云暮身边，至于方老师是逃还是被抓，我们一点儿消息也没有。"

"没想到啊，真没想到。"周海涛的表情有些失望，无奈地感叹道。

林影目光犀利地看着周海涛，然后脸上露出了一抹惨淡的笑容，说道："是啊，不光是你，我和云暮都没有想到会是方老师，还真的是出人意料。"

当然，在林影的心里面，出人意料的可不仅仅是这些，周海涛是如何知道方红岩要杀人灭口的对象是自己，而不是云暮呢？毕竟从躺在病床上云暮的角度来看，正常人的思路都会觉得方红岩想害的人是云暮，而绝不可能是她林影。

周海涛是从哪里得到的消息？

林影此时心中有些疑惑，但是她也仅仅是疑惑，也有可能是她多虑了。

显然，云暮并没有感觉到周海涛的异常，而是有些无奈地说道："确实如林影所说，我也是刚清醒过来，对方老师的信息也是一无所知。"

"好吧，不说方老师了。看你又活过来了，我的心也就放回肚子里了，等你好了我请你吃大餐。琚然，我们走吧，咱俩要是再待一会儿，林影会不高兴的。"边说着，他还边朝着云暮和林影挤眉弄眼，调侃的意味很浓很深。

云暮被周海涛说得有些面色赤红，冲他喊道："滚蛋。"

"好嘞，我们走了，不打扰你们了，你们继续玩这种浪漫的虐心剧吧。"周海涛带着琚然离开了，而林影则是朝着周海涛离开的方向使劲地白了一眼。

"狗嘴里吐不出象牙。"林影嘟囔道。

云暮笑了笑，说道："这么多年的同学了，你还不知道这个家伙的脾性吗？他什么时候正经过？反正在我面前是从来没见过他有过正形。林影，说说吧，现在到底是个什么情况，方老师真的是幕后真凶？"

说到方红岩，林影的神色变得有些纠结，上学时对沉着稳重的方红岩有多崇敬，在知晓一切真相之后就对他有多痛恨。林影坐回到云暮的身边，给行动不便的云暮倒了一杯水，平静地说道："刚开始的时候我也不相信，但是后来我却是不得不信。你知道我父亲留下来的那截红绳是谁的吗？就是方红岩的。"

云暮并没有显得太过于吃惊，听到了林影的话之后，他陷入了沉思。对于他来说，这个事实虽然很难让他相信，但是在方红岩和林影之间，他最终还是选择相信林影。

"为什么？是为了钱吗？"云暮忍不住地问道。

林影点了点头道："为了供他女儿读书，方红岩走上了一条不归路。云暮，钱什么时候变得这么重要了？"

"钱一直都很重要，但是君子爱财，取之有道。有些钱能赚，但是有些钱却是不能赚。"云暮叹道。两人顿时为自己曾经尊敬的老师堕落至此唏嘘不已。

云暮和林影在学校时受方红岩的教导，无论是做人还是做事上都把他视为榜样，直到现在都还深受方红岩的影响，而此时仿佛有什么在他们两人的心中崩塌了一般，那是方红岩给他们树立起来的三观，就这样被方红岩残忍地击碎了。

"林叔叔的死和方红岩有关系？"

林影点点头，说道："是他亲口承认的，他之所以对我格外关照，并不是因为我学习成绩好，或许还因为他对我爸的愧疚，只不过是想要从我身上找回一些心理安慰。云暮，我现在不知道应该相信谁了。"

云暮躺在病床上，他的眼睛死死地盯着洁白的天花板，只是在刹那，他感觉那洁白的天花板也没有那么的干净了。怪不得对手总是能够抢在自己前头，并不是因为森林公安局刑侦大队出了内鬼，而是因为那个人本身就对自己格外熟悉。

"谷队呢，他们有没有追捕到方红岩。"从这一刻开始，云暮决定不再把方红岩当作自己的老师，而是一个作恶多端、阴险狡诈的犯罪分子。这一刻，云暮觉得自己心里面仿佛失去了些什么。

林影摇摇头，回答道："这段时间我一直都在这里，至于谷队那边的情况我知道得很少。"

云暮微微地点点头，谷队那边如果要是没有消息的话，意味着方红岩现在还没有被抓捕到。云暮的心里一沉，看来方红岩还是一如既往的谨慎，他每走一步都会算到后面的几步，显然从方红岩开车撞向自己和林影的那一刻起，他估计就已经想好了后路，这样的敌人无疑是最可怕的。

"他会是那个幕后指使人吗？"林影突然间问道。

云暮看着林影，不明白她话里面的意思，林影淡淡地说道："换一个角度，如果你是方红岩，你会选择什么事都亲力亲为吗？或许从一开始，我们就已经先入为主了。"

"什么意思？"

"我父亲牺牲的那天，单凭他一个文弱的书生并不能够布那么大的局。而且具体实施行动的也不可能是一个人，有人布局，就有人出力，还记得我父亲日记里面提到的那个叫耿向东的人吗？现在这个人如同是人间蒸发了一般。"

云暮赞同地点点头，他之前从档案里面根本找不到这个人，这里面还有很多的疑点，比如带有神秘意义的几截红绳。云暮此刻更愿意相信林影所言，方红岩只不过这个团伙的一员，甚至有可能是被推出来迷惑云暮他们的，这也让云暮感觉到了形势的严峻。他沉思片刻才说道："所以说，只有在抓捕方红岩之后，才有可能顺藤摸瓜地找到那个人。"

"没错，现在所有的线索全部都指向了方红岩，或许有人比我们更着急找到他。方红岩暴露了，那么隐藏在他身后的那个人或许会非常着急想要弄清楚方红岩的下落，说不定会露出头来探一探虚实。"

林影说到这里，脑海中却是突然间闪过了一道模糊的身影，而这个身影的出现，却也让她突然间有些失神。但是，她随即又想了想，摇摇头，瞬间就排除了，应该不可能是他。

第八章　秋水漾秋波

云暮在养伤的这段时间还是很开心的，因为有林影相伴，同时也能够借此机会安静地思考着关于十六楠的案子。

林影最近好像一直都在研究关于天然林保护修复的工作，每天在医院里面待着都捧着一本厚厚的书。这让有些无所事事的云暮心里很无奈，就好像是你身边坐着一个学霸，你就是天天被人数落的不争气的孩子，林影却永远都是自己父母对标的别人家的孩子。

"我明天有可能进山工作了。"林影突然间对着云暮说道。

云暮正在对着天花板发呆，听到了林影的话之后忍不住地抬起了头，目光中略带着一丝的诧异看着林影，脱口而出道："进山？为什么？"

"方红岩开采的那个黑矿破坏了当地的植被，如果要是不能够尽快修复的话，那片原始森林会不断地受到侵蚀性破坏，甚至会影响到生态的平衡。我这些天正在研究这个课题，想要将那块林地尽早地修复。"林影淡淡地说道，她的表情一如既往地平静，"我也和我在学校时的导师沟通交流过了，明天就要动工了。"

"大概需要多长时间？"云暮忍不住问道，虽然这些天一直都过得很是枯燥，但是毕竟还有林影相伴，也算不错。今天冷不丁听到了林影要去忙工作，他的心里面还是有些小小的失落。

"说不准。"林影将书合了起来，继续说道，"孙医生说了，你的病好了，已经可以准备出院了，接下来在家休养就可以。"

"要不，我跟你一起进山吧？"云暮下意识地说道。

林影摇摇头道："不行，你现在这样子进出山里不太方便，最好还是老老实实地待在家里休养几天。"

"你知道的，我可是闲不住的。"

"听话。"林影的眼神突然间变得有些凌厉。

就在这个时候，病房的门被推开了，一个看起来个子不高、身材有些瘦削的男人穿着一件干净整洁的白大褂从外面走了进来。这人手里捏着一个黑色的塑料袋，随手就放在了一旁，然后拿起挂在病床前的病历本，对着云暮说道："7床，你恢复得很不错。刚才你女朋友跟我说了，你想要回家休养，我看是可以的，隔两个星期来医院做一次复检就可以了。"

云暮看了看林影，林影的脸不知什么时候已经悄悄地布满了羞红，她有些无力地反驳道："孙医生，我们只是朋友关系。"

云暮的主治大夫叫孙回春，他听了林影的话又看着两人那都挺扭捏的神态，瞬间就明白了一些，有一首歌写得很好：友达以上，恋人未满。"友达"这个词是个音译词，来源于日语，它的解释有很多种，可以是从小一起玩到大的朋友，也可以是一起上学的同学，用在这里表达两人的关系是最贴切不过了。

"好了，你做个检查就可以先办出院了。"孙回春笑着对云暮说道，然后转身就离开了。

病房的空气中好像弥漫了一种无法名状的氛围，两人都没有多说话，剩下的只有面面相觑的尴尬。两人的关系已不是第一次被人误会了，但是彼此却还是无法先迈出那一步，林影看到放在云暮病床尾的那个黑色塑料袋，突然间想到了这可能是孙医生刚才不小心放在这里的，赶紧起身拎着袋子朝着病房外走了出去。

黑色的塑料袋没有扎住口子，林影望向了袋子里面，眉头不自然地皱了起来。袋子里面装着的是一些黑色的条状药材，以林影的专业素养来看，她自然知道这袋子里的东西名叫肉苁蓉，而且从个头上进行判断，还是野生的肉苁蓉。这种东西产自沙漠，据说有益精血补肾阳的功效，出现在这里，林影便感觉这药材的来路有问题。

林影手里提着袋子，追上了孙回春。

"孙医生，这袋子是你的东西吧？"林影将手中的袋子递到了孙回春的面前，孙回春的眼中明显地闪过一丝的惊慌，这也印证了林影的猜想。

林影面不改色，继续平静地说道："孙医生，这东西人称'沙漠人参'，一般都寄生在梭梭或怪柳的根部，野生肉苁蓉的话那可是濒危物种，买卖这种东西可都是犯法的。"

孙回春没想到林影对这袋子里的东西如此熟悉，他的额头不经意间渗出了细微的汗珠子，密密麻麻的。林影看到孙回春这个样子，便知道这东西的来路绝对不正，目光再度审视过孙回春，这让孙回春更加地紧张了。

"是是是，我不知道的啊！我的几个朋友因为某些不好说出口的病，专门特意托我买的，我也不知道这东西犯法的呀。"孙回春结结巴巴地回答道，从他这神态和语气中便可得知林影猜得不错了。

看孙回春刚才进屋时那神态自若的样子，林影判断孙回春不是第一次做这样的事了。

"现在我正式告诉你了，别再替你朋友做这样的事情了。"林影握着黑色塑料袋的手一直都没有松开。

她继续不动声色地说道："这些东西我就先没收了。哦，病房里面躺着的那位可是森林公安局的同志，我直接就把东西上缴给森林公安局了。这样，你看可以吗？"

孙回春本想着抗拒的，但是看到林影那凌厉的眼神，让他瞬间打消了想要回东西的念头。孙回春此刻的心疼得好像在滴血，不过此时脸上也只能露出讪讪的表情，无奈地说道："那，那好吧。"

林影点点头，这正是她想要的结果。随后，她满意地回到了病房。

孙回春在走廊里面转身的那一刻，脸上的讪笑瞬间消失得无影无踪，他阴沉着脸，心想本来可以小赚一笔的，结果半路杀出了一个"程咬金"，自己这一把赔得是血本无归啊。孙回春能够感觉自己的心在滴血，他对这个不知天高地厚的女孩很生气，但是性格中那一丝懦弱的性子又让他不敢对抗，他只能咬着牙将这笔损失记下，准备在后面几次的交易中找补回来。

云来山更佳，云去山如画。山因云晦明，云共山高下。

瑶山的林间下起了淅淅沥沥的小雨，山雾渐渐地腾起，置身其中如在仙境一般，颇有几分"西峰峥嵘喷流泉，横石蹙水波潺湲。东崖合沓蔽轻雾，深林杂树空芊绵"的意境。当然了，对于云暮这种肚子里面没有多少墨水的人来说，或许吟不出来"烟络横林，山沈远照，逦迤黄昏钟鼓"的优雅诗句，也只能用"哇，实在太漂亮了，仙境啊"等苍白无力的词句去描绘此时此刻看到的景象。

而在这瑶山的深处，还是那个被方红岩破坏性开采留下来的集装箱房里面，云暮还是如愿以偿来到了这里，林影等人这段时间都在这里进行森林植被恢复的工作。

云暮的桌前放着一杯热气腾腾的咖啡，在家无聊地待了近一个月的时间，云暮觉得自己又可以活蹦乱跳了。毕竟年轻人嘛，身体恢复还是很快的，而且云暮的体格又非常好，他这些天在家里面待得都快要废了，正好韩阿姨担心林影的安全，所以云暮理所应当地出现在了这里。

"我都说过没事了，我妈还是拿我当个小孩子看待。"林影嘟囔着，虽然嘴上一副满不在乎的样子，但是她的心里面却还是涌过了一股暖流。在这林间待得久了，林影也觉得有些寂寞了，林业局的工作并不好做，尤其是在基层的工作更是难上加难。

云暮不客气地端起咖啡杯，轻呷了一口，说道："我看你是嫌韩阿姨唠叨你，这里倒是清静，不过也太冷清了。"

"这就是我的工作。"林影并没有任何的抱怨，她是那种认定某件事之后就会不折不扣地走下去的人。这样的人工作上很尽职也很谨慎，但同时往往也会很固执，想要改变这种人的想法很难，他们或许会因为一时的感动而不知所措，但依然会是很冷静的。就像是林影和云暮之间有些错综复杂的感情一样，林影在没有肯定之前，是绝对不会和别的小女生一样表白自己的心迹的。正是她的这份冷静和慎重，让她在感情面前变得很是敏感。

云暮有些无奈，但是也是无可奈何，他点头道："是，我知道。"

"方红岩呢，还没有他的消息吗？"突然间，林影直接把话题转到了方红岩的身上，对于她和云暮两人来说，方红岩暴露之后，这个人便成为他们两人心中的一根刺，而且扎得很深，想要拔出来，会很痛。

"没有。"

"他能躲哪儿去呢？"林影蹙眉道。她可以肯定的是，自己老爸林俊峰的死肯定和方红岩有直接的关系，而且害死自己老爸的人肯定不止方红岩一个人，她需要方红岩把那些害死自己父亲的人全部都坦白出来，这样也算是给她牺牲的父亲一个交代，更是让她能够放下一直挂在心里面的那抹遗憾。

听了林影的问话，云暮答道："从出事的那天起，谷队已经封锁了所有进出青州市的渠道，并发出了抓捕方红岩的通缉令，他现在应该在青州，还不确定他躲在了哪里。"

"他还有同伙。"林影肯定地说道。

"没错，我也觉得，如果要是他一个人躲起来的话，是根本不可能逃避我们和青州市公安局的多次联合突击检查。但是事实就是如此，方红岩就好像是人间蒸发了一样，完全没有他的任何消息。"云暮心中满满的都是不甘。方红岩是个很难对付的人，他很狡猾又很谨慎，说不定他或许早就已经给自己留好了退路，庆幸的是方红岩目前还在青州，那么对于云暮来说，就还有机会抓到他。

"现在线索又断了。"云暮忍不住叹了一口气，有些无奈地说道。他总感觉自己仿佛一直都在被牵着鼻子走，甚至可以说是方红岩安排好了每一步，就连云暮的反应速度他都已经考虑好了，几次较量下来，云暮都败得很惨。

"我爸手上的那根红绳是方红岩的。这是他那天在集装箱房里亲口跟我说的，我相信他没有跟我说谎。"林影淡淡地说道。

云暮沉吟着，到现在为止他发现了三条红绳的线索，一条是史大平的，一条是一个叫木工的送给邢德民的，还有一条就是林俊峰一直保存的那条属于方红岩的。这三条红绳的线索足以证明在青州市有一个地下的违法盗猎团伙。

这个团伙的头头会是方红岩吗？

此时的云暮心里忍不住地推测着，随即他摇了摇头。这段时间他一直在想这件事情，但直到现在他依然没有想明白，现在所有的线索好像都指向了方红岩，但证据显示方红岩是想要开采非法稀有资源矿的，那么十六楠呢？十六楠的线索在上一次的追捕之后就断了，然后好像是有人在引导着云暮去追查方红岩。他们这样做的目的就只有一个，那就是要转移目标，这个人会是谁呢？会不会是那个木工？

"云暮。"林影看云暮想得很是投入，忍不住打断了他，"你有什么发现吗？"

云暮摇摇头，在事情没有明晰之前，他是不会和林影说的，这样一来是为了保护林影的安全；二来嘛，云暮也想要通过自己的方式来侦破此案，要不然他和谷峰、林俊峰之间的差距将会越来越大。

"还没有。"云暮回道，突然间，云暮好像是想到了什么，对着林影说道："哦，对了，这次来这里还有一件事，那就是周海涛那个大款想要好好地请我吃顿好的，据说是选了青州市最贵的馆子，有没有兴趣一起和我去尝尝山珍海味呀？"

林影摇摇头，答道："没兴趣。"她联想起之前在医院时周海涛的奇怪表现，正犹豫着是不是要把自己的疑惑和云暮说一说，话到了嘴边，林影还是咽了下去。

"琚然也要去,她说好长时间没见你了,还准备和你好好地聊一聊呢。你要是不想去的话,那我就不客气了,我一个人去吃香的喝辣的啦,吃大户这便宜该占还得占。"云暮一脸没心没肺地说道。

听到了好闺蜜琚然也要去,林影的心思也逐渐地发生了变化,她知道琚然现在的生活很寂寞,虽然是个有钱的太太,但富裕的生活并没有让她开心很多,反而性子越来越孤僻。

林影甩给云暮一个白眼,没好气地说道:"我改主意了,有这好事我也得去。"

女人的心思那是说变就变,上一秒还是一副兴味索然的样子,到了下一秒却变得兴致勃勃,这种反差让云暮一下子很难适应。这或许就是女人的天性吧。可惜的是,他猜不透女人的心思,总感觉自己被女人称"渣男"有些名不副实。

"没听明白吗?"林影对云暮的反应有些不满,当然,她也为自己这占小便宜的心思感到有些羞愧。

云暮点了点头说道:"那行,到时候咱们一起吃大户。"

"什么吃大户?这是替你摆宴庆祝你身体康复。"林影狠狠地瞪了云暮一眼,欲盖弥彰地说道。

"是是是,还是你有文化。"云暮赶紧应道……

青州市最好的饭店并不是位于最繁华的那条街,反而是建在了离瑶山不算太远的一个半山腰间,这里青山苍翠,绿水环绕,隐在山林间的黑瓦白墙,颇有几分山水画的意境。

周海涛和琚然两人在饭店的门口等候着,周海涛一直在不停地接打着电话，看得出来这个电话让他的心情并不太好。而琚然穿着一身素雅的旗袍，安静地站在门口，曼妙的身材更是让她平添了一份优雅。琚然看着丈夫眉宇间掩藏不住的怒意，她的眉头也不禁微微蹙起，虽然她从来都没有过问过丈夫的事情，但是她对丈夫的心情却是非常地看重。

周海涛的电话打完了，他很快地调整了一下表情，然后快步来到琚然的身边，望着面色有些不悦的琚然，他柔声地对着妻子说道："怎么了？不高兴吗？"

琚然摇了摇头，她不知道自己是否应该多关心一下丈夫，但是让她去接触生意上的那些事情，她又不太情愿。于是，琚然关心地问道："没有，是生意上遇到麻烦了吗？"

周海涛摇摇头，但是从他的眼神中能够看到他在极力地掩饰着什么。周海涛故作轻松地笑道："一些小事，已经解决了。一会儿云暮和林影就过来了，今天晚上咱们四个人好好地聊一聊。其他的事情都可以放下的，不用担心我，就算有困难我也能够搞定。"

"那就好，海涛，钱是赚不完的，不要太拼命了。"琚然宽慰道。

周海涛点了点头，他发现云暮这个同学兼发小这次回来工作之后有很大的改变，总感觉他离自己好像是越来越远了。周海涛是个很敏感的人，他总是能够很敏锐地捕捉住周围人的内心，比如此时此刻站在自己身边的妻子。

周海涛搂住了妻子的腰，他觉得这样能够让她感到宽慰一些。

云暮停好了车，和林影一起从车上走了下来。看到周海涛夫妇的样子，他忍不住地摸了摸鼻子，酸溜溜地说道："你们夫妻俩是准备在我面前秀恩爱吗？"

"我们秀怎么了？我和琚然是合法夫妻，秀得光明正大。不像某些人，想秀也没条件，没这个机会也没这个实力啊！"周海涛伶牙俐齿地调侃道，一和云暮到一起，他仿佛回到了高中时期那个散发着青春与活力的年代。

云暮无语，确实如此，从这一点来说，他还真的是无力进行反驳。

林影"扑哧"笑出了声，冲云暮道："哈哈，活该被怼。"

琚然笑意盈盈地看了看林影，只是一个意味深长的眼神，就把"夫妻一心"这个词体现得那是淋漓尽致，其实不用说什么，林影的心就像是被触碰的含羞草一样缩了回去。

"好了，进去吧，好好聊。"周海涛拍了拍云暮的肩膀，然后四人相约着进了饭店。

这饭店名为青瑶山庄，名字取"山色青瑶润，江光素练长。误疑看图画，乃觉临潇湘"之意。诗是好诗，只可惜写这诗的人是明朝的奸臣严嵩。

进入青瑶山庄，这里亭台楼阁错落有致，映入眼帘的满是华贵、典雅。周海涛和琚然两口子对这里很是熟悉，倒让云暮和林影两人有些诧异，没想到青州居然还有这么一处清雅之地。云暮望了林影一眼，那意思仿佛是在说：跟着我混

第八章 秋水漾秋波 / 163

饭错不了吧？

周海涛定了一个包间，里面的陈设极尽奢华，装潢是中式的风格，包间很大，中间一张"黄花梨"八仙桌，四张太师椅分四角而设，远处雕有梅、兰、竹、菊的紫檀屏风，还有那红木的软榻、茶几，无一不是上等的材质打造而成。

林影苦笑，心想周海涛这家伙果然是青州的有钱人，无论走到哪里都尽显其奢华做派，这里所有的一切都不是普通人能够享受得到的，这就是"钞"能力的好处。而对于她林影来说，还真是贫穷限制了想象，见琚然对这样的奢侈也是一副见怪不怪的样子。那只能说明，这些林影觉得奢侈的东西在人家眼里或许只不过是司空见惯的家具而已。

云暮不管不顾地坐了下来，笑呵呵地对着周海涛说道："涛子，说吧，你要请我吃什么，别拿一碗面来招呼我啊，你小子现在是有钱人，太过于凑合了那可说不过去的，我对你的印象会大打折扣的。"

周海涛笑呵呵地说道："当然是你没吃过的了，我说过请你吃山珍海味，那就绝对是纯正的山珍海味。"

钱的能力在这青瑶山庄被发挥到了极致，他们只是喝了几杯清茶的工夫，菜品就已经被一道接一道地端了上来——菜品只有六道，但就是这六道菜，却是让云暮开了眼。

周海涛看上去很熟络地一一替云暮和林影介绍了起来，他款款说道："三道中餐三道西餐，中餐选的是鲁、川、粤三系，鲁菜的清汤燕菜，川菜的开水白菜，粤菜这道就最有名了，我估计你听都没听说过——太史五蛇羹。至于这西餐嘛，就是美国的鱼子酱煎蛋饼，用料是白鲟的鱼子；法国的惠灵顿牛排，用料是日本神户牛肉；还有最后一道是澳洲帝王蟹。"

周海涛说完之后，露出了一丝很是得意的笑容，又对着云暮说道："我说得没错吧，山珍有了，海味也有了。放心，都是最新鲜的，海外的这些食材为了保鲜可是花了不少心思呢，不过物有所值，对吧？"

林影和云暮都已经看得惊呆了，周海涛很满意现在这两人的表情。

不得不承认，周海涛的这一招确实既管用又有效，同时也让人不得不感叹，有钱是真的好啊！"钞"能力果然是不同凡响，这几道菜摆在云暮和林影的面前，别说是吃了，就连听他们都没听说过。

琚然好像是在纵容周海涛的"恶作剧"，只是坐在一旁微笑不语。

"太史五蛇羹，这是什么菜？怎么从来没有听说过？很有名吗？"林影突然像个"小白"一样地问道。

周海涛笑呵呵地说道："嗯，其实就是用眼镜蛇、金环蛇、银环蛇、水蛇、锦蛇制成的肉羹。放心，蛇肉是很美味的，只要处理得干净就行，就好像是河豚一般。这道菜是除了五种蛇肉，再加上果子狸肉、鸡肉丝、鲍鱼丝、菊花、冬菇、木耳、生粉制作成的蛇羹。当然，这里面的每一道食材都不是凡品，就比如说菊花用的也是珍品奇菊。"

林影听到这里，脸色突然间变得惨白，然后捂着嘴直接就朝着卫生间跑了过去。卫生间的门很快地被关上了，只听到里面传来了一阵阵的呕吐声。

琚然这个时候也忍不住轻捶了一下周海涛，对着他埋怨道："你这人，人家还是个小姑娘，第一次吃这些野物当然害怕了，收起你的恶作剧吧。"

"好好好。"周海涛笑着答道，然后忍不住地挠了挠后脑勺，"这不是很正常的吗？你第一次吃这东西可是比林影要胆子大得多啊，而且吃过之后你一直都夸这羹汤好吃呢。"

"我说涛子，你不是在吓唬林影吧？"云暮这个时候也忍不住地问道。

周海涛摇摇头，一本正经地说道："怎么可能？如果不是这些东西，怎么能够彰显出请你吃山珍海味的诚意呢？"

云暮摇摇头，然后时不时地朝着卫生间的方向望去，心里面对林影还是有些担心的，毕竟她在卫生间待的时间有些太久了。

琚然关切地问道："要不我去看一看，都是你，害得林影连饭都没吃一口，这样下去还怎么让林影有胃口吃饭呀？"

周海涛一只手抓住妻子的手，轻笑着说道："你呀，就老老实实地坐着吧。云暮，这个时候不是应该你挺身而出的吗？机会兄弟可是已经给你创造好了啊，你小子可不要浪费了啊！"

云暮笑着站起身来，往卫生间走去。

云暮先是在门口问了两句，之后听到林影的应答，云暮这才开门进去。

周海涛看着云暮那畏首畏尾的样子，忍不住摇头叹息道："这傻小子还这么矜持，什么时候是个头啊。你看看他那个愚笨的样子，幸亏我下手早，以往我还处处提防着这家伙。现在看来，我有些高看他了，我这是凭着自己的本事把咱们的校花给娶到手的啊！"

周海涛忍不住地感慨着，这话落在琚然的耳朵里，听得很是受用，毕竟哪个女人不喜爱自己丈夫的夸赞呢？这个时候的琚然觉得周海涛就是自己的明智之选。

进了卫生间的门，云暮被眼前的这一幕给惊呆了。

林影一脸的凝重。她看到云暮的第一句话就是："别出声，听我说，这些食材确实如周海涛所言很珍贵。我刚才问的那太史五蛇羹中的一道叫果子狸肉的食材，这东西你知道是什么吗？"

"是什么？不清楚。"云暮一头雾水。

林影一本正经地给云暮科普了起来，她说道："果子狸又叫花面狸，前两年刚被国家林业和草原局规范为禁食的野生动物，而且也是濒危野生物种。如果我们今天晚上吃了它，那可是犯法的。你我都是执法人员，这知法犯法的事情绝对不能做。"

云暮听到这里也忍不住吓了一大跳。这涛子是怎么回事？

第八章 秋水漾秋波 / 167

这不是把他往火坑里推吗？不过他心里对周海涛还是信任的，就说道："不会吧？周海涛想要请我吃的野味居然是这东西？"

林影又装作干呕了两声，然后扭开了水龙头，这才对着云暮说道："不清楚，不过周海涛并不像你想象得那般简单。今天晚上你就听我的，那盘菜你动都别动，而且这个叫作青瑶山庄的饭店很有问题，这或许也是咱们应该调查的一条线索。云暮，尽量在不打草惊蛇的情况下探探这里的底细，最好不要和我猜想的一样。"

云暮有些疑惑，猜想？林影能有什么猜想？

"哦，对了，一会儿出去之后，你和周海涛说话的时候要多注意一些，看看他对这果子狸知道多少？万一他并不知情，别到时候让他上了别人的当都浑然不知。"林影想了想，然后对着云暮叮嘱道。

云暮心中涌起一丝疑惑，林影不会是怀疑周海涛吧？

不过林影并没有给他思考的时间，在脸上和鬓角轻轻地抿了点儿水，就径直走了出去。云暮跟在林影身后，心里面的那丝疑惑越来越强烈了。

一晚上，林影在酒桌上自始至终都没有表现出任何的异常。当然，除了那盘太史五蛇羹一口没动过之外，其他吃的还是比较对口味的。云暮对太史五蛇羹也是敬而远之，周海涛则是毫不客气地抢了过去，而且还不停地抱怨着云暮不识得真正大补的好东西。

吃过饭之后，云暮提出想要见一见这里的主厨。

很快地,一位长相富态的中年男子出现在了四人的面前,从他的体型上来说,足可以证明眼前的这位就是厨师了。几个人的目光都集中到了眼前这位厨师身上,当然也包括了云暮。林影偷偷地使着眼色,让云暮克制一下,不要引起厨师的怀疑。

云暮用笑意掩饰了他的猜疑,笑呵呵地说道:"不知这位师傅怎么称呼?"

"尹修。"

尹修的声音很有磁性,但是却带着一种胆怯,好像还有一丝焦虑。云暮能够感觉尹修好像并不喜欢这种被众人围观和称赞的氛围,他待在这里的目的也只不过是应付场面而已。

"好了好了,尹主厨。你做的菜非常地道,确实不愧拥有着青州第一厨师的名号。云暮,尹主厨并不喜欢抛头露面,他还是喜欢待在自己最熟悉的厨房里面,我看咱们还是让他先回去吧。以后如果你要是想捧场,可以再来品尝尹主厨的手艺。"

听到周海涛的话之后,尹修立马连个招呼都没打就走了,但是云暮却将尹修的这张脸深深地记在了脑海之中。

尹修认识云暮!

虽然尹修一直都掩藏得很到位,但是云暮的警觉性实在是太高了,只不过是短短几秒钟的对视,尹修都能够感受云暮那如同是猎人一般敏锐的反应。这让尹修不得不对自己掩饰表情的信心程度大打折扣，能够把"渔、樵、耕、读"中的方红岩逼迫到如此艰难的地步，他不得不承认云暮还是很有实力的。这样的人很可怕，一旦要是让他把自己当成目标锁定了，那下场估计也不会比方红岩好。

看来，是时候应该先歇业一段时间了。尹修在心里面暗暗地思忖道。

主厨的工作本来就是很轻松的，刚过了晚上十点钟，尹修将那些剩下的食材简单地炒了两个菜，怀里揣了一瓶酒，然后坐上了自己的那辆极其便宜的国产二手汽车，开出了青瑶山庄。

夜色已经很深了，尹修开车的路段人烟越来越稀少，他的驾驶速度也越来越快。这里的路况并不算太好，急转弯太多，不过对于尹修来说都不是问题，一路上他是只踩油门不踩刹车，从他脸上略带着一丝享受的神情就能够看得出来，尹修很爱飙车，而且这条路对于他来说那绝对是再熟悉不过了。发动机发出来的那略带着喘息的轰鸣声在山间响起，尹修却似根本听不到，他只感觉到自己的速度很快，已经快到可以忽略了轰鸣声。

车子在青州市肉联厂门口停了下来。

尹修一只手拎着食盒，另外一只手则是抓着那瓶酒，慢吞吞地走进了肉联厂。在一间屠宰工房前停了下来，尹修掏出烟深深地吸了两口，停了一会儿后，这才将酒夹在腋下，掏出钥匙打开门，走了进去。

进了门,尹修并没有第一时间开灯,而是熟络地朝着最里面的房间走了过去。

推开里间那半掩着的门,尹修看到了正半倚在那张单人床上看书的方红岩,方红岩对他的到来似乎并没有感到任何的意外,而是平静地说道:"你今天来晚了。"

尹修将食盒和酒放下,然后拉开了一张折叠的桌子,将食盒和酒放到桌子上,又拽出了一把椅子,这才对着方红岩说道:"今天我见到云暮了,那个把你害得像丧家之犬的云暮。说实话,你这老师当得还算是挺合格的,那句话是怎么说的来着,青出于蓝而胜于蓝。这小子的警觉性确实够高,我差点儿就招架不住了。"

"哦?他去你的餐厅了?"

"是的,和周总一起去的。"尹修将食盒打开,又拧开酒瓶盖,从一旁的柜子里面掏出了两个干净的杯子,各斟了半杯酒。

方红岩"腾"地一下就坐了起来,然后目不转睛地盯着尹修,问道:"那他对你起了疑心没有?"

尹修在脑海之中重新回放了一遍见云暮时自己的应对,才缓缓摇了摇头,说道:"应该没有。"

方红岩笑了,笑得很矜持,又很邪魅。

"我记得跟你说过,那小子是很机警的,从小就很厉害,再加上当了几年的侦察兵,哪怕你只要做得有一丁点儿不合常理,他也会记住你的。你绝对不要低估他,要不然的话就会落得和我一样的下场，甚至比我更惨。"

尹修轻蔑地一哼，对于方红岩的话自然是不会太过于在意，方红岩之所以现在成了一只地老鼠一样，那只是因为他贪婪，如果他要是和自己一样见好就收的话，那么他肯定过得比现在要潇洒得多。

"我会小心的。毕竟，这有前车之鉴！"尹修觉得自己在方红岩面前说一两个有文化的词，那是一件非常有成就感的事情。

方红岩伸手抓住了杯子，然后轻抿了一口，脸上的笑容变得爽朗了。自从有钱之后他就不喝这种四五十块钱的酒了。但是这段时间，他仿佛对这种廉价的酒越来越喜欢了，当然了，他喜欢的可不仅仅是这种廉价的酒，还有每天都会一起陪着他喝一点的尹修。

"但愿……"方红岩瞟了尹修一眼，人嘛，总是想要在别人面前展露出自己的优越性，更喜欢看到别人过得比自己不如意。现在的尹修心情应该很好，因为坐在他面前的自己，完完全全就是一个失败者，而尹修，就是那个对待他如施舍一条狗一样的好心人、成功者。但是，方红岩有预感，尹修很快也将会和自己一样，甚至可能连自己都不如，方红岩虽然不会算命，但是他却是表现得如此笃定。他十分肯定地认为，尹修的结果，一定会如他所料。

尹修对方红岩这种无耻文人表现得很是反感，但是他很享受方红岩现在对自己的态度。所谓老板手下的"渔、樵、耕、读"之一嘛，其实也不过如此，而自己这些"三工三匠"甚至要比他们更长命，现下看起来应该就是这个样子。

"你确定你的餐厅不受影响？"方红岩知道此时此刻尹修心里的真实想法，或许他正在鄙夷自己，但是自己就算是只落在平阳的老虎，也绝对不是尹修这条狗能够欺负的。

见尹修不说话，方红岩又若有所指地说道："就算是你打算歇业几天，云暮也一定会追着你来的，当然如果你今天晚上没有上些特殊食材的话。"

尹修的心瞬间好像被揪了一下，他猛然想起那道太史五蛇羹。不过，这个担忧尹修很快便在心里面否定了，他并不认为云暮能够察觉得到，就算是察觉到了，只要是年轻人，也肯定会有猎奇的心。说不定，云暮还想要尝一尝其中的味道，这不是没有可能，只要他尝过一口，那就撇不清干系了。

方红岩从尹修脸上的表情变化就能够猜得出来，他并没有想要继续提醒下去的意思。方红岩会败给云暮，那是因为他太了解云暮，太了解自己的这个学生了。而尹修这个家伙也同样一定会败，因为他太不了解自己的这个学生了。

方红岩当然不会提醒尹修的，再躲上一段时间，等风声一过他就要永远地离开青州了。他不想像史大平一样，快没后路了才想后路，而他更没有史大平那么鼠目寸光，他在很早之前就已经给自己想好了最安全的退路。到那个时候，他就能够在异国他乡看着尹修这个家伙倒霉了，那时候的画面一定会很让自己感到惬意。

"那不是我的餐厅。"尹修的声音听上去微微有些发颤,很显然他明白方红岩话里面的意思,"他是不可能找到我的餐厅的,我的餐厅会保护得很好的。"

第九章　各怀心腹事

尹修的餐厅并不是青瑶山庄，那里不是他的产业，他的餐厅很隐蔽，当然，也不可能具备合法的资质。这并不是说他烹饪的美食摆不上台面，而是他的那些食材全部都是非法猎取的，都是各种各样的奇珍异兽。这些食材在尹修的手中，变成了一道道可口的美味佳肴，在尹修看来，这样才能够最大化地体现它们的价值。

当然，尹修的餐厅可以说只是一个虚拟的餐厅，也可以说尹修的餐厅就在这里。在这肉联厂，尹修控制着一个地下的屠宰点，而那些非法猎捕的食材也会被送到这里进行初步加工。对于有些食材来讲，当然是越新鲜越好。

有些有钱人不介意花上几万块钱吃一顿普通人压根儿就吃不到的大餐。

一旦有食材被运过来，尹修就提前标好价，然后在暗地里进行竞拍，出价高者得。尹修将食材烹饪好，然后通过那些外卖小哥直接配送至有钱人的餐桌上面，彼此不会进行面对面的交易，风险也会被控制到最低。

尹修的钱赚得那是盆满钵满，况且，对于一个单身汉来说，这些钱足够让他挥霍了。至于讨老婆，尹修并不愿意考虑这个问题，那样一来会让自己受到约束；二来嘛，尹修信奉今朝有酒今朝醉，一个人赚的钱一个人花最舒服，不需要再多个人帮他一起花钱，尹修并没有那么傻。而且，尹修做的是见不得光的买卖，假如讨了老婆又有了儿子后，万一儿子要继承了他的手艺，却没有继承他贪而知足的品性，那么儿子会死得很惨。

尹修想得很明白，所以他对于方红岩这样的人，心底还是有些不屑的。

正如方红岩心中所料那样，刚才自己的一番话，尹修并没有听进去，他依然还存着一丝的侥幸心理，认为方红岩只不过是在恐吓他，而他尹修绝对不是被吓大的。

更何况，方红岩现在的处境比尹修要糟糕得多。

"方老师，老话说得好，听人劝吃饱饭。你放心，我会小心的。"尹修漫不经心地说道。这句话看似在说给方红岩听，但其实尹修却是在跟自己说。

这个时候，尹修的手机突然间响了一声，方红岩立刻很警觉地看向了尹修。尹修快速地看完短信之后，不动声色地将手机又放了回去，然后平静地说道："方老师，不知道你在我这个小地方待得还习惯吗？"

方红岩心中一惊，顿时涌过一阵不安，眼神中不经意间闪过一丝警惕。方红岩知道尹修不会平白无故地说这些没有意义的话，至于原因嘛，说不准是刚才的那条短信。方红岩心里很清楚那条信息是从何人手里面发出来的，但是他确实没有想到，那个人竟然会有一天也把自己当成了个"弃子"。

"还可以，安静，正好可以看看书。"为了不让尹修有所警觉，方红岩带着安抚的目的回道。他知道，现在这个时候自己更加要小心谨慎了，那个人既然都已经动了想除掉自己的心思，那么自己也就没有任何的顾忌了。

"那就好！"尹修或许是因为紧张，声音听上去有些沙哑。

"厨工，谢谢你这么多天的款待，我想我为了你的安全还是不要在这里叨扰你了！今天吃了这顿饭，我就准备离开了。当老哥的还有最后一句话，那就是你一定要小心云暮，那个家伙比你想象的还要难缠，千万不能被他抓住哪怕是一丁点儿的蛛丝马迹。"方红岩一边满是感激地说道，一边则是在心里盘算着如何逃离这里。

尹修突然间好像话也多了起来，他假模假式地说道："应该的，方老师对我之前的帮助很多，我很感激。现在外面还在对你进行抓捕，你这个时候出去会暴露行踪的。方老师，要不我送你一程？"

方红岩叹了一口气，终于，还是走到了这一步。

看来，刚才尹修手机上的那条短信应该就是要除掉自己的指令了，从方红岩开始听命除掉史大平的时候算起，他就已经知道，自己早晚有一天也会被抛弃，但是方红岩并没有想到这一天会来得如此之快。

"算了，厨工，我自己可以走。"方红岩故作轻松道。

尹修看起来好像很执着，脸上的表情笑得又很僵硬，那一双突然间变得凶狠异常的目光直勾勾地盯着方红岩，说道："方老师，我说了，我可以送你，这个没得选。"

看来，尹修是要准备打开天窗说亮话了。

方红岩知道自己的警觉还是很管用的，不过最近他很讨厌这种警觉，正是因为这种警觉，方红岩现在才混得越来越惨，不光现在寄人篱下不说，居然还要被人威胁人身安全，这是方红岩所不能忍的。

"能不能选，不是你说了算的，而是我说了算。"方红岩也决定不再装了，摊牌了，他脸上的神情瞬间变得比冰库的温度还要低上许多，"老板给你下了指令了吧？是不是要你想办法除掉我？"

尹修点了点头，说道："我知道你能猜得到，我不喜欢跟心眼多的人绕弯弯，最喜欢直来直去。你放心，我会让你走得很安详。"

方红岩摇摇头说道："不，我赌我今天能够全身而退。"

"你拿什么全身而退？"就在这个时候，尹修站了起来，正要准备扑向方红岩的时候，突然间他感觉一阵天旋地转。之后，他的身躯就重重地摔倒在了地上，而方红岩则是一副波澜不惊的神色。

"你怎么知道？"尹修躺在地上，喃喃道。

方红岩冷冷地撇了撇嘴，说道："今天你在外面待的时间有点儿长了，大概有一根烟的时间，我是不得不小心啊。你好好地想一想，你的那些菜是不是我在等你动过筷子之后才吃的，而且筷子是我自己的。除了这些，就只有那酒了，酒也是你先喝的，但是酒杯子是你拿的，或许是你太紧张了，第一次杀人嘛，难免有些紧张，这也是可以理解的。不过，细节决定成败，你在放杯子的时候也没有了往日的从容，很紧张啊，这让我不得不怀疑你会在杯子上动手脚。所以，我趁你不注意的时候，就把杯子调了个个儿，还真的是让我给猜对了。不过，你应该明白的，我心里并不为自己的神机妙算高兴。相反，我很难过，很失落，虽然我早就料到会有这么一天了，但是当它到来的时候，我还是很愤怒。"

方红岩无奈地摇了摇头，然后直接转身离开了。

回到局里工作的云暮心里一直都对那个叫尹修的家伙念念不忘，虽然尹修在自己面前很刻意地掩饰着什么，但是云暮还是从和他极短暂的接触中感到这个家伙对自己很警惕，甚至是有些敌意。如果要是没有林影的提醒，云暮并不会关注一个看起来憨厚朴实的厨师。

"谷队，你知道青瑶山庄吗？"云暮突然间问道。

谷峰有些惊愕地抬起头，将捧在手里面的保温杯放了下来，说道："不太清楚。"

"昨天晚上我在那里吃饭，有人将果子狸肉做成了一道菜。"云暮缓缓地说道。

谷峰皱了皱眉头，思忖了片刻，然后对着云暮说道："周成手里头有个案子，是关于盗猎野生果子狸的，案子很复杂，而且作案的手法很是老练。"

"我总觉得青州有一条地下产业链，他们靠盗猎盗采牟取暴利，虽然看起来他们之间毫无关系但暗地里勾结在一起干违法勾当。比如说是那些打着金刚结的红绳，无论是从十六楠的线索，还是方红岩的线索，最终都和这种金刚结红绳扯上了关系。"

"又是红绳？"谷峰怎么可能忘记，这和十几年前林俊峰牺牲的案子有着关联。

云暮紧锁着眉头，他感觉自己好像是抓住了关键的一些信息，但是想要从这些复杂的信息中理出头绪来又非常艰难。

"是的，线索都是在扯出红绳之后就断了。"云暮有些失落地说道。来到局里已经有一段时间了，云暮几乎是毫无建树，他急需用一场酣畅淋漓的胜利来证明自己，但可惜的是，云暮感觉已掌握的线索却越来越凌乱了。

"所以，你就怀疑盗猎果子狸的案子和你手头上的这两个案子有关联？"

"是的，虽然我不能肯定，但是我总觉得这里面有某种联系，而且很有可能我们面对的不仅仅是个案，甚至有可能是一个庞大的犯罪组织。他们的手法很隐蔽，而且警觉性很高，这就让我们的侦破工作变得困难重重。"云暮将自己心中所想全部都说了出来。

谷峰对于云暮的猜测感到吃惊，心想这都什么时代了，居然还能有这样的存在，他的表情忍不住多了一丝凝重，说道:"犯罪集团?"

云暮重重地点了点头道:"没错,确实就是犯罪集团,而且在青州已成气候。"

谷峰的脸色愈发凝重,对于云暮的分析推测他并不觉得危言耸听,在这方面,谷峰非常信赖云暮这个侦察兵的直觉。而且,云暮刚刚从部队退役下来,他的警觉性应该不会差。可如果要真是这样的话,事情就有些棘手了,这些年下来,谷峰对自己的成绩还是很肯定的,但是一直萦绕在自己心头的那截红绳,让谷峰不得不直视云暮的这一番话。

"如果要是真如你所说,那么史大平、方红岩都是这个犯罪集团的?"

云暮已经基本肯定这个判断,今天他所言都是经过自己深思熟虑的。

"可是现在,线索断了。"谷峰提醒云暮。

云暮摇摇头,说道:"不,线索没断,就算是这条线索断了,那么还会有新的线索被扯出来。据我推测,方红岩在这个集团里面的地位不低,而他这个很重要的环节出了事,想必肯定会有人坐不住直接跳了出来。对方红岩这个人我很清楚,他不是寄人篱下的主儿,总有一天他还会再回到我们的视线之中的。"

"这样一来,我们就很被动了。"谷峰声音低沉地说道。

"不,不是被动,而是我们只需要找个线头就可以,比如说是那个会用果子狸做菜的大厨。"

"你是说尹修？"谷峰闻言眼前一亮。

"是的，我觉得他有问题，回来的时候我特意查了下他的底，没想到这一查还真的让我发现了一些证据。这个人很聪明，而且他好像挺有钱的，他名下的财产能够买得下三座青瑶山庄了，那么他为什么还会在那里当个主厨呢？"

"掩饰自己真正的身份。"谷峰按照云暮的推断继续思考了下去，随即又有些无奈地说道，"可是，现在我们手头上并没有他违法犯罪真正的证据啊。"

云暮的目的达到了，他郑重地说道："所以，我想试一试这家伙，这个世上绝对不会有一个人能够把事情做得万无一失的，而我要做的就是找到他犯罪的蛛丝马迹。"

"我明白了，你是想要再去一趟青瑶山庄。"谷峰感觉自己好像明白了云暮的意图，"但是不行，这么做太危险了，如果那个叫尹修的家伙真有问题的话，你的处境就会很危险。"

云暮的眼中闪过一丝决然，他说道："胜利是不会双手奉送到我们面前的，而我必须以命相搏。谷队，从我进入森林公安局的那一刻起，我早就已经将生死置之度外了，我不想让林叔死得不明不白，而杀害林叔的真凶还逍遥法外。"

"这些年过去了，你应该释怀了。"谷峰叹了一口气，自己的这句话说得实在是太过于苍白无力了。他没有勇气去劝说云暮，因为他的心中也一直都憋着一口气，即便是林俊峰不在了，但是谷峰也感觉林俊峰一直在盯着他，这种感觉很怪，那是师父和自己作为一名警察的职责，他可以牺牲，但是"火苗"不能断，而这就是薪火相传。

云暮发出了一声微微的叹息，对于谷峰的话，他并没有听得进去，他忘不了林俊峰牺牲时那难以名状的眼神。

谷峰看到云暮的神情，他知道自己刚才的一番劝说并没有起到任何的作用。谷峰能够明白，虽然云暮在自己师父的追悼会上并没有哭出来一滴眼泪，但无疑除了韩爱萍和林影之外，最伤心难过的莫过于云暮了。那个时候的他年纪还小，谷峰从他的眼神中读出了一种坚毅，那是只有在经历过大彻大悟、大风大浪、大喜大悲之后才会有的坚毅，就连谷峰也能明白林俊峰的牺牲对眼前这个年轻人的打击有多大，即便是过去了十几年，他再一次从云暮的眼神中看到了那种毅然决然的目光，这和自己从林俊峰的眼中看到的炽热目光如此类似。

"好吧，不过你不能一个人去，我和你一起去，相互有个照应。"谷峰沉声说道。

几天后，青瑶山庄。云暮和谷峰两个人来到这里，这一次云暮的目标很明确，那就是尹修。谷峰在暗处，而云暮则是在明处。

对于云暮的到来，而且还不是在饭点的时候，尹修并没有显露出太多的惊讶。前几天晚上尹修被方红岩摆了一道，虽然方红岩没有对自己痛下杀手，自己暂时也没有性命之忧，但是对尹修来说，这却释放出了一个很糟糕的信号，方红岩是个睚眦必报的人物，自己要加害于他，其恶果是必须要由自己亲自来品尝的。只不过，现在的方红岩算是走投无路了，真的要是对他放任不管，让他缓过劲儿来的话，那么最后倒霉的一定会是尹修自己。况且，现在两个人已经完全撕破了脸。

"尹师傅。"云暮很客气地笑着说道，"不好意思又来打扰你了，我是森林公安局的刑警，这一次来的目的其实很简单，就是想要从你这里了解一些情况。"

云暮说得很客气，但眼神却很是警觉。

尹修装作若无其事地说道："吃饭我很欢迎，找麻烦的话，对不起，我很不欢迎。"

云暮对于尹修的态度丝毫不理会，而是继续说道："那就权当我是不速之客了。尹师傅，那天晚上我有幸品尝到尹师傅的手艺，说句实在话确实不错，尤其是那道太史五蛇羹，味道更是绝佳。"

"云先生，如果你要是喜欢的话，可以点餐。我是厨师，我的工作就是让人的嘴感到舒适。其他的，请恕我无可奉告。"尹修的态度很差，就像是一块冷冰冰的石头，和云暮的笑脸一对比那就是极大的反差。

"好吧，那我就简单直接一点吧。"云暮清了清嗓子，脸上的笑容立刻就收敛了起来，对着尹修肃然道，"根据国家野生动物保护法，现在我怀疑你非法猎食禁食野生动物，请你配合我的工作，谢谢你的合作。"

云暮说得不卑不亢，脸上神色平静，但是他的双眼却时时刻刻地盯在尹修的身上,防止眼前这个家伙突然跳起拒捕。

"仅凭一道菜就说我犯法了?云警官,我可不可以告你诬陷?"尹修并没有动,这几天他已经处理了所有可能会被发现的罪证,以求能够确保自己万无一失。

云暮点点头,说道:"可以,不过那也是在等我对你传讯完之后。"

"对不起,我的客人并不喜欢等待。你知道的,青瑶山庄的座上宾可不仅仅是辰海集团的周总一个人,他们都颇有权势。我相信如果我要是被捕了,一定会有人出面保我的。"尹修很自信,自信到了有点倨傲。

"当然,当然,我相信。不过,尹师傅,请你配合我的调查。"云暮步步紧逼道。

尹修下意识地后退了几步,说道:"对不起,恕不奉陪。"

云暮没想到这块"骨头"竟然如此难"啃",就严厉地说道:"这不是你愿不愿意的事情。尹修,我需要你跟我走一趟,我再警告你一次,如果你的态度要还是如此的话,那就别怪我不客气了。"

"不客气?"尹修看了看云暮的小身板,和自己比起来,那简直实在是太瘦弱了,他对自己的块头有信心,更对自己的身手有信心。

云暮摇摇头,自己的身材总是会让人产生错觉,而这却是一个合格侦察兵的标准。

"如果你要是不信的话,可以试一试。"云暮笑着说道。

第九章 各怀心腹事 / 185

看着尹修那一副跃跃欲试的样子，云暮很是警觉，尹修这样的体格他曾经遇到过，只不过用了两秒钟的时间，对方就已经被他彻底制服了。

"好！"

尹修话音刚落便直接出了手，刹那之间一个如同是钵大的拳头直接朝着云暮的面颊袭来，云暮冷哼一声，根本就不避不闪，只听得"咔嚓"一声，他手中的铐子就把尹修伸出来的那只拳头直接给铐住了。

这一切都发生在电光石火之间，还没等尹修反应过来，他的身体随着那只被铐住的手已经被云暮扯了过去。尹修愣住了，他的这一拳力量有多大、速度有多快，他当然是知道的，如果要是掌握不好力度的话，那么他这个青州最出名的厨师名号也就直接掉地上了。

"嘭。"

云暮一个箭步直接带着尹修的拳头朝下砸去，惯性使然尹修打了一个趔趄，紧接着尹修便再一次地听到了那声清脆又熟悉的"咔嚓"声，他的另外一只手腕也被手铐给铐住了。而这个时候的云暮拍了拍他的肩头，脸上的笑容依旧，仿佛刚才那露的一招只是信手拈来而已。

"怎么样，我说过你可以试一试的吧？现在是不是服气了许多？"云暮轻松地说道，眼中的笑意很浓。心想如果要是自己失手了，那实在是对不起自己曾经立下的二等功。

尹修的震惊直到现在还没有缓过来。

"现在我们是不是可以好好地聊一聊了，尹师傅？"云暮淡淡地说道。

而看到云暮制服了尹修，谷峰则是笑着站了起来，然后来到云暮的身边，赞许地说道："嗯，做得不错，现在我们走吧，带他去指认现场。"

云暮和尹修两人在前，谷峰在后，他们三人进入了尹修的厨房。

"尹师傅，不知道现在你是不是能够配合我们的工作了？"

尹修诡异地笑了笑，那是一种胸有成竹的笑容，云暮的心里面忍不住地多了一丝警惕。他想要提醒谷峰，没想到，厨房的门瞬间已经被反锁了，谷峰则是直接被锁在了厨房门外面。

云暮的直觉还是很准的，突变就在这个时候发生了，云暮还没有反应过来的时候，一道黑色的身影不知道从哪里闪了出来，已经直接扑向了云暮。那道身影很是魁梧，而此时此刻这人的手中握着一根棒球棍，直接朝着云暮的后脑勺砸了下去，云暮只觉得眼前一黑，然后便重重地摔倒在了地上。

谷峰踹开厨房门想要掏枪的时候，那道黑影已经直接将云暮给扛了起来，很快地从厨房后门溜了。谷峰又一脚，直接将厨房的后门给踹开了，尹修却仿佛已经卡好了时间点，这时的他如同一个肉球一样朝着谷峰撞了过来，直接把谷峰给撞飞了出去，重重地摔在地面上。坚硬的地面让谷峰感觉自己后背火辣辣地疼，而他的手枪直接脱手而出。尹修摇摇头，出奇的冷静，他脸上神情不变，仿佛这一切都在他的预料之中。

大意了！

此时的谷峰没想到尹修早就已经有所布置，现在的情况确实不容乐观，他知道自己面对尹修的话，肯定不是他的对手，而手中唯一能够当作武器的枪也没有了。

"不得不说，你们的狗鼻子实在是太灵了。"尹修冷着脸走了过来，拽住谷峰的衣服，继续说道，"要怪只能怪你们自己，把我逼得实在是太急了。别忘了，狗急了也是要跳墙的，我只不过是杀了一些畜生，仅此而已。"

尹修从餐柜中抽出了一根擀面杖，死死地握在了手里，仿佛此时此刻站在他面前的谷峰就像是可以任自己宰割的食材："要怪就怪你们小题大做了。"

谷峰此时盯着尹修手腕上露出来的那一抹红绳，眼睛瞪得大大的，那是打着金刚结的红绳，和林俊峰遇害时手里紧紧攥着的一模一样。此时此刻，他相信了云暮的判断，青州市绝对存在着一个大型的犯罪集团，而这些红绳就如同是一条条线一样，将这些无法无天的家伙全部都系在了一起。

"你们逃不了的。"谷峰沉着地说道，而此时他的手在挣扎的时候，朝着放在案板上的一块肉抓了过去。也许，自己就要和当年的林俊峰一样了，此时的他总想着要给自己的同事留下些线索，谷峰已经做好了牺牲的准备。

尹修的眉头微微地皱了起来，原本看上去有些圆乎乎的脸此时多了一抹狰狞:"那可说不定,以前又不是没有过,最后都是会不了了之的。可以告诉你,我是厨师,我不杀生,但是可以让你永远都说不了话。"

说着,尹修手中的擀面杖直接朝着谷峰的头顶敲去,重重地敲击之下,谷峰眼前一黑,身体已经软绵绵地倒在了地上。

尹修看了看瘫倒在地的谷峰,冷静地将手指伸到了他的鼻子下面,发现他还有呼吸。作为多年的厨师,尹修的力道控制得非常好。尹修确实不杀人,他的手是用来做美食的。他坚信,他的手一旦沾染了血腥味儿,那么做出来的菜也就不好吃了,这双手就是他用来赚钱的,所以尹修非常珍视自己的这双手。

"你死不了。我会把你送到医院的,等你醒过来的时候,或许我们已经不在青州了。"尹修喃喃道,然后他将谷峰的身体如同是扛面袋一样扛起来,从后厨走了出去,扔到了一辆车上,然后用手绢擦了擦手,坦然地离开了。

云暮感觉越来越冷,仿佛置身于寒冬腊月冰冷的河水之中,他看到了岸边焦急的林影。而此时在林影的背后,一只大手则是按在了林影那纤细而又白皙的脖子上面,从阴影中露出了半张脸,那是云暮熟悉的脸,这原本在讲台上慈祥的脸此时显得有些狰狞,嘴角勾起一丝若有若无的奸笑。云暮想要呼喊,却发现自己什么话都说不出来,突然间,林影的那张脸变成了林俊峰的……

云暮突然间睁开了眼睛。

此时只有昏暗的灯光，而他的身边则是挂着一条条动物的尸体，有果子狸的、石鸡的、金环蛇的，甚至还能够看得到几只被冻得僵硬的小鹿，四周充斥着一种死亡的气息。

突然间，门打开了，从外面走进来两个人，一个云暮认识，是尹修；而另外一个人云暮并不认识，因为他戴着一个京剧脸谱的面具。

"云警官，我们又见面了。"尹修淡淡地说道，"方红岩说得很对，你确实是一个难缠的家伙。"

"看来我猜得没错。"云暮打量着四周的环境，然而结果却让他绝望了。此时的他虽然没有被绑起来，但是四肢已经被冻得有些僵硬，想要反抗是不可能的事情，更何况此时跟在尹修身边的那个人手里面还握着一把杀猪刀。

"能够把渔、樵、耕、读中的一位逼到绝路上就已经让我刮目相看了，没想到你一个人却把两个人逼到绝路上，确实让我佩服不已。"尹修就那样蹲在云暮的身边，然后目光直视着云暮，"没办法，只能暂时先把你请到这里来了。"

渔、樵、耕、读？云暮瞬间就明白了，方红岩的身份应该是那个"读"，而已经失踪的史大平就是那个"耕"。

"那你呢？"

"我？我只不过是一个小人物罢了，只是想要做些珍馐美味的一个厨师罢了。"尹修自然是不会被云暮把话给套出来的。

云暮闭上了眼睛，他知道自己现在的处境很被动："你也是那个集团里面的人？"

"算是吧，不过现在我却喜欢单干，给有钱人做几顿好吃的，那些他们平日里吃不到的，捎带着赚些钱。"

"那你想要把我怎么样？"云暮一直都表现得很冷静，即便是现在已经到了生与死的边缘，云暮表现得还是很冷静。作为曾经的一名侦察兵，他深知只有冷静才能够活命，这是部队教会他的，所以即便是到了现在这种困境之中，他依然还是很冷静。

"让你在我这里休息两天。你的身手我是知道的，你的背景方红岩也和我说了。所以呢，我就给你找了这么一个地方，不会让你给我们造成威胁，同时又不会让你死掉。我们现在需要一些时间来找个没人认识我们的地方，好好地过我们的日子。"

"法网恢恢，疏而不漏。"云暮的嘴里挤出了这八个字。

"不试试的话又怎么会知道行不行呢？"尹修平静地说道，"其实，你们有些太把我们做的事情当回事了。我是厨师，只负责做菜，做一些别人不会做、不敢做的菜，不至于让你对我这么步步紧逼吧？"

"用这些东西吗？"云暮环顾四周后质问道。

"对，没错，就是这些东西。你刚才说到了法，那么我就跟你好好地探讨一下，是法大还是法则大？弱肉强食是法则，它们比我们弱小，自然就要被我们当作食物。几百万年都过去了，我们就是从茹毛饮血过来的，现在说不能吃就不能吃了？这个有些太过于牵强了吧？我倒是挺欣赏达尔文进化论里面的一句话的，那就是'物竞天择，适者生存'。这是真理，是亘古不变的法则，那个所谓的什么这不能吃，那也不能吃，在天大的法则面前，又能有多大的分量呢？"尹修歪着头，对着云暮说道，"云警官，你觉得我说得有道理吗？"

云暮没有理会尹修，这是歪理，像尹修这样的人，总会要给自己的违法犯罪行为找出一大堆的借口和理由。但是，在他云暮这里，犯罪就是犯罪，法大于天，一切的违法行为都必须得到惩制，一切的犯罪分子都必须要被绳之以法，这是云暮的信念，不是尹修三言两语能够改变的。

尹修看着沉默中的云暮，还有他眼神中露出来的那丝不屑，尹修微微地点了点头："明白了。"

然后，尹修环顾了一下四周，指了指挂在墙上的动物尸体，对着云暮说道："云警官，既然这样的话，那我倒想要看看你坚持的东西在你心里面的分量到底有多重。这里是我的冷库，想要活下去，你就必须要学我们的祖先一样茹毛饮血。这里的食材分量足够你吃一段时间的，当然前提是你想要活下去。"

说完这句话，尹修便直接转身而去，随着"哐当"一声响，云暮陷入了黑暗之中，仅有比之前更加微弱的灯光漏了进来，而冷库中的空气也仿佛随着黑暗降临多了几分寒意。

云暮望着那些都属于国家级保护野生动物的尸体被吊挂在冷库中，脑海之中的信念却比之前更加地明晰了，如同是照亮黑暗的灯塔一般……

林影很疑惑,自己已经在林业局的门口站了有一个多小时了,依然还没有见到云暮的身影。从瑶山深处回来之后,林影恢复了正常的工作和生活作息,而云暮依然和往常一样陪着自己上下班,但今天显然很奇怪。

林影拿出手机给云暮打电话,听到的却只有"您所拨打的号码暂时无法接通"的语音。林影皱了皱眉头,如果云暮要是忙工作的话,肯定会提前告诉自己的,不会像今天这样突然间没了消息,林影的心头蒙上了一层很是不好的预感,而且这种感觉越来越强烈。

林影犹豫着,是不是应该去森林公安局问一问情况?

说着,林影便打了个车直接朝着森林公安局过去,一路上林影忧心忡忡,她俏丽的容颜上面多了一抹慌张,而上一次有这种感觉还是在父亲永远地离开了自己的那一次。直到现在,林影才发现那个该死的"渣男"在她心里有多么重要的分量,这是别人永远都无法取代的。

下了车,林影直奔云暮的办公室,等她推开门的时候却发现只有空荡荡的屋子,里面一个人都没有。

"小影,你怎么过来了?"这个时候韩爱萍看到了女儿,见女儿神色有些慌张,甚至还略微地带着一丝的迟疑。

林影看到老妈,一本正经地说道:"妈,云暮他们是不是去外面执行公务了?"

"哦,是的。"

林影盯着自己的老妈，很明显老妈并没有说实话，从她那略微有些躲闪的眼神中便可以看得出来。林影心里忍不住"咯噔"了一下，这种不祥的预感是越来越强烈了，林影嘴唇紧抿，目光坚毅地盯着自己老妈："妈，他们去哪里执行公务了？"

"这个，我就不知道了。小影，你先回家吧。云暮要是回来了，我让他去找你。"

林影摇摇头，目光中多了一丝果断："妈，当女儿的可是最了解你了，你越是这样说我的心里越是担心，云暮他们是不是出事了？"

韩爱萍叹了一口气，她知道自己在女儿面前是瞒不住了，索性也就不藏着掖着了，无奈地对着女儿坦白道："确实是出事了。云暮和谷峰两个人调查一桩案子，云暮失踪了，找不见人影，而谷峰现在还处于昏迷之中，在市医院里呢。"

听到这里，林影只觉得自己身上的力气一下子被全部抽空了，强忍着心里面的那丝难受，然后直接对着母亲说道："谷哥现在情况怎么样？"

"稳定住了，只是云暮……"

林影二话不说直接跑出了森林公安局，打上车来到医院。等她进入病房之后，看到谷峰安静地躺在病床上，而在病床旁边坐着的是一个女人，那是谷峰的爱人。看到林影跑进来之后，女人的眼泪也扑簌簌地掉了下来。

"嫂子，你别担心，谷哥能挺过去的。"

安慰了一会儿谷峰的爱人，林影则是对着刚进来的森林公安刑侦大队的周成使了个眼色，周成加入警队的时间不算短了，他是林俊峰出事之前入的大队，所以对于林影来说，也算是一个大哥哥般的存在。

"周队，谷哥不要紧吧？"林影强忍着心中的不安问道。

"情况比较稳定，下手的人没想置他于死地，虽然一时半会儿谷队还醒不过来，但不会有生命危险的。"

"云暮呢？"林影焦急地问道，此时此刻的她才发现云暮这个家伙已经渐渐地融入她的生活之中，虽然已经过去了这么多年，但是直到云暮出事之后，林影才明白感情这东西有时候最不容易欺骗的人就是自己，她也不例外。

周成无奈地叹了一口气："他们两人说是要调查一桩案子。你知道的，为了避嫌我们不会互相打听别人手头上的案子，我们也是接到医院的电话，说谷峰被一辆没有牌照的车给送到了医院，然后那辆车放下谷峰直接就走了，没有留下任何的线索。我们还在谷峰的手里面发现了这个。"

说着，周成将那块已经被捏得快要变成肉干的东西递到了林影的面前，然后神色凝重地说道："我送去检验过了，这块肉是果子狸的，他应该是在查与非法猎杀禁食野生动物有关的案子。我所能了解的情况也就只有这么多了。"

果子狸肉？

林影第一时间就想到了青瑶山庄，那个隐藏在青州市瑶山里面的豪华饭店。很快地，林影便锁定了目标，那就是自己和云暮在吃完饭之后见到的那个厨师，那个名叫尹修的厨师。难不成是云暮在他身上发现了什么蛛丝马迹吗？为了侦破案子才选择要冒险的吗？

"周队，带上你的人，我们去青瑶山庄。"林影冷静地说道，她是一定要找到云暮的，活要见人，死要……不，云暮是如同"小强"一样顽强的人，他是绝对不会死的，活要见人，死不要见尸，还是活要见人！

周成点点头，虽然这个命令是林影说出来的，他完全有理由可以不执行，但是对于他来说，为了谷峰，为了云暮，这些舍身忘死的战友加兄弟，自己有什么理由推脱呢？

第十章　惊起却回头

青瑶山庄。

林影坚持着要和森林公安局的警员一起行动，当她再一次来到这里的时候，心里对这个富丽堂皇的地方已经失去了兴致，仿佛这里所有纸醉金迷的生活都是非法经营所得。

周成指挥着警员们四处搜查，很快他们却一无所获地返回了他的面前。

林影看到周成的态度瞬间就明白了，看来那个叫尹修的家伙确实是有问题。而从饭店监控视频中发现云暮现在确实是在尹修的手上。

林影瞬间就没有了方向，她感觉自己的身上传来一阵无力感和虚弱感，她现在心里有些害怕了，害怕会像突然失去自己的父亲一样，也会突然失去了云暮。同样的沉重打击，两次落在林影的身上，这种痛苦不是她能够承受得住的，林影在心里面暗暗地祈祷着云暮平安无事。

"林影，你要注意身体，不要太伤心，我们相信云暮一定会没事的。"这个时候，周成看出了林影的悲伤，轻声安慰着她。

林影机械性地点了点头,现在的她如同是浮萍一样无依无靠,她不知道自己应该去依靠谁、相信谁,谁又能够救云暮?

"我们回去吧。"周成对没能成功救出云暮感到有些失落,虽然云暮来局里的时间不长,但他的能力却是有目共睹,这个年轻人热情阳光、积极向上,受到了大家的赞叹,现在他生死不明,周成的心里也是焦急万分。

林影的心里思绪万千,如果要不是周海涛带他们来这里吃饭,或许云暮也就不会遭此劫难吧?突然间,林影好像是想到了什么,她毫不犹豫地直接拿出了手机,一个电话打给了周海涛,云暮是周海涛的哥们儿,或许这个时候,能够救云暮的也就只有周海涛了,他经常来这里,说不定和尹修有什么交集,情急之下的林影也顾不得那么多了,她现在唯一的想法就是把云暮救出来。

很快地,周海涛的电话拨通了,他先是安慰了一番林影,说已经派人打听尹修的下落了,让林影别着急。

挂了周海涛的电话,林影的心里面更加失落了。周海涛仅仅说是可以帮忙,但如何帮?怎么帮?他并没有给个确切的答复,或许这只不过是周海涛敷衍自己而已,林影的心也随着这个电话直接沉到了谷底。

就在林影手足无措的时候,一个电话打了进来,林影看着手机上的陌生号码,有些惊呆了。

林影接通了电话,电话那头响起了一个经过变声处理的声音:"你是不是在找一个小家伙?现在还没找到吧?是不是有些焦急?"

"你是谁?"林影急切地问道。

那个声音听上去很冷漠:"呵呵,你大概会猜得出来的。不过,现在却不是时候,那个小家伙我没猜错的话是被一个厨子给带走了,对吧?我知道他现在在哪里,我可以告诉你他的位置,而且不要任何的报酬,我只是做我喜欢的事。嘿嘿,看到那个厨子倒霉我很快乐,这是他欠我的,要还的。"

林影有些惊讶地望向周成,周成让林影把电话打开免提功能,林影点了点头。

"肉联厂背后有一个仓库,12号库是厨子的,在那里你能找到你要找的那个家伙。"电话说到这里就直接挂断了。

林影还是有些茫然,她不清楚这个电话是谁打来的,从对方的话里透露的信息有限,而且也无法判定这些信息的真伪。但是现在只要能救云暮,哪怕就是个陷阱她也准备往里面跳,云暮绝对不能出任何的事情,她不想再失去一个自己所爱的人了。

"周队,你看?"

周成点点头,他心里所想和林影无异,哪怕眼前就算是个陷阱,他们也得义无反顾地往里面跳,他们不能抛下任何的战友、兄弟。

很快地,警笛的呼啸声笼罩着青州市那比较偏僻的肉联厂。周成在来的路上请求了市公安局特警队的支援,不得不说，市公安局特警队的出警速度还是很快的，当特警队员破开仓库门的时候，他们发现了已经被冻得瑟瑟发抖的云暮。

这个时候的周成才长长地松了一口气，看着云暮那冻得身上已经结了一层薄薄冰晶的样子，还有挂满了珍稀动物尸体的冷库，他们知道自己立功了。他们这是捣毁了一件国家明令禁捕禁食野生动物的大案，那些被冷冻起来的珍稀动物尸体足足有3219具，这个数量已经很是庞大了。

林影早早就跟着救护车将云暮送到了医院，云暮在零下二十多度的地方被冻了有十五六个小时，一般人很难在这种环境下活下来，而云暮不仅仅坚持下来了，而且他的生命体征一切都很正常。

这个时候，林影悬着的那颗心才放了下来。

剩下的事情顺理成章地交到了周成这里，有了特警队的支援，落荒而逃的尹修也在两个小时之后被周成抓到了。

此时，昏暗的房间里面，戴着眼镜的方红岩看着电视上尹修那惊慌失措的表情，嘴角勾起一抹别人不易察觉的笑意。他喃喃道："龙游浅滩遭虾戏，虎落平阳被犬欺，得志猫儿雄过虎，落毛凤凰不如鸡。龙虎就是龙虎，凤凰就是凤凰，再遭难，也不是那些阿猫阿狗、臭鱼烂虾能够惹的。你既然想要招惹我还想全身而退，可能吗？"

云暮毕竟年轻，加上良好的身体素质，经过医护人员的积极治疗和精心调理，他的身体很快恢复如初了。

这一次云暮出现的意外让林影想明白了一件事，那就是她对云暮的感情比自己认为的还要深，云暮其实早就已经闯进她的心里面，云暮的一切都影响着林影，有他在身边，她就有了安全感。

"怎么又哭上了，我这不是好好的吗？"云暮刚刚醒过来，就看到趴在自己床边一直不停抹眼泪的林影。云暮不知该如何安慰她，自己只是被冻了大半天，仅此而已，没必要把"仪式"搞得这么隆重吧？

让云暮看到自己落泪的样子，林影心里的阴影面积在不停地增大着。她对着云暮就是一个白眼："渣男，让你逞英雄，这一次差点儿把自己给捐进去吧？"林影一边说着，一边却是偷偷地把眼角的泪花给抹干了，被这家伙当场抓个现行，林影觉得自己都快要羞到病床底下去了，刚刚才酝酿起来的情绪瞬间被破坏得干干净净。

云暮理亏，这一次确实是自己有点儿太过于冒险了，不仅仅是自己，还拉着谷峰一起和自己冒险。他忘记了，这里早就已经不是曾经的部队了，在部队里自己可以不顾一切地冲锋，但是在这里，他却是有了更多的牵绊，比如林影。

云暮挠了挠后脑勺，有些羞赧地对着林影说道："其实……还好吧，结果还是好的，至少大家都没事。"

林影看着云暮的样子就很来气，直接一记粉拳就砸在了云暮的头上，情绪激动得连声音都有些发颤了："我告诉你，以后——绝对——不要——再这么做了。行动之前一定要考虑好了，现在的你不比以前了，你之前喜欢当个孤胆英雄也好，想要当个表率也罢，那都是之前的事了。现在，你要多考虑考虑你身边的人，比如说谷队，还比如说，我！"

云暮听到了林影的话之后愣住了。

就连林影也没有想到自己居然将心里话直接就脱口说了出来，她实在是太过于气愤了，现在她能够感觉得到自己母亲的那份不容易了。英雄，是放弃了很多才能够称得上英雄的，想当英雄就要牺牲很多东西，包括家庭、子女，甚至是自己的生命。英雄并不好当，而英雄的家属更是要承受很多的担忧和痛苦。英雄很伟大，英雄的家属同样伟大。林影和她的老妈韩爱萍在林俊峰牺牲之后，承受了常人无法承受的痛苦，而现如今，林影也差点步自己老妈的"后尘"。感情这东西很难定性，当你想尽一切办法想要去疏远的时候，却发现它与自己离得越来越近。求而不得，得则不需要去求。

云暮觉得自己刚才是不是听错了，但是当他看到林影一本正经的样子，她仿佛是鼓足了勇气将自己的心思全部都吐露出来之后，依然绯红的面颊，甚至就连那娇柔的身躯都忍不住微微地发颤，云暮便明白了林影的心思。

短暂的沉默之后，云暮一把便将林影拉到了自己的怀里面，将林影抱在了病床上。什么海誓山盟、什么甜言蜜语，在这一刻全部失去了它的意义，云暮不需要说这些，如果要是说的话，林影的那些华丽辞藻要比他多得多。打动一个女孩的心，不是你的花言巧语，而是一个最真挚的动作。

林影的大脑也短暂地失去了思考的能力，就如同一个精致的洋娃娃一样任云暮摆弄着，只不过她身体的反应很诚实，紧紧地抱住了云暮。这一刻，什么话都不用说，只需要一个能听得到彼此心跳的拥抱。

咔嚓！

就在这个时候，一个不合时宜的声音从旁边的病床上响了起来。

云暮率先循声望了过去，脸色瞬间就拉了下来，自己隔壁病床上坐着的不是别人，正是谷峰。而此时他的手里正握着手机对准着自己和林影，云暮可以肯定的是，刚才的那响声就是从谷峰的手机里面发出来的。

这个时候林影也反应了过来，挣扎着从云暮的怀里站了起来，然后恶狠狠地盯着谷峰："谷队，你醒了？一个大老爷们儿，怎么就这么喜欢'八卦'呢？"

谷峰一看事情败露了，觉得好尴尬，便很生硬地喊了一句："哎呀，我头好晕。"然后身子朝病床一倒，直挺挺地躺在了病床上，顺手还将被子盖在自己身上，而那紧紧握着手机的手也飞快地缩回到了被子里面，攥得死紧，生怕手机像它的前任一样跑了。

"谷队，不得不说，你的演技真的很烂。"云暮面露无奈地说道。

谷峰则是摆出了一副死猪不怕开水烫的劲儿，直挺挺地躺在床上，心想既然开演了，那么演戏就要演全套，演技不够但是却足够卖力气。

林影也不是个扭捏的小女生，她来到谷峰的面前，直接一拳就捶到了谷峰的肚子上，谷峰却忍痛依旧不动。然后林影直接潇洒地走出了病房，而刚刚走出病房的她，却是忍不住用双手捂住了发烫的脸，实在是太尴尬了。

医院走廊里的林影定了定神，正要准备去给云暮找些吃的，因为医生提醒过她，云暮醒来之后最好能够吃点热食，这样一来可以驱驱寒，二来可以让他恢复一些体力。但是当她的目光落在那个有些熟悉的"白大褂"身上时，林影的脸色变得有些难看。还是那种熟悉的黑色塑料袋，还是那个看起来个子不算太高的孙医生，林影忍不住地叹了一口气，心里顿时明白，看来自己以后要走的路还有很长啊。

病房里面，云暮却是直接对着还在继续演戏的谷峰说道："卡！我说谷队，这戏演一演就可以了啊，正好你也醒过来了，那么咱们就说说正事吧。"

谷峰一听到云暮说正事，一骨碌就坐了起来，两个人穿着病号服，就这样在病房探讨起了眼下最为关心的案子。

"尹修手腕上有红绳，和林队留下来的那个一模一样。"谷峰换了一副神色，对着云暮说道。

云暮点点头，这个他也注意到了："谷队，你在青州这么多年，听说过渔、樵、耕、读这四个人吗？我怀疑，这四个人和林叔叔的死有着千丝万缕的关系。而且，尹修虽然不属于渔、樵、耕、读，但是他在团伙里面的地位也绝对不低。"

"渔、樵、耕、读？"

云暮从谷峰那一脸疑惑的表情之中就读懂了，谷峰对此并不知情。

"现在看来，拥有金刚结红绳的人肯定是那个组织里面的人。"云暮肯定地说道。

"或许所有的一切，我们只能从尹修那里找到突破口了。"谷峰很是无奈，在抓捕尹修这件案子上，他俩很冲动，而从结果来看，又很被动。

所幸两人受的伤不是很重，在医院待了两三天之后便回到了工作岗位上了，两人归队的第一件事就是提审尹修。

审讯室里面。

云暮和谷峰两人走了进来，坐在他们面前的那个胖子——尹修，看到两人之后，脸上并没有露出任何惊讶神色，他知道这两人迟早会来提审自己，嘴角扬起来的那若有若无的笑，仿佛多了一丝嘲弄。毕竟，这两人可是曾经折在了自己手中，就凭借着这一点，就已经足够让尹修觉得自己不含糊了。

"我们又见面了。"谷峰轻咳一声，借以掩饰自己的尴尬。

"谷警官，云警官，人生就是这样，何处不相逢啊！没想到，我们今天又见面了。只不过三十年河东、三十年河西，老话说得没错啊。"尹修的态度放得很轻松，轻松得仿佛是在和两人拉家常，而不是在受审，"我猜，你们两个人心里面肯定会有很多疑惑，是不是很想知道一些你们一直都想知道的事情？"

云暮皱了皱眉头，他已经预料到这次审讯将会很艰难，但是没想到自己和谷队刚一进来，尹修这个家伙直接就给了他们一个"下马威"。不过，云暮的心理素质也不差，要不然的话他也不会成为一名森林公安干警了。

"你说得没错，我们确实是想知道一些事情。"云暮不动声色地说道。

尹修那浅浅的笑容渐渐地变成了大笑，仿佛是听到了什么很好笑的笑话一样，他盯着对面的两人看了半天："我就知道会是这样的，这个疑惑或许也只有我能够替你们两人解答了。但是，我为什么要这么做呢？又或者说，我这么做又有什么好处？能帮我减刑吗？还是说你们因此能高抬贵手，放我一马呢？"尹修看着眼前的两人，那张有些肥胖的脸上满是戏谑之色，他对自己即将面临的结果仿佛一点儿都不关心，"只不过是杀了几只比较珍稀的动物而已，又不是什么多大的罪过。"

云暮和谷峰对视一眼，从彼此的眼中看出了无奈。不过，这个家伙并不是无懈可击，云暮敲了敲桌子："那么，你对自己犯的罪供认不讳了？"

"是的，我认！"尹修很是坦然地答道。

云暮缓缓地说道："渔、樵、耕、读。啧啧，直到现在我们一个都没有抓到，如果不是从你的嘴里说出来，我们甚至觉得这四个人只是金庸小说里虚构的人物。我们目前是什么都不知道，但是，你比他们可要弱多了！"

尹修的眉头微微地跳了跳，不得不说，云暮这几句话直接刺到了他的痛点上面。尹修深吸了几口气，装作一副若无其事的样子，平静地说道："那又怎么样？他们现在就是缩头乌龟，一个都不敢露面。"

"是啊，他们是缩头乌龟，但是都要比你聪明得多了，他们最起码还知道避其锋芒、明哲保身的道理，你却不一样了。不妨告诉你，你是第一个被我们抓到的人，方红岩很狡猾，或许到现在，他和史大平应该过得还挺逍遥的吧？"云暮平静地说道，他可是侦察兵啊，知道和什么样的人用什么样的方式说话，尹修刚才的这几句话就大概地能够把他自己的性格给勾勒出来。云暮也正是想用这种方式，从尹修这里得到自己想要的信息。

尹修的表情由最初的不爽到平静只不过是用了几秒钟："云警官，你这样的激将法真的是很低级，我在上小学三年级的时候就能够猜出你的用意了。"

"是啊，所以你被捕了，而方红岩却仍能够逍遥法外。"

尹修听了这话笑得很勉强："那是因为他的手上有好几条人命，他不敢被你们抓到这里来，进了'局子'里他就只剩下死路一条了。我不一样，我只杀畜生，不杀人，就算判刑，也只不过是几年的事情。我有得选，他没得选。"

"那么耿向东呢？"云暮突然间问道。

"嘿嘿，樵夫啊，你们找不到他的。"尹修脱口而出。

云暮强忍着自己内心的激动，当他从尹修口中确认这个杀害林俊峰的仇人还活着的时候,云暮的第一反应就是报仇。可惜他不是活在古代的江湖侠客,而是一名森林公安干警,职责和使命不允许他这么做。

云暮终于从尹修口中获得了一个极其重要的情报!

"看来,方红岩说得没错,你是一个很聪明的人,怪不得他会对你一直都比较忌惮。不过,看来你们确实是什么都不知道,而且你们手头上的线索少得实在是可怜。这下我就放心了。你们从我这里也得不到什么想要的信息。"尹修更像是一个阴谋得逞的家伙,云暮在套他的话的同时,他也在摸云暮和谷峰的底。

坐在一旁的谷峰听了尹修的话忍不住想要拍桌子,却直接被云暮一把给拉住了。对于尹修的嘲讽,云暮并没有生气,反倒是心平气和地说道:"如果我问你渔夫的身份,你肯定也不会告诉我们了吧?"

"那是当然,渔夫是谁呀?"尹修的回答更像是对两人的调侃。

云暮点点头:"嗯,确实如此。如果要是案子太简单了就会少了很多的乐趣,不过我这里有一个内幕消息,不知道你想不想听?"

"想!"尹修干脆地回道。

云暮不假思索地说道:"给我们打电话提供消息的人,不是别人,就是方红岩。"

尹修的笑容收敛了许多,眼中渐渐地腾起了怒意。

"这种狗咬狗的事情,我们还是喜闻乐见的。尹师傅,看来你们同伙之间并没有互相信任啊,或许他也正在用尽一切办法想杀你灭口,你现在坐在我们面前,就算是什么都不说,但是像方红岩那样狡猾的人会怎么想?会怎么做?我想你应该能想得到吧?他们会不会跳出来让你永远地闭嘴?所以,我们在等着,这就像是在捕猎一样,就看谁更沉不住气了。"

尹修以为在云暮和谷峰这里掌握了绝对的主导权,但是云暮的话说得没错,攻守在瞬间就发生了根本性的变化。

"这一招'围点打援'用得不错。"尹修叹了一口气。

云暮笑眯眯地说道:"过奖了,在尹师傅这里吃过一次亏了,我不得不更加小心谨慎。你我都是在刀尖上跳舞的人,只不过你要是输了那就是命,而我们输了顶多就算是判断失误,再想办法、再找线索罢了。我更喜欢这么做,这才是破案的乐趣所在。"

"看来,方红岩还是低估了你啊。"尹修的话突然间变得少了,他脸上一直都满是自信的笑容也消失不见了。

"那么,你怎么考虑,要不要配合我们?"云暮随口说道,他好像并不是在等尹修的回答,而是接着继续自言自语道,"其实你的心里面早就已经有了答案,不过我们还是很希望你能够把你知道的一切都告诉我们的。毕竟,你背后墙上的那八个字,对你来说很重要。"

"呵呵!"

回应云暮的只有尹修那两声干笑。

云暮也不气不恼，而是对着谷峰说道："谷队，我想我们的审讯可以结束了，尹师傅并不愿意配合我们的工作。"

"好！"谷峰也很干脆地站了起来，然后推开审讯室的门，叫门外的两位干警将尹修带离这间审讯室。尹修这个时候终于看到了自己背后墙上的八个大字：坦白从宽，抗拒从严。

看到这几个字的时候，尹修邪魅地一笑，然后跟着狱警离开了。

审讯室里只剩下了谷峰和云暮。

"你说那个打给林影电话的人是方红岩？"谷峰心中一直都很好奇，"你怎么知道的？"

"我猜的。"云暮平静地说道。

"猜？难道尹修就相信？"谷峰有些不解。

"他会相信，他和方红岩认识，但关系不是很融洽。方红岩能够成为渔、樵、耕、读之一，而他不是，这说明他在那个犯罪集团的地位比方红岩低，他又是个自诩聪明的人，对方红岩虽然表面很是推崇，其实心里面却非常忌妒。我之前卖了个小小的破绽，没想到他就上钩了，根源还是他对方红岩不服气，而我就顺着他的心意，给出了一个他非常满意的答案。"

"那么，那个电话到底是谁打的？"谷峰一脸的好奇。

云暮这个时候露出了神秘的笑容："肯定是方红岩。"

"这又是为什么？"谷峰被云暮给弄糊涂了，刚才云暮说只不过是他自己的猜测，但是现在看到云暮那斩钉截铁的自信，谷峰弄不明白云暮是怎么判断出来的。

云暮淡淡地笑了笑，平静地说道："因为我所认识的方红岩，其实也是一个自诩聪明的人。也许是方红岩看不惯尹修那自诩聪明的样子，又或许是方红岩想要通过这种方式来转移我的注意力，这个时候抛出一个饵，目的自然是想要暗度陈仓了，只有把这水搅浑了，他才能够好摸鱼啊。"

"你是说他想要逃？"谷峰惊讶地说道，腾地站起来就要准备布控，没想到却被云暮又一次给按住了。

云暮缓缓地说道："以我对方红岩的了解，我能够想到的他自然也能够想到，他这个时候并不会逃的，反倒是会把更多的人牵扯进来，让这水更浑，等我们在分身乏术的时候，他才会开始逃。"

谷峰看了看眼前这个比自己还要年轻的家伙，心里面是既惊又叹，这家伙果然是最适合干警察这一行了，放在市公安的刑侦大队中绝对是一把好手，放在自己这个森林公安局的刑侦支队确实有些大材小用了。

云暮能够猜到这个电话是方红岩打来的，其实还是多亏了林影的提醒，尹修被抓，受益最大的是方红岩，只要抓住这一点，那么云暮就能够拨开重重迷雾看到真相了。

就在这个时候，审讯室的门被推开了，一位干警急匆匆地走了进来，对着谷峰说道："谷队，那批十六楠可能有消息了。省海关缉私部门查获了一批走私货物，里面有一些做好的高档家具，材质用的就是沉香楠木，而且这批高档家具还是从咱们青州出的货，那边的同事希望我们能够尽快地过去一趟，对这批高档家具进行核验。"

云暮和谷峰对视一眼，都从彼此的眼中读出了一丝的兴奋，线索终于又出现了！

林影见云暮突然来到林业局的时候，心里有些胆怯，之前她对云暮表白后两人确立了恋爱关系，但是对于第一次谈恋爱的她来说，却又害怕见到云暮。林影那天在情急之下的真情流露，直到现在回想起来心头还是怦怦地跳个不停，这些天她一直都躲着云暮，不是因为别的，而是因为她不知道该以一种什么样的情绪去接纳恋人。

看到林影这心不在焉的样子，只有韩爱萍知道女儿这是怎么一回事，除了偷偷地乐之外也没有提供什么有建设性的意见。

"怎么了？这几天躲着我做什么？我接送你上下班不是挺好的吗？怎么还又要麻烦韩阿姨啊？"云暮不解。

林影的俏脸瞬间绯红，她口是心非地说道："哪有啊，我可没有躲你。"

"我跟你们董局打过招呼了，你陪我去一趟省城，十六楠有下落了。你对十六楠挺有研究的，帮我看一看海关缉私部门扣下来的那批高档家具是不是用十六楠做的。"云暮直接表明了自己此行目的。

林影点点头，一声不吭。

云暮有些狐疑地打量着林影："你这段时间好像挺奇怪的

啊,不像你的风格啊,怎么了?是不是想通了要走淑女路线?没吃错药吧?"

听到了云暮的调侃,林影直接一拳捶在了云暮的肩头:"胡说什么?我哪里奇怪了?"

"嗯,这才像你嘛。你知道吗?刚才的那个样子其实和你的形象很不相符的,我看着心里面都有些别扭。不过,刚才你那一拳,我才知道,我所熟悉的那个她终于回来了,全都回来了!"

"云暮,你个混蛋。"林影咬牙切齿地说道,那副样子,像极了护食的猫咪,引得云暮更是笑得前仰后合……

云暮和林影两人刚一到省城,便马不停蹄地来到了省海关的仓库。十六楠终于有了下落,两人的心里却并没有任何的喜悦,相反却有些忧心。十六楠在青州市那可是非常有名,而现如今,它们却是换了另外一种形式存在,十年树木方可成材,百年树木更是弥足珍贵。

当两人在海关人员的带领下看到那一件件精致无比的家具时,林影的心是在滴血的。

"怎么样?是十六楠吗?"云暮在林影查看的时候忍不住地问道。

过了一会儿,林影幽幽地叹了一口气,略带着一丝无奈点了点头:"应该就是我们青州市被盗伐的十六楠了。它的年轮纹理都与十六楠吻合。这些木材十分名贵珍稀,在海外的市场价高得离谱。"

云暮听到林影确定的答复之后，心中的怒火快要忍不住地喷了出来，那些家伙为了牟取丰厚的利润居然可以如此地不择手段。

"同志，我是青州市森林公安局的云暮，有些信息我们想要从你这里了解一下。"云暮很是客气地转向海关的工作人员说道。

海关的工作人员很客气："我们领导已经吩咐过我了，关于这批高档家具的资料我也已经准备好了。这批货是我们从一家名叫方正远洋运输公司那里缴获的，当时他们正准备装船。这家公司我们已经盯了很久了，我们也没想到这批货中还有这么珍贵的东西，我们的工作人员进行了简单的推断，这批家具刚刚做好，大概也就一两个月的时间。所以，我们第一时间便与青州市公安局取得了联系。"

"那些资料我们可以复印一份吗？"云暮问道。

海关的工作人员很热心地说道："当然，完全没有问题，原件你们可以带走，只需要办个简单的移交手续就可以，希望能够对你们侦破此案有所帮助。"

云暮点点头。

这个时候，林影忍不住地问道："那么，这批高档家具海关准备怎么处理？"

海关的工作人员顿了顿，缓缓地说道："按照正常情况来说，我们一般会进行公开拍卖。但是，鉴于这么贵重的东西，况且我们要是公开拍卖的话，无疑又有可能助长不正之风。

所以，我们的建议是就地销毁。"

"你们做得很好。"林影的语气中有些不舍，但唯有这样才能够遏制住盗采盗伐的歪风邪气。

云暮则有些失落。

从海关出来之后，他的情绪就很低落，那个叫作方正远洋运输公司的资料很齐全，甚至就连注册地都不在省里，而是另外一个相隔很远的省份，只能说他们选择的这家公司很谨慎也很小心。云暮手中的这些资料对于他侦破案件来说意义并不是很大。

林影能够感觉云暮情绪的变化，她并没有急于去开导他，反而就这样一直默默地待在云暮身边……

林俊峰的死因越来越扑朔迷离，史大平离奇失踪，方红岩下落不明，尹修不配合，甚至还心存要看笑话的猢狲。局面在云暮眼里非常被动，以那几截红绳为线索的非法盗采盗猎的犯罪集团已横行青州市十数年，仅凭自己一个人的力量太过于渺小，想要将它揪出来，阻力重重，困难重重。

"云暮，你是不是准备打退堂鼓了？"看着云暮如此意志消沉，林影还是有些忍不住了。她不愿意云暮被这件案子扰得如此心神不宁，失了斗志。坐在返回青州市的车上，她悄声问道。

云暮的嘴角扯起了一丝苦笑："说实话，作为一名森林公安干警，保护国家的森林资源是我义不容辞的责任，我是有些想要打退堂鼓了。"

"可以理解，但是我希望你回到青州的时候能够重新振作起来。别忘了，你是一名森林公安干警，一两次的失利证明不了什么，更不是你的问题。如果你的心态出了问题，那么我劝你最好还是把我父亲的警号还回去吧，这样的你只会让我父亲的这个警号蒙羞。"林影的话说得很重，她也知道"快马不用鞭催，响鼓不用重槌"，但是面对着云暮，林影还是用了重"槌"。

只有这样才能够让云暮尽快地调整过来。

云暮点点头："明白。"

大巴车进入山区，绕来绕去把云暮绕得有些头晕，漫山的青葱让林影忍不住地观望起了车窗外的景色。

青州山多，之前都是光秃秃的，看上去就很丑，很荒凉。林影每次从学校回家的路上，总是不喜欢看，但是这些年针对水土流失的治理，再加上退耕还林、植树造林的全民性举措，让这曾经的荒山重新焕发出了美丽的容颜。

青州的山很美，如同是北宋王希孟所画的《千里江山图》一般，徐徐展开，每一处的风景都很别致，都很迷人。看到这里，林影忍不住地想起了宋朝诗人苏轼的那首《题西林壁》："横看成岭侧成峰，远近高低各不同。不识庐山真面目，只缘身在此山中。"林影望着车窗外的景色有感而发地低诵着。

坐在一旁的云暮听到了这首诗之后，稍微地愣了愣神，他的脑海之中不由得想起了方红岩也经常念这首诗，诗很简单，但是方红岩讲得却很有哲理，方红岩经常用这首诗来教导云暮他们。

"观察问题要客观全面,如果主观片面了,就得不到正确的结论了。苏轼写诗,全无雕琢之气,他追求的是一种质朴无华、条畅流利的意境,而这意境更是闪烁着哲理之光。局中人常常看不清事物的全貌和真相,一是受到认识条件的限制,二是入了局的人更容易被左右,三是当局者迷、旁观者清。"

方红岩的话犹在耳边,但是这番回忆却让云暮警醒。只缘身在此山中,想要真正地认识到庐山真面目,必须要跳出山中才行。云暮认识到自己太过执着于那打着金刚结的红绳了,而且自己从一开始入局就处于被动地位,目光不能紧盯一处,紧盯一处只会让自己越陷越深。所有的案子都指向了一处,那就是打着金刚结的红绳,而这就是联系。那高档家具的出处找到了,就能破解十六楠的案子,方正远洋运输公司是被抛出来的壳,只要与青州人有关,那就与盗采案有关,顺着这两条线索,就能揪住线头,将杂乱无章的线索理顺。

云暮顿觉豁然开朗。

第十一章　渐欲迷人眼

正如林影所说，从大巴车上走下来的云暮已是焕然一新、斗志昂扬。林影不知道的是，云暮之所以能够快速地转变过来，最根本的原因竟是自己所念的那一首诗。

换个角度看问题，将思路从整个案件中抽身出来，云暮已经打开了新的视野。

接下来的几天，云暮并没有急于动手，而是把之前自己得到的所有线索开始在脑海之中串联了一遍。红绳是联系几个案子的线索，方红岩、史大平、尹修三人在犯罪集团里面地位不低。至于邢德民手中的红绳，却是耿向东在十几年前所赠予的，那么耿向东也算一个。

渔、樵、耕、读中已有三个身份暴露了，樵夫耿向东、耕夫史大平、读夫方红岩。尹修的位置比这三人低，甚至可以说是接替渔、樵、耕、读的人选。

谷峰这个时候走了进来，将关于方正远洋运输公司的资料放在了云暮的面前，谷峰摇摇头："方向是对的，但是没有头绪，青州的公司并没有参与进来，他们做事很谨慎，应该不会犯这种低级的错误。"

云暮的目光一直聚焦在那张布满线索的白板上面，上面粘着方红岩等几个人的照片，一条条的线条集中到了位置最顶端的那个没有任何标注的人。

云暮思忖了片刻："没有头绪只是我们没有发现而已。既然直接关系找不到，那么间接的关系呢？十六楠是很珍贵的，那些家伙估计也想从这里好好地赚一笔大钱，如果要是找没有关系的运输公司，那他们冒的风险也实在是太大了，而他们又是不愿意冒风险的，毕竟他们的目的是赚钱。"

"方向错了？"谷峰疑惑地皱着眉头，这几天他们几个人都很辛苦，为了能够挖出方正远洋运输公司的一切资料，他们中已经有人几天几夜没合过眼了，如果要是找错了方向，谷峰相信肯定会有人崩溃的。

"方向不会有错，只是其中的细节被我们忽略了。"

谷峰急得想要扯自己的头发，可惜的是，谷峰头顶上确实没几根头发可扯了："细节，我们都已经关注到了，可以说这家公司和青州没有任何的瓜葛。"

"船舶可以被个人所有，也可以被公司所有，方正远洋运输公司还是要向个人或企业租船的，那么大一艘货轮就摆在我们面前，应该是被我们所有人都忽略了。既然从方正远洋运输公司查不到的话，或许我们应该查一查那艘货轮了。"云暮说道。

任何事情都不可能做到"完美"的，无论做得再天衣无缝，还是会在不经意间露出一个小小线头的。

"货轮？"谷峰拍了拍脑袋，仿佛在给自己的智商加持开光一般，"我怎么没想到，这也许是个突破口。"

云暮不再理会谷峰了，虽然他在谷峰面前只不过是一个刚入职的新手，但是云暮对案件线索的洞察力是出众的，甚至可以说在这方面，绝对是天赋异禀。

这一次，谷峰并没有让云暮等太久，过了一会儿之后，谷峰又直接折了回来，脸上的神色有些敬佩又有些惊喜："云暮，还是你小子脑子活呀。没想到这一查，还真的是查到了些东西，运输这批高档家具的货轮归一家公司所有，而这家公司的法人你也绝对想不到，是你的熟人。"

"熟人？"云暮皱了皱眉头，难不成又是方红岩。

不过，这一次云暮可是猜错了。谷峰对着云暮说道："货轮的所有权归一家名叫欣然的公司所有，而这家公司的独立董事中有一个你的老相识，琚然！"

"谁？"

云暮仿佛是听错了，他扭回头来，直视着谷峰。云暮希望谷峰是看自己神经太过于紧绷了，想要调侃一下自己。但从谷峰的目光之中看不出来有丝毫戏谑的成分，云暮这才意识到，谷峰没有和自己开玩笑。

轰！

云暮感觉自己的脑海之中仿佛有什么东西在崩塌一般，他定了定神："你刚才说的是谁？琚然？这怎么可能？她对这些事情向来都是不感兴趣的，你要说是周海涛我还信，但是琚然，不可能是她吧？"

云暮很难把这件事和琚然联系在一起，琚然是个文静柔弱的女孩，最喜静不喜动。她怎么可能会卷入这种商业行为中去，虽说她只不过是一个独立董事，连决策权都没有，但是目前的线索，确实是指向了琚然。

"其实吧，我也不信。但是，那艘货轮确实和琚然有关系。云暮，其实我能理解你的心情，但是还请你能够保持客观和冷静，这件案子，现在确实和琚然扯上了关系。"谷峰知道云暮和琚然是同学兼好友，但是事实就这样摆在了眼前，不愿相信也只能选择相信了。

"是不是凑巧呀？"云暮还是不能相信。

谷峰脸色一板，对着云暮呵斥道："云暮，希望你能够摆正你的立场。我知道这个消息对于你来说很难接受，但这就是事实。琚然和十六楠的这个案子有关联。"

云暮沉默，没有说话，他知道自己刚才确实有些感情用事了，从一个理性的公安人员的角度来说，任何人都是可以被怀疑的，哪怕这个人是自己的前女友、好哥们儿的妻子、女朋友的闺蜜。

但是，从心理上来说，云暮确实是很难接受这样的事实。

"需要我怎么做？"云暮立刻调整了自己的心态，然后对着谷峰说道，"我们需要现在传唤琚然吗？"

谷峰摇摇头："现在还不是时候，不过你可以侧面地了解一些情况。虽然我认为琚然不可能和十六楠的案子有关，但你也可以在必要的时候和琚然谈一谈。很有可能是她被人当成了挡箭牌，我们不能放过任何一个有价值的线索。"

"我明白了。"云暮平静地说道。正如谷峰所言，自己必须要摆正位置，不能掺杂一点点的私心，因为这对于办案来说非常不利。只不过，云暮还是很难接受这个事实。

谷峰的目光死死地盯着云暮，仿佛透过云暮的双眼能够看穿他的灵魂，谷峰提醒道："云暮，要注意你现在的身份。"

"是。"云暮精神一振，干脆地答道。

"这不可能。"林影在听了云暮刚才的话之后，下意识地脱口而出这四个字。

即便是在咖啡馆这个很安静的地方，云暮的话还是让林影的心瞬间变得难以平静下来，她无法相信那个看起来柔柔弱弱、与世无争的琚然会是这一切的幕后黑手。

现在所有的证据全部都指向了琚然，云暮也曾经表示过这是不是方红岩对自己的误导，不过他很快地排除了这种可能性，方红岩的能量还做不到如此，而且就算是方红岩能布置好这个局，那也绝对不会选定琚然。

"林影，请你冷静。"云暮看了看四周，对着林影无奈地说道。

"这让我怎么能冷静，琚然是什么样的人，你我的心里面都是最清楚不过的。如果说是周海涛的话，我信，他有这个野心，也有这个能力。但是琚然是绝对不可能的，就凭我们相处这么多年，我相信她做不出这些事情来的。"林影有些激动,她能够感觉自己心中仿佛有一股信念在快速地崩塌着、倾泻着,就如同是一股强大的泥石流,不断地在冲击着她的内心深处,这一刻,林影直接破防了。

"我也希望这不是真的,但实际情况就是如此。"云暮心想,如果要是早就知道林影会是这样的表现,那么他宁愿不将这一切告诉林影了。

林影激动得直接站了起来,对着云暮说道:"云暮,我知道你破案心切,但是绝对不应该跟我开这种玩笑。你应该在第一时间站出来反对这种推断,或许你也不应该把这一切告诉我。云暮,我对你很失望,没想到你竟然是这样的人,仅凭着一个很模糊的信息就怀疑琚然,你这是很不负责任的表现。果然,你还是配不上我父亲的警号。"

林影气冲冲地走了,根本就没有给云暮任何辩解的机会。

云暮呆呆地坐在原地,脸上露出了一丝苦涩的笑容,理智告诉他这个时候应该追上去,或许才能够让林影消消气。但是,云暮并没有这么做,他相信一个道理,那就是"清者自清,浊者自浊"。

接下来的几天时间,云暮一直都在追查着琚然的这条线索,正如他所想的一样,或许只有证明琚然的清白才是最重要的。而这几天的时间里,林影就像是赌气的小孩子一样,从来就没有联系过云暮,两人仿佛又像是回到了那种最熟悉的陌生人状态了。就算是云暮再怎么给林影发微信,她也不回,林影这一次是真的生气了。

直到某一天，云暮接到了周海涛的电话。这一次，周海涛在电话里也没有了往日和云暮的嘻嘻哈哈，而是很认真、很严肃地邀请云暮喝茶，地点就选在了云暮曾经去过的归林寺。

再一次来到归林寺，云暮感觉到了异样。今天的寺院很安静，没有一个客人。云暮走进寺院的庙门之后，大门直接就关上了。周海涛的脸上看不到丝毫的笑容，神色很是严肃。云暮从周海涛的态度上体会到一丝陌生感，而正是因为这丝陌生的感觉，仿佛瞬间就将两人的距离拉远了。

云暮来到周海涛身边，周海涛狠狠地瞪了他一眼，一拳直接就砸在了云暮的胸口，仿佛心里面一直都在憋着一口恶气，他对着云暮很不客气地说道："你小子是不是有病啊，你要查就查你的案子，我不干涉你。但你现在居然查到我老婆头上来了，你想干什么？"

云暮顿时无话可说，看来林影还是没能忍住，把一切都告诉了琚然。而今天这个"局"，摆明了周海涛不是主角儿，琚然才是。

半晌，云暮先是叹了一口气，缓缓地说道："其实吧，我也不想这样，而且我也不认为琚然真有问题。我只是想要用自己的方式去替琚然摆脱嫌疑，只要她没做过那些亏心事，就不怕我们半夜来敲门的。"

"废话，你和林影的事情我才懒得操这个心呢。是琚然今天特意让我把你叫过来，想要跟你把一切都挑明了的。你说，你和林影两个人闹别扭，拉着我们两口子做什么？哥们儿，别闹了好不好，你认识的琚然是那样的人吗？"周海涛对云暮心里面有气也很正常，毕竟云暮这家伙都怀疑到自己老婆头上来了。

云暮挨了周海涛这重重一拳，脸上不禁略微有些愧疚，他对着周海涛说道："这些都是我的工作，既然怀疑了就要想办法去解除怀疑。我对琚然没有任何的成见，不过既然案子都已经牵扯到她了，那么我们就应该走正常的流程，仅此而已。"

周海涛用眼角瞥了云暮一眼："少来这一套，是不是还想要公报私仇啊？你这个家伙的人品可不怎么好，这么低级的事情你是能够做得出来的。奶奶的，你还真想要去当一只白眼狼啊。"

"滚蛋吧你！"云暮没好气地回道。

周海涛转身就走，不过走的步伐很慢，那意思再明显不过了，想让云暮跟上他的脚步。

"这次请你喝茶是琚然的主意，她对你要调查的内容根本就没放在心上，是你的女朋友天天缠着我媳妇呢。我可告诉你啊，我俩还没孩子呢。你这真要是影响了我们夫妻之间的感情，你小子就等着我天天去堵你们办公室的门口骂你吧。"

听到这里之后，云暮更加不安了，他觉得自己此次来这里让原本就有些紧张的关系会变得更加尴尬。但云暮还是来了，有些事情躲是躲不过去的，索性还不如自己去直面琚然，至少不会影响多年的友谊。

云暮在周海涛的带领下走进了禅院中的茶室，在这里，云暮第一眼就看到了林影。看到云暮的时候，林影二话不说直接一个白眼就瞥了过来。云暮看了看坐在那里纹丝不动的琚然，还有怒气冲冲的林影，加之身边一脸严肃的周海涛，云暮顿时反应了过来，今天这茶叫"三堂会审"。

琚然坦然地盯着云暮，一句话都没有说，仿佛整个事情都和她没有任何关系一样。

林影的目光有些不善，甚至还带着一丝的嫌弃。没办法，在林影看来，云暮怀疑谁都行，但是绝对不能怀疑琚然。这个时候，林影便化身了好闺蜜的"守护天使"，对云暮这个男朋友如同对待来自地狱的恶魔一般。

周海涛拉着云暮坐了下来，云暮讪讪地说道："宴无好宴，今天这茶只怕是不太好喝吧？"

周海涛笑了笑，仿佛根本没把他的话当回事一般，端起琚然泡好的茶一饮而尽后，这才说道："云暮，你工作上的事情按理来说我是不应该干涉的，但这可是关系我媳妇的名誉问题。所以呢，我也算是自作主张地替你做了，你可别觉得我是在狗拿耗子啊！"

林影狠狠地瞪了云暮一眼，云暮就当是什么都没看见一样，问道："什么意思？"

"林影和琚然说了，我当然也就知道了。你说的那家叫欣然的公司，琚然确实是那里的独立董事，公司的两个董事是我生意上的伙伴，本来是想要让我入伙的，不过我不太乐意。所以，我就把琚然弄成了那家公司的独立董事，她其实都不清楚这个情况。"周海涛平静地望向云暮，镇定自若地说道。

"我也知道自己现在树大招风，没想到平日里就够小心谨慎了，还是没能够防住那些家伙从我老婆这里下手。嘿嘿，我这只老虎不发威，还真的当我是病猫不成了？所以我就动用了我的手段，那个人我已经抓到了。"周海涛有些激动地说道，口吻里带着霸气。

"你帮我？"说实话，云暮的心里面有些不太高兴，但是碍于自己铁哥们儿的面子，云暮还是强忍住自己心里面的不满而没有显露出来，"那我可就真的谢谢了。"

周海涛摆摆手："别说这些虚的了，你假不假？我知道你心里不痛快，如果要是其他的事情也就算了，但是这次事关我媳妇，就算是你不痛快也没办法，我得先让我媳妇心里面痛快了才行。"

"那，这个人现在在哪里？"云暮忍不住问道。

"等你回到公安局的时候，我会派人给你送过去的。云暮，我现在最讨厌别人打着我的旗号做坏事了，这件事已经摆明了是冲我来的。我知道你有你的工作职责，我和琚然你随便调查，但是我也有我的责任。我的责任很简单，给老婆赚钱、哄老婆开心、让老婆放心，仅此而已，就算是泥菩萨也是要有三分火气的。这件事情上我会全力配合你的调查的，这不仅仅是我的意思，也是我老婆的意思。"

云暮感觉自己好像是被撒狗粮了。

果然，琚然的嘴角微微扬起一丝笑意，看来她是被周海涛的一番发挥给感动了。

云暮点点头："算了，少在这里恶心人了。你把人送到局里面，剩下的事情你就不用管了。琚然，对不住了。"

琚然没有说话，而是做了一个请茶的动作，仿佛所有的话全部都落在了这一杯茶中，云暮此时也没有丝毫的客气，直接端起茶杯一饮而尽。

"好了，涛子把我的事情说完了。下面是不是应该说说你的事情了？"琚然此时才幽幽地说道。伴随着周海涛看上去有些不怀好意的笑，云暮并没有反应过来琚然到底是什么意思？自己能有什么事让这两口子给惦记上了呢？云暮有些想不明白。

看到云暮那突然间变得有些木讷的表情，琚然这才给云暮添了一杯新茶，淡淡地说道："你和林影的喜酒，我们什么时候能喝到？"

听到这里，林影的俏脸也有些挂不住了，再看云暮，忍不住地轻哼了一声。

云暮的目光不解地望向了林影，恍然道："这个嘛，不急，我手头上的这个案子还没有侦破，挺忙的。过段时间再说吧，不急。"

"谁要跟你结婚？"林影没好气地说道，默契这东西不是心灵感应，像云暮这样的家伙怎么可能有？林影此时在心里面忍不住地埋怨了起来，这家伙平时看起来挺聪明的呀，怎么一到这个时候就变得这么笨了。

周海涛重重地拍了拍云暮的肩头,刚才还紧绷的脸上立刻洋溢起了灿烂的笑容,话说这家伙变脸的速度也实在是太快了一些吧?

"不错啊,当初我就非常看好你们俩的。这么多年过去了,没想到还真的让你小子给逮到了便宜,我就说林影是最适合你的,你们俩什么时候确定的关系?"

云暮笑呵呵地说道:"这有什么好说的?谁像你,当初死乞白赖地追在琚然后面献殷勤,要不是琚然可怜你,说不定你现在还不如我呢。"

看看周海涛和琚然的表情,能感觉此刻两人的尴尬。林影这边也尴尬得直接对云暮下了逐客令:"好了,你可以滚回去办你的案了。"

周海涛送云暮出了禅茶室,两人就这样站在外面的红豆树下,不约而同地看到树上挂着的那些红绳,随风轻轻摆动着。

"方老师的事情我听说了,没想到他居然做出如此恶劣的事情。云暮,方老师真的做了那么多坏事吗?"

"是。为了钱!"云暮回答得很肯定。

周海涛怔然:"人生在世,熙熙攘攘,皆为利来,皆为利往!这也难怪方老师居然会铤而走险。昨天青瑶山庄的人给我打电话,说是尹师傅也被你们给抓起来了。没想到这也是一个胆大包天的家伙,背地里居然干了那么多的勾当。"说到这里,周海涛显得有些气愤,眉宇间更是散发出了凌厉之色,"只是可惜,以后再也吃不到他做的菜了。"

"最好是别吃了。林影常跟我说一句话,没有买卖就没有杀害,如果我们不消费,那么他们也就不会有市场,你说是不是?"云暮紧跟着说道。

周海涛一怔,然后笑得有些勉强道:"是,你说得对。以后我和琚然也不会有猎奇之心了,那些野味呀,确实不应该吃的,以后我们一定会多注意的。这以后啊,你和林影还要多多提醒我们呀。"

云暮点了点头,再未多说什么。

当云暮回到局里的时候,周海涛送过来的人已经被谷峰给收押了。

"需要提审那个叫王岳明的人吗?"云暮冲谷峰问道。

谷峰点头说道:"没错,这人外号叫刨子。这个家伙是个社会闲散人员,还是个赌棍,以前在周海涛的公司任过职,因手脚不干净被周海涛给开除了。开除之后刨子倒卖过药材,后来又帮人联系走私船,最近这个家伙手头紧了,估计是被赌债给逼的吧。所以,他才偷偷摸摸地把十六楠给砍了做成高档家具,想要通过这次来赚一笔大钱。哦,对了,琚然作为独立董事的那家叫欣然的公司,手续就是在这个叫刨子的家伙手里弄的。"

云暮心中的红线渐渐地连成了一条线,红色的线索也渐渐地指向了某一处。

"先问问看吧。"云暮一脸兴味索然的样子。

提审的过程很快就结束了,那个叫刨子的家伙对所知道的一切都竹筒倒豆子一般地全部都说了出来。正如谷峰刚才说的那样,刨子交代的内容就如同是事先排练过,对答如流,认罪态度非常诚恳。

云暮紧锁的眉头一直都没有舒展开,即便是那个叫刨子的家伙都已经毫不犹豫地在审讯笔录上面签了字,云暮也丝毫没有侦破案子的喜悦,反倒是忧心忡忡起来。这一切都太巧了,巧到了好像冥冥之中有个有求必应的"圣诞老人"一直在不停地满足着他的心愿。这种感觉不正常,就好像无形中他是在被牵着鼻子走。

"怎么了?"谷峰看出了云暮的不对劲儿,给云暮倒了一杯水,放在云暮的桌子上,"有什么地方不对劲儿吗?"

云暮摇摇头:"没什么,也许是这段时间有些累了吧?"

"那就回去洗个澡,好好休息一下吧。十六楠的案子也算结了,这下总算是能够给上面的赵区长一个满意的交代了。赵区长一直都盯着这件事呢,咱们局长也向区长汇报过几次案件的进展情况。"谷峰宽慰云暮道。

"我没事,就是觉得这里头肯定还有什么我没弄清楚的地方。"十六楠这个案子,现在看着明朗了,但是云暮心里怀疑这个被周海涛弄过来的叫刨子的家伙,或许是被人给推出来"顶缸"的。

谷峰拍了拍云暮的肩膀:"先结案吧,所有人都在等结果呢。"

结案？云暮听到谷峰的话之后忍不住地抬起头看了看他，仿佛眼前的这个人挺陌生的，这和自己认识的谷峰不太一样，难道他看不出来这里面的疑点吗？不不不，他应该已经看出来了，难不成是迫于各方面的压力，他在这些压力面前屈服了？

看到云暮那疑惑的神情，谷峰也非常纠结，但来自上边和舆论的压力实在是太大了，他扛不住，也顶不起来。用一句很不恰当的话来说，那就是"人在江湖，身不由己"。谷峰知道自己对云暮这么说，会破坏云暮心中自己的形象，但是青州上下现在非常迫切地需要一个结果，而且还得是让所有人都很满意的结果。

云暮挪开了自己略带着嫌弃的眼神，他感觉自己真的有些看不明白谷峰了。

沉默。此时在小小的办公室里面，空气异常地紧张，要是有一颗火星子肯定会被点燃的。这种压抑来自云暮，来自云暮的那种当兵人的倔强。真相只有一个，云暮的目的很纯粹，他只想要知道真相，不能让犯罪分子一直逍遥法外。

"我刚才应该听错了。"云暮这么掩耳盗铃般地喃喃道。

谷峰咬了咬牙："不，你没有听错。这个案子应该有个结果了，现在的结果不是皆大欢喜吗？"

云暮的脸色瞬间变得如同是千年寒冰一样，这种冷冽的气息扩散着，渐渐地变成了如同是刀刃一般的冰冷。

云暮一言不发，他不知道应该如何回答谷峰的话。

"云暮，我还有一样东西要教会你，那就是妥协。"

"谷队，你知道的，我这个人从小就很执拗，从来不懂什么叫妥协，而且我也学不会妥协。"云暮的话让谷峰无可奈何，他知道自己说服不了云暮，因为他连自己都说服不了。

云暮坐在自己的位置上，办公桌玻璃板下面，照片上林俊峰的笑容依然很温暖，很慈祥，仿佛他在用那双会说话的眼睛鼓励着云暮一般。云暮的大脑空荡荡的，这是他第一次感到压力，那种来自四面八方的压力，云暮并不怨谷峰，他有他的立场，但是云暮并不想就这样草草收场。

云暮腾地站了起来，然后快步来到收押那个叫刨子的拘留所内，"咣"的一声将自己和刨子锁到了一起。

"云警官。"刨子表现得很自然，仿佛这里就是他的家一般，他在这里待得自在且泰然。

云暮平静地说道："你刚才说十六楠是你砍的？只是为了挣些钱？"

"没错。"刨子回答得很干脆。

"你是在哪里把木材加工成家具的？"云暮解开了自己衣领的第一颗扣子，他知道自己这么做是违反程序的，但他就是想要一个答案，一个真正的答案。

"海王木器厂。"

"余料用来做什么了？"云暮不死心，继续问道。

很显然，这个答案刨子并没有准备，他思索了片刻之后才说道:"云警官别开玩笑了,那么珍贵的木材,怎么可能会留下来余料?那可是百年的沉香楠木啊,非常珍贵呢!我把所有的料都用了,怎么可能还剩下来呀?"

云暮点了点头,却突然双手探前直接捏住了刨子的双手。刨子的双手虎口长满了老茧,十指看上去虽然很粗糙,却没有任何的老茧。云暮没说什么,而是直接转身就离开了,他的心沉到了谷底。

现在云暮可以肯定了,刨子是被推出来顶罪的,而背后的那个人,云暮的心里已然有了大致的推断。接下来,云暮要做的就是求证了。

从拘留所里出来,云暮抬头望了望阴沉沉的天,这天就如同他的心情一般。他知道,如果是一个真正的老木匠双手皮肤会粗糙暗黄,而十个手指头上面应该满是老茧,角质层也应该非常厚,甚至连用最先进的电子采集指纹仪,都采集不到指纹。而只有经常握刨刀的才会在虎口有老茧。现在云暮可以肯定了,自己怀疑的那个人绝对不是现在被拘留起来的刨子。

现在的云暮很想要弄清楚一件事,一直躲在幕后操纵一切的那个人会不会是他?

肉联厂被查封了,因为尹修的地下餐厅被"一锅端"了。现在的肉联厂里面没啥人。只剩下几个看守的门卫。

这里很安静,尤其是在夜幕降临之后,这种安静会让人感到恐怖。

方红岩此时就在肉联厂内离尹修被查封的地下餐厅不远的一个小房间内，而此时的他正悠闲地品尝着手中七分熟的牛排，配上倒入高脚杯中的红酒，方红岩此时脸上的笑容很闲适。而在方红岩的对面坐着的是一个五大三粗的家伙，他的肤色比较黑，满脸的络腮胡子，乍一看如同见了张飞或李逵。此时，这个似张飞般的家伙有些不耐烦，双眼都快要喷出火来了，他看着方红岩依然优雅地细嚼慢咽，气得直接拍了桌子。

桌子上的餐具像是受到惊吓一般全部跳了起来，方红岩皱了皱眉头，眼神中表达出的意思有两个，一个是"鄙夷"，一个是"责备"。他的心里却琢磨不透一个问题：修文、偃武，给他们这两兄弟起名的老爹还真的是很有眼光的啊。

"你说你有办法救我哥？怎么还有工夫坐在这里吃东西？老东西，你确定你不是在耍我？"

"樊偃，急什么？"方红岩没有生气，从被樊偃嘶吼的扰乱中很快地调整好状态，恢复了平静。

"我哥现在还在拘留所里面。"樊偃气哼哼地边说边目不转睛地盯着方红岩。他人虽然长得五大三粗，但是不傻，他知道现在唯一能够救自己大哥的就是眼前这个人了，虽然他不信任方红岩。

方红岩摇摇头，心想这个家伙还是脑子不太灵光啊。不过，没有人会嫌自己钱多的，而且自己现在急于摆脱困境，或许眼前这个自己送上门的家伙倒是可以好好地利用一下。

方红岩眼珠子一转，嘴角勾起一抹难以察觉的微笑："有个办法，比较冒险。不过，樊偃，我为什么要把它告诉你呢？你我非亲非故，又没有任何的关系。"

"不就是钱吗？"樊偃粗鲁地打断了方红岩的话。

"嗯，上道儿。"方红岩满意地点了点头，笑着将最后一块七分熟的牛肉送到了嘴里面，不紧不慢地咀嚼了起来，然后将刀叉放在桌子上，伸出三个指头，"三百万，我可以指点你一番。怎么样，这笔交易很划算吧？"

樊偃没有丝毫犹豫："成交。"然后樊偃直接站了起来，"不过这笔钱我要分两次付，第一次先付你一百万，事成之后再付你两百万。"

方红岩笑容依旧，眉头很快微微皱了起来，果然能够进入"三工三匠"的人都不是傻子，就算是看着没有什么智商的大老粗，其实也精明得很。

不过，这买卖还得谈，尹修和樊偃这兄弟俩是自己成功出逃的关键。一百万在方红岩眼里不算什么，但他做的这个"局"里面必须要有这两个人，只有让自己的学生云暮乱起来了，自己才有机会出逃。这次樊偃主动找上了自己，方红岩觉得自己还是"中大奖"了。

"没问题！"方红岩觉得没有什么好拒绝的，欣然同意了。

樊偃掏出手机，直接给方红岩转了一百万，连眼皮都不眨一下。

方红岩很快就收到了手机到账的短信，他脸上的笑容绽放得更灿烂了:"好吧,你知道这次抓你哥尹修的人中,有一个是我的学生,而他有一个钟情已久的女朋友,也是我的学生,她叫林影。如果你要是能够把这个林影弄到手,你就有了和云暮、和青州市森林公安局谈判的资本。哦,对了,林影的父亲叫林俊峰,十几年前牺牲了。"

"绑票?太低级了吧?"樊偃冷冷地哼一声,不屑地说道。

方红岩知道樊偃并不容易被忽悠,不过他并不急,毕竟现在尹修还被拘留着,樊偃应该很着急才对。而人只要有所求就必然会有所应,哪怕是再冷静,着急也会让这个人在关键时候犯很多错误的。

"当然,绑架只是一个手段。你和你哥肯定在青州待不下去了,别说是森林公安了,就连老板都不会容忍你们哥儿俩。所以说,绑人是手段,目的是要制造混乱。"

"混乱?"

"对,只有乱了,你们才有可能会脱身。"方红岩平静地说道,眼神中满是蛊惑的意味。

樊偃点点头:"我明白了。方老师,希望我的钱没有白花。"

"放心吧,一定不会白花的。"方红岩脸上的笑容愈发地浓烈了,他感觉现在的自己就如同姜太公一般,自然是愿者上钩的。樊偃和尹修这兄弟俩加起来也敌不过自己,他们不过是一个屠工和一个厨工而已,还是很好操控的。

出了门的樊偃脸色立刻恢复如常,完全不像刚才那般暴躁而且易怒。他深知方红岩是一个很清高且自命不凡的人，自己已经接到老板的命令要除掉他了，前段日子哥哥尹修的手段太过于温和，导致失败，他可不想像哥哥一样。樊偃有时候很庆幸自己的这副相貌，因为这个不知道迷惑了多少人，了解他底细的人，都已经死在了他的屠刀之下。

樊偃想要救哥哥尹修不假，刚才的一百万其实只不过是为了稳住方红岩，让自己不被怀疑。只有让方红岩掉以轻心，接下来才有可能除掉他。至于自己的哥哥尹修，或许借助林影把他捞出来是个不错的主意，但前提是得让那个"饵"知道方红岩的下落。只有这样，才有机会在救出自己哥哥的同时，还能够把注意力转到方红岩身上，那时自己也就能够和哥哥一起跑路了。

樊偃没想到方红岩打的也是同样的主意，只是把彼此都当成了可操纵的那个"饵"。对于这两个人来说，局已经都设好了，就看对方怎么往里面跳了。

等我们逃出去了，你方红岩也就成阶下囚了，你肯定会狗咬狗地把老板给咬出来的。到那个时候，老板肯定也顾不上我们兄弟俩了，而我们那个时候已是天高任鸟飞了。而你们，到时候在狱中互相撕咬吧，嘿嘿，方红岩你这条老狗，到时候看你还能够咬得剩下几颗牙？让我们来猜一猜吧，还真的是很期待呀！

第十二章　道高龙虎伏

樊偃动手了。想要掌握林影的行踪很容易，有方红岩这个老师的存在，樊偃在林影上班的地方动手了。樊偃假扮成了清洁工，在林影上厕所的时候用一块浸满麻醉药物的抹布趁其不备捂住了林影的口鼻，将林影塞进清洁车之后扬长而去了，就连监控也没有拍到。

林影万万没想到，自己再一次被绑架了。这一次林影没有被绑起来，她被关在了一间小黑屋里面。樊偃只想拿她作为一个筹码，目的是用她把自己哥哥尹修换出来。

做完这一切之后，樊偃走到了外面的屠宰间，拿出手机直接给谷峰打了一个电话报案，说他掌握了方红岩的行踪，方红岩的一举一动都在樊偃的眼皮底下。

这段时间以来，云暮和谷峰之间没有什么沟通和交流，上次提审刨子的事让谷峰很是气愤。云暮心里也不服气，觉得自己没有错，他所做的一切都是为了伸张正义，想将犯罪分子绳之以法。

两人之间的隔阂越来越大，办公室里的所有人都看出来了两人关系微妙的变化。

这时云暮的手机响了，看到是董清年的电话时心里有些疑惑，当他接通之后，云暮原本就不怎么开心的脸色瞬间变得阴沉无比：林影莫名其妙地失踪了。

云暮试图让自己先冷静下来，但是他却做不到，在挂掉董清年的电话之后，云暮试着打了几次电话给林影，对方却始终是关机状态，听着电话里面那"您所拨打的号码暂时无法接通……"的话语，云暮愈发有一种很不好的预感。他突然站起来，正要准备试图去找林影时，隔壁办公室的谷峰也刚挂断电话匆匆地走了进来。

谷峰进来后对着所有人扫了一眼，神色凝重地说道："所有人，准备行动。"

森林公安局刑侦大队一般都是以快速反应著称的，对于这一点云暮心里很清楚，但是林影下落不明却让云暮没有任何心思。云暮犹豫了一会儿，他硬着头皮对谷峰说道："谷队，我向你请假。"

谷峰正在忙碌地指挥着队员们的行动，听到云暮的话之后脸色变得很难看："云暮，队里是有规定的。这个时候你向我请假，你觉得我会批准吗？"

"林影失踪了！"云暮面露沮丧地说道。

谷峰多日里积攒下来的怒火也在这个时候忍不住地爆发了出来，他直接一脚就踢在了云暮的肚子上，怒不可遏地吼道："就算是天王老子失踪了也不行。云暮，看来我最近是对你疏于管教了，你觉得我是不是特别好说话？老子今天告诉你，今天就算是天塌下来了，你也必须得服从命令！"

"是！"云暮手捂肚子答道。

原来，谷峰接到了樊偃匿名打来的电话，声称他有关于方红岩的消息，而且还将方红岩的藏身之所直接透露了出来。谷峰听后不敢大意，毕竟方红岩的案子是他经手的，而且和方红岩交过几次手，都没能够把这只滑溜溜的老"泥鳅"给抓住。这次机会难得，谷峰必须要把方红岩抓捕归案。所以，谷峰对这次行动很是重视。

森林公安刑侦大队是有纪律的，对于云暮这一而再，再而三地挑衅纪律，谷峰觉得自己刚才那一脚踹得有些轻了。

云暮赶紧参与行动当中，可当他刚刚跑出办公室，兜里的电话便再一次地响了起来。

"云暮，好久不见。想不想知道林影的下落？"电话里面传来了方红岩的声音，他的声音很平静，还是如以往讲课时一模一样。

云暮飞奔的脚步停了下来，他极力地压抑着自己心中的怒火："方红岩，你搞什么鬼？林影的事是不是你做的？如果你要是敢伤林影分毫的话，我一定会想尽一切办法抓到你的，我云暮说到做到。"

"呵呵，放狠话谁不会。你呀，还是太年轻了，沉不住气。不过我倒是可以告诉你，抓林影的人不是我，而是樊偃。哦，对了，就是尹修的弟弟，我想你应该明白他的意图了，一人换一人，公平交易。"方红岩淡淡地说道，然后直接就挂断了电话。

别的队员都已经上了车了,只有云暮还愣愣地待在原地。

云暮的脸这时已经憋得通红,他知道自己又被方红岩戏耍了,而这种戏耍对他和林影来说往往是很致命的。恰在此时,他的电话再度响起,云暮今天的电话仿佛已经成了热线,当他看到来电显示上是林影的时候,他一边跑一边接了起来:"林影,你怎么样?还好吧?"

"嗯,你女朋友还好,做个交易怎么样?"电话里面是一个陌生的声音。

云暮的脚步再一次地停了下来:"樊偃?"

"嗯,果然是厉害,这么短的时间就摸清了我的底,我真的是很佩服云警官呀。好了,废话就不说了,现在你女朋友在我手上,而我哥尹修在你的手上。怎么样,一换一,公平交易。"樊偃那边的声音听上去很是嘈杂,好像还夹杂着林影的声音。

云暮的左手死死地攥着,他知道,这是一个两难的选择。那边的樊偃听上去好像有些不耐烦了:"怎么样?能不能行,给句痛快话。"

"好!"这个字几乎是从云暮的牙缝里挤出来的,"时间,地点!"

电话那头的樊偃忍不住哈哈大笑了起来:"你一个人,半个小时后。还是肉联厂的12号仓库,我想你应该对那里很熟悉的吧,我希望能在那里见到我哥,不然的话,就等着给你女朋友收尸吧！"

"没问题。"云暮最终还是没能赶上出任务的警车。他站在原地，深深地吸了一口气，从他脸上已经看不到任何的表情，此时信念和承诺在他的脑海之中不停地交织着。最终他还是回到了拘留所，来到尹修的牢房门口，对着拘留所的看守说道："打开。"

"云暮，没有上面的规定是不允许这么做的，这个道理我想你应该比谁都懂。"看守皱着眉头说道。

云暮厉声说道："人命关天，救人要紧。你给我打开，出了事所有后果由我来承担。"

"不行。"看守很不客气地说道。

云暮没时间和这个原则性很强的家伙争论了，他直接出手一掌就劈在了看守的脖子上，看守的身子软绵绵地倒了下去，而云暮则是直接从他身上翻出牢房的钥匙，二话不说直接打开了关押尹修的牢房。

尹修此时早就听到了外面的动静，他正端坐在床边，看到云暮那副平静到可怕的神情，尹修的嘴角直接勾起了一丝笑容："云警官，这是怎么了，想要把我带出去吗？嘿嘿，这倒是出乎了我的预料。"

"放心，我会亲手再把你送回来的。而且你不会孤单，你的弟弟樊偃我也一并会带回来的。"云暮觉得自己此时快要压抑不住心中的怒火了，对于这样的家伙，他并不想多理会。现在，他心里只有一个念头，那就是一定要保证林影的安全。

尹修扬了扬腕子上的手铐，那意思分明就是在让云暮给他打开。

云暮没有理会尹修的要求："走吧，别让你弟弟等急了。既然他这么想要和你一起住进来的话，那么我就成全他。"

云暮带着尹修出了森林公安局，开着车便朝着肉联厂疾驰而去。

云暮来到了肉联厂的12号仓库，林影有些不安地坐着，而她的旁边就是樊偃，一个长得五大三粗的屠夫。林影能从他的身上嗅到一股淡淡的血腥味儿，内心不由得更加恐惧。

很快地，云暮带着尹修进来了。

"哥，你没事吧？"看到尹修，樊偃急切地问道。

尹修露出了笑容，笑得很开心："我还好。要不是你把云警官的女朋友给请过来，我也不会再见到你。"

"现在可以放人了吧？"云暮平静地说道。

"可以。"樊偃点点头。

林影直接站了起来，然后朝着云暮跑了过去，而尹修则是缓缓地走向了自己的兄弟，此时他的双手依然被铐着。

"云警官，麻烦你好人做到底，送佛送到西。手铐的钥匙。"尹修走到一半，突然间想起自己的双手还被束缚着，他乐呵呵地对着云暮继续叫嚣着。只要能够从这里逃走，他们离自由就只有一步之遥了。

云暮将钥匙扔给了樊偃，然后对着林影说道："你没事吧？"

林影摇了摇头，表示自己没事，但是她心里面开始隐隐地有些担心云暮了。云暮这么做无疑是在拿他自己的前程做筹码，林影的脸上不知不觉有两行泪水滑落了下来，她觉得云暮这么做实在是太傻了，但是她的心里面又很幸福。这也是作为一个女孩子被爱人呵护的甜蜜，而从这一刻起，林影的心和云暮贴得更近了。

　　云暮带着林影迅速离开，刚走出仓库，云暮扶着林影上了车，安顿好后，嘱咐道："上了车把车门锁好，趴到后排座脚垫上面，除了我谁敲车门都不要开，然后打电话给周队，让他调派人手过来，我还有事没有做完。"

　　林影知道云暮想要做什么，她并没有阻拦，只是乖巧地点了点头，在云暮关上车门的一刹那，悄声说道："你要小心点儿。"

　　"放心吧，我不会有事的。"关上车门后的云暮像是换了个人一般，他快速地返回12号仓库……

　　此时的仓库里，樊偃帮尹修打开了铐子，对着尹修说道："哥，车子已经准备好了，我们这就走。"

　　尹修也不多废话，他揉了揉手腕，严肃地说道："姓云的估计已经和他的同伙通气了，我们走应该是走不了，这个时候还是先找个地方藏起来吧，等这阵风过了我们再想办法离开这里。"

　　"听你的。"樊偃嘴角勾起笑意，"不过，哥，你不用担心，我都已经安排好了。现在啊，那些森林公安局刑侦大队的人们应该忙着抓捕方红岩呢，我只不过是花了一百万而已，方红岩就对我掉以轻心了。现在他可是条大鱼，给他一百万劳务费不算什么，能够让他吸引火力就行。我们现在不走，以后只怕也就没机会了。"

"一百万？"随后尹修就笑了起来，"真要是那样的话，一百万确实是不算太多，这买卖做得值。那咱们兄弟俩这就走。"

就在这个时候，云暮的声音突然间响了起来："你们兄弟俩哪儿都去不了了。"

尹修和樊偃没想到云暮这个家伙居然还会折返回来，兄弟俩都是身材魁梧之人，看到云暮孤身一人出现，两人对视一笑，眼中露出了不屑的神色。

云暮朝着两人冲了过来，一交手，尹修就感觉不对劲儿，此时的云暮下手的力道非常重，完全就像是一个身经百战的高手。樊偃还想要像上次一样对云暮进行偷袭，可惜的是，云暮对他也是非常警觉。在堆满了东西的狭小仓库里面，云暮敏捷的身手给他提供了很多的便利，只不过是用了几分钟而已，尹修和樊偃两人便已经倒在了地上，他们挣扎着想要站起来，但却无能为力。

云暮身手不凡，他在部队上可是最优秀的侦察兵，更是连续三届在比武大赛上蝉联冠军的。部队里面比的可不是花拳绣腿。就像现在对付樊偃和尹修两人时一样，他们俩的膝盖骨已经被云暮给踢碎了，完全无法行动了。

此时的云暮长长地松了一口气，然后看着躺在地上呻吟的两人，平静地说道："结束了，我说过要把你们兄弟俩都带回去的，说过的话就一定要做到。"

　　方红岩坐在监视器面前，看着在12号仓库里面发生的一切，他的嘴角勾成了标志性的弧形。"鱼儿"上钩了，唯一能够对自己构成威胁的人此时此刻也已经远在他处，虽然自己能够看得见他，但是想要再限制自己逃离青州那已经是不可能的事情了。

　　方红岩把监控关掉，将放在手边的行李箱拽出了拉杆，笑呵呵地说道："从此之后，我方红岩就是天高任鸟飞，海阔凭鱼跃了。"

　　方红岩并没有从正门离开，他已经逃到了离肉联厂很远的地方，这个地方很隐蔽，是方红岩为自己准备的几个避难所中的一个。

　　方红岩戴着帽子，此时的他唇边已经粘上了胡须，经过一番简单的化装之后，他相信这个世上已经没有人能够再认出他来了。

　　招了招手，路边一辆出租车朝着方红岩慢慢地驶了过来。

　　方红岩深深地吸了一口气，自由的空气仿佛马上就能够嗅得到了。方红岩的心情很好，他将行李箱放上车，然后一个人坐进了车子里面，他对着前面看不清楚脸的司机说道："青州南站，谢谢。"

　　出租车发动了起来，方红岩拿出手机，将手机里面的电话号码一一地删除了。从今往后，这些人将不会和自己联系了，或许在他的心里面，手机上的这些人也意味着马上就快要倒霉了，或者说是已经倒霉了。樊偃和他大哥尹修一样，虽说有些小聪明，但是在大事上面很容易犯糊涂，自己只不过抛出了一个看起来很香的饵，没想到他们就上钩了。

方红岩轻笑着，嘴角轻轻地一扬。

钱可是个好东西啊，但是花不出去的钱如同废纸一样，完全没有任何的作用。

他们实在是太搞不清楚形势了，也有可能是他们实在是太贪了，史大平想要赚钱，有两亩的五色梅都不够，贪得无厌地想要得到更多，所以他死了；尹修和樊偃还想要把那个非法的野味餐厅经营下去，结果现在已经是双双身陷囹圄了。

方红岩承认自己也贪，但是绝对不会像他们一样，贪得无厌。而且方红岩想的只有一点，那就是明哲保身。

车子依然平稳地行驶在路上，不过当方红岩看向窗外的时候，眼中的得意之色渐渐地消散了，取而代之的是无尽的恐慌。他发现这不是去往青州南站的路，而是方红岩不知道的一条路，一种非常不好的感觉瞬间袭击了方红岩的全身。此时，方红岩就像是受到了惊吓一般，对着前面开车的司机怒喝道："靠边停车。"

司机完全没有理会方红岩，依然平稳地驾驶着出租车。

方红岩想要打开车子的安全锁，但可惜的是车锁没有任何的反应，方红岩被困在了车里面。

"方老师，我们找你可是找得很辛苦啊！"这个时候，前面开车的司机突然间说话了，虽然他依然目不斜视地平视着前方，但是那声音语调对方红岩来说无疑是一道炸雷，直接将方红岩给炸晕了，他的心和身体一样，也直接坍陷在了后车座上面。

车子停了下来，停在了森林公安局的大院，而此时司机这才扭回头来，露出了一张熟悉的脸，方红岩认出了这张脸，是森林公安局刑侦大队的队长谷峰。

"方老师，我们到站了。下车吧！"

谷峰的声音听上去很平静，却铿锵有力。方红岩轻轻地笑了起来，他输了，这一次输得很是彻底。

方红岩被捕了。

云暮回来的时候听到了这个消息，等他赶到谷峰面前的时候，整个办公室里面已经仅剩他一人了。

谷峰此时正隔窗望向院里当年林俊峰亲手种下的那棵树，云暮望着谷峰的背影，突然间感到一丝的愧疚。云暮知道，自己不服从指挥，即便是在部队里面那也是要受处分的，而且他还是在有行动的时候擅自行动，云暮知道这一次自己确实闯大祸了。

谷峰的手中端着那个自己视若珍宝的保温杯，抿了两口热水，并没有说话，两人就这样一直僵着。

"报告！"云暮硬着头皮喊道。

谷峰仍是没有回应，就如同是一尊雕像一般，无动于衷。

过了很久之后,谷峰重重地叹了一口气,就那样背对着云暮说道:"云暮,能告诉我,我应该怎么处置你吗?"

云暮沉默,这一次他犯的错误实在是太严重了。

"你知道吗?你来报到的第一天我心里确实很高兴,想着师父最喜欢的臭小子回来了,我真的很开心,特意把师父的位置留给你,把他的照片压在桌子上的玻璃板下面,还特意向局里申请重新启用师父的警号。你知道吗?那个位置原本是我坐着的,那张照片也是我珍藏多年的,而森林公安局里面有一个规定,只有直系亲属才能够重新启用已经牺牲警员的警号。原本我以为,经过部队这么多年的锻炼,你一定是个合格的战士了。但是,这一次,你让我怎么处置你?"

谷峰的话说得很平静,云暮却知道此时此刻谷峰的心里面是有多么的愤怒,不过云暮却无法反驳。

"无组织、无纪律,拒不服从命令,而且还私自放跑嫌疑人、袭击干警。这么多的错事放在你身上,真的是让我找不到任何可以替你开脱的理由。那么,你能告诉我应该如何处置你吗?"谷峰扭过了头,目光深邃地直视着云暮,缓缓地说道。

云暮苦涩地笑了笑:"我愿意接受任何处罚。"

"我不愿意。这一次你让我失望了,彻底地失望,你能明白吗?"谷峰缓缓地说道。

谷峰看着云暮,重重地叹了一口气:"好吧,你回去吧,先休息一段时间,等局里对你的处罚决定下来之后再说吧。"

云暮点了点头，他自然知道这一次犯的错实在是太大了。云暮将警号撕下来，他的心揪得有些疼，就好像把一块肉给撕下来一样痛。云暮将警号放在自己的桌子上，就放在了林俊峰那张笑脸的下面，朝着谷峰敬了一个礼，然后神色有些落寞地离开了。

云暮被停职了。

林影在车上听说了云暮停职之后，并没有说什么，她其实不懂得该如何去安慰云暮，只能静静地坐在车上陪着云暮。她知道此刻云暮的心里很难过。

"对不起，是我的错！"林影看着云暮的样子，一本正经地说道。

云暮摇摇头："不怪你，要怪的话还是应该怪我，是我辜负了谷队的期望。"

"要不要我和谷队解释解释，你也是形势所迫，不得已而为之……"

林影的话还没有说完，直接就被云暮给打断了："不用，你这样做反而是火上浇油了。我这个大老爷们儿连这点儿担当都没有，会被谷队和其他同事给看扁的。"

"那怎么办？"

云暮长长地松了一口气，在林影面前露出了一丝故作轻松的表情，只不过这表情实在是太过于僵硬了："没事，正好趁这段时间我也好好休息休息。方红岩被抓了，可我总感觉这个事情并没有结束，这个案子还没有完。"

"你的意思是说？"林影不解地望向云暮。

云暮没有任何犹豫地说道："正好我也趁这个机会好好地想一想如何破这个局，虽然我人不在职，但是我现在只想找出当年害死林叔叔的凶手。而且，我也感觉得到，我离这个凶手越来越近了。"

看着云暮没有被窘境所击垮，反而焕发出一种前所未有的雄心壮志，林影觉得眼前的云暮还真的是有些不一样了，她心里那个云暮的形象瞬间多了几道耀眼的光辉。林影忍不住凑近了云暮，然后朱唇在云暮的腮边轻轻地点了一下，又飞快地坐了回去，恢复了端庄的淑女形象。

云暮傻眼了，这是两人确立关系后云暮享受到的第一次"福利"，只可惜时间太短，而且感觉也不深。这弄得云暮有些想要抓耳挠腮了，"福利"太小了，小到云暮还没有好好地享受就已经结束了。

"今天晚上我妈喊你一起吃饭。"林影像是做了坏事的小孩子一样，俏脸上瞬间就飞满了红霞，眼神躲躲闪闪的，就连声音也变得低了许多。她也不知道刚才那一下是怎么回事，胆子就在那一瞬间变得大了起来，鬼使神差地就那么大胆了一次。

瑶山之中。

云暮直到现在脑子还有些迷迷糊糊的，这一切都归结于前几天林影在自己的脸上那轻轻地一"啄"，直到现在他都没有回过味儿来。而现在他除了时不时地坐在一旁傻笑之外，其他的就什么都不知道了,就像是没有灵魂的行尸走肉一般。

"林主任,听说鲁平安辞职了。"这个时候,正在对一株古树进行监测的同事对着记录着这株百年古树信息的林影说道。

林影听到这个名字的时候眉头微微地皱了皱。鲁平安绝不是省油的灯,林影想到前些日子鲁平安将一份早就已经准备好的辞职信扔到她桌子上,鲁平安脸上的那丝冷漠和不屑对于林影来说是记忆犹新。鲁平安轻蔑着讥笑道:"林影,你倒是好手段,踩着我往上爬,果然是很有心机啊。"

"怪只能怪你上班期间三天打鱼,两天晒网。你这假请得够久了,这里是机关,不会养闲人的,不要以为端上了'铁饭碗'就可以躺平了。在其位就得谋其政,既然你自己都不珍惜这个岗位,那么也就别怪我不客气了。"林影没有被鲁平安的态度吓倒,反而是镇定自若地坐在位置上神色坦然地说道。

鲁平安这段时间的出勤率很低,隔三岔五才能够见上他一面。林影倒是不想较这个真,但是眼下鲁平安消极怠工的态度最终还是被董清年局长给知晓了,董清年二话不说,直接给鲁平安下了最后通牒,要么老老实实地回来上班,要么走人。

正是因此,鲁平安就铁了心要离开了。

那日韩阿姨在家里招呼云暮吃饭的时候,担心鲁平安再做出什么不利于林影的事情来,时值云暮被停职,而林影正要开展对瑶山内所有名木古树进行监测的工作,韩阿姨就提出来要求云暮陪着林影进山工作。

这样一来是让云暮散散心,二来是韩阿姨也担心自己女儿的安全,三来的话也可以通过这种方式来增进两人之间的感情。既然韩阿姨都把话说到这份儿上了,云暮也就顺水推舟地答应了下来。

所以,这就是云暮为什么一直都待在林影身边,还一直都露出这么一副魂不守舍的痴样儿的原因。

林影看了看云暮,露出满是幸福感和安全感的笑容,对着替自己担心的同事说道:"是的,鲁平安确实是辞职了。不过,没有关系,我们只要把自己的工作做好就可以了。"

"可是,那个家伙很有可能会对你不利的啊。"说话的是一个和林影年纪相仿的女孩,语气和眼神中满满的都是担忧。

"他不敢。"林影再一次望向了云暮。看着云暮那魂不守舍的样子,她还是忍不住想要发笑。

女孩抿着嘴看了看云暮,便明白了林影的底气来自哪里,就"咯咯"地笑了起来:"原来我们林主任是有'护花使者'的啊,那倒也没什么好担心的了。这事儿啊,怪我自作多情哦!"

对于同事的调侃林影并不在意,反倒是心里面涌起了满满的甜蜜。

咔嚓!

身后突然传来一声轻微的响声。

就在这个时候,云暮的眼神突然间变得凌厉了起来。就在林影他们还没有反应过来的时候,云暮纵身一跃,朝着刚才那个女同事的方向扑了过去。紧接着,那位女同事已经被云暮这突如其来的举动给撞飞了出去。

林影皱了皱眉头,望向女同事,女同事被云暮这一下撞得不轻,身体重重地摔在地上。林影正要准备发作的时候,云暮却是突然间厉声道:"所有人都不要动,就站在原地。"

云暮小心翼翼地看着那个捕兽夹,然后整个神经瞬间就绷紧了。他朝着四周仔细察看着,却发现在一些很不起眼的草丛中都布置着这么一种捕兽夹,还有一些捕蛇笼,一看就是经验丰富的猎人布置的。

"云暮,怎么回事?"林影忍不住有些担心地问道。

云暮和刚才那一副丢了魂儿的样子完全不一样了,他神色凝重地嘱咐道:"大家都小心点儿,这里有陷阱。"

云暮作为侦察兵,对于这些陷阱夹实在是再熟悉不过了,没想到居然还能够在这里见到这种东西。短短的十几分钟,云暮已经发现了十几个捕兽夹,更多的却是那种捕蛇笼。这种捕蛇笼一看就是老手布置的陷阱,都是三十多厘米长、二十多厘米宽、十五厘米高的钢丝笼,一端开了一道口子,口子外大内小呈喇叭状,内里还布满钢刺。与口子相对的另一端,则横绑着一只盖子紧闭、上半部被切除的绿色塑料瓶,里面放了一只青蛙作为诱饵,塑料瓶里盛有水,能够保证作为饵的青蛙不会死,蛇进去之后由于口子内侧和蛇的身体差不多大小，口子内侧上又有锋利的钢刺，只要钻进去了就再也爬不出去了。

瑶山上都是未被开发的原始森林，这里的野生动物很多，像是蛇这种东西更是不少。其中最出名的就是温泉蛇，它是国家一级保护动物。这些捕蛇笼出现在这里，目的不言而喻。

林影对捕蛇笼自然是认识的，看着这一个个布置得很隐蔽的笼子，她的脸色有些难看，很明显在这偏远的山区里面，居然还有人做着违法的事情。

"这年头怎么还有人捕蛇啊？他们不知道这是犯法的吗？"刚才那个被云暮推飞出去的同事看到这些笼子，也忍不住皱起了眉头。

林影的心里面顿时升起了一丝的挫败感，这么多年过去了，他们一直在对当地的居民进行着野生的动植物保护宣传教育，而今天的这几个捕蛇笼却仿佛在证明着他们所做的一切工作收效甚微，不免令她有些泄气。

云暮更关心的是如何找到捕蛇的人。

"现在我护送你们回去吧，看来这里还是挺危险的。林影，带着你的同事先回去，这里交给我来处理。"云暮不客气地说道，他的眼中露出了不容拒绝的神色。

林影也没有迟疑，她点点头，对着云暮说道："你自己小心一点儿。"

"放心吧，我没事的。"云暮顿了顿，又对着林影说道，"回头把这里的情况和谷队汇报一下，必要情况下我会采取行动的，可能会需要他的支援。"

"好！"林影爽快地答应了下来，经过上次两件事之后，她已经明白了一个道理，在云暮执行任务的时候，自己就是一个累赘，甚至可能会成为云暮的一个弱点，她只有保护好自己，才不会束缚云暮的手脚。她相信，云暮无论在任何时候都一定能够平安回来的。

几人的名木古树监测工作也都暂时放下了，现在的情形他们根本就不可能完成工作，看着林影几人匆匆返回青州后，云暮的目光锁定在了那几个捕蛇笼上面，只要跟着这些捕蛇笼的线索，他就能够找到布置陷阱的人。

看来，想找回曾经的绿水青山，要走一条极其漫长而又艰辛的道路。

就在云暮在深山中侦查的时候，森林公安局的审讯室里面，谷峰目光平静地望着坐在自己面前的方红岩。谷峰深吸了一口气，他明白和方红岩之间的较量才刚刚开始，这个家伙远比自己想象得要聪明，这才是谷峰最忌惮的。

"方老师，你好。我是谷峰。"谷峰用一副公事公办的语气对着方红岩说道。

方红岩缓缓地抬起了头，然后优雅地推了推架在鼻梁上的眼镜，嘴角勾起一抹笑："原来是谷队啊，我们之前是见过面的，真的是世事难料，没想到在这种情况下我们又见面了。我应该恭喜你的，鹬蚌相争，没想到最终居然会是让你这个渔翁给得利了。"

方红岩眼神中看不到任何的慌乱。

谷峰没有搭理方红岩的调侃和嘲讽，而是继续说道："渔、樵、耕、读中的读夫，幸会幸会。"

方红岩的身份被揭露却没有任何的惊讶，仿佛一切的发展都在自己的计划之中："尹修那个家伙，看来还是和你们说了不少事情呢。不过也是，就他和他那个傻弟弟的脑子，在你这里绝对扛不住的。谷队，我们是不是可以直接跳过这些试探性的审讯，直接进入主题呢？我想，你的心里肯定会有更多的疑惑的。放心，我就是来给你解惑的。"

谷峰皱起了眉头，他感觉好像被方红岩控制住了节奏，这是一个非常不妙的信号："确实，我们还有很多解不开谜团的地方。不知道方老师愿意不愿意和我们分享一下。"

"不愿意！"方红岩干脆地说道。

谷峰也不急不气，方红岩的态度在他的意料之中："尹修和樊偓是什么身份？"

"呵呵，他们哥儿俩的级别比我低。不知道谷队你听没听说过'三工三匠'？"很显然，方红岩好像对这个话题很感兴趣，他兴致勃勃地对着谷峰继续说道，"三工是木工、屠工和厨工，而三匠是皮匠、药匠和琴匠。嗯，让我来猜猜，现在你知道身份的恐怕只有两个，就是屠工樊偓和厨工尹修吧。哦，对了，史大平比他们级别要高一些，是耕夫。这应该也是你们能够猜得到的吧？"

"林俊峰的死和你有没有关系？"谷峰继续问道。

方红岩笑了起来:"我猜猜,从林影嘴里知道了林俊峰手上的仁波切是我的;史大平的仁波切云暮找到了。哦对了,现在只怕是尹修和樊偃的仁波切也已经到了你们的手中。是不是多出来两条呢?一条是在十六楠现场被遗弃的仁波切,还有一条是一个小混混手里面的,那个人姓邢,叫什么忘了。"

"邢德民。"谷峰直接补充道。

方红岩撇了撇嘴,有些不屑地说道:"看在咱们关系这么好的分上,我可以告诉你,十六楠现场被丢掉的红绳是木工的,而邢德民手里面的那条,是樵夫给他的。"

"木工是谁?樵夫又是谁?"谷峰急切地问道。

方红岩笑而不语,摇着头说道:"既然是谜语,那就要一点一点地去解开,如果一下子就把谜底都说出来了,那么也就不好玩了。你应该明白,现在我脑海中的这些信息就是我的保命符,别指望尹修和樊偃了,他们甚至知道的信息还不如你多呢。"

第十三章　岭外音书断

云暮知道布置这些陷阱的人肯定住得离这里不会太远，而且应该是偏僻的地方。瑶山深处的村落仅有七八个，而且都比较集中。其中只有一个离其他村落比较远，而恰好这个村子离这里仅有四五里地，云暮依稀记得那个村子好像叫作落瑶村。

有了目标，云暮很快就行动了起来。

等他来到落瑶村的时候，云暮发现了这里的异常，村子靠西的地方是一片突出来的崖壁，崖壁下面是几个看上去很简易的作坊，云暮远远地看到了更多的捕蛇笼，笼子里面有各种各样的蛇。

云暮皱起了眉头，属于国家一级保护动物的温泉蛇就不下十几条，还有两条是在青州瑶山之中也难得一见的缅甸蟒。在这些作坊外面，云暮看到了几张已经被剥下来的蛇皮，挂在竹竿上面随风摇晃着。

除了蛇皮外，还有一些已经硝好的裘皮，云暮依稀能够辨别得出来的是小毛细皮和大毛细皮，让云暮更加惊讶的是，在这里居然发现了粗毛皮。

云暮忍不住倒吸了一口凉气，心里不住地打起了战，小毛细皮是黄狼和紫貂的毛皮，大毛细皮是貉子的毛皮，而粗毛皮是虎、狼、獾、豹的毛皮，就那么挂在竹竿上，光天化日之下连一丁点儿的避讳都没有，可见这些家伙是有多么猖狂。此时，云暮就连心跳都变得抖动了起来。

云暮准备一探究竟，现在的他连警服都没有穿，别人只会误认为他是在瑶山中迷路的"驴友"。也只有冒险进入村里，才能够掌握这些家伙的罪证。

云暮走进村子，一个戴着金丝边眼镜、穿得整整齐齐的男人出现在云暮的面前，而他的手里拎着个皮箱，看那个样子应该是放乐器的。而当云暮看清楚这男人脸的时候，心里面的惊讶更加大了。

"舅舅？"云暮忍不住地惊呼道。

那个男人看到云暮的时候也被吓了一大跳，他错愕地说道："小暮，真的是你。你是什么时候回来的呀？之前听你妈说你不是当兵去了吗？"

"哦，我退伍了。"云暮赶紧解释道，自己已经有十几年没见到这个舅舅了，再见的时候突然间觉得格外亲切。只不过，在这里见到自己的舅舅，云暮的心里远远没有脸上表现出来的那种欣喜神色。

云暮的舅舅叫俞乐音，在省里是赫赫有名的制琴和演奏名家。当然，他最厉害的并不是作为一个演奏家，而是他制的琴，一把二胡甚至能够卖到几十万块钱。在云暮的眼里，舅舅只要随便地动动手指头，那钱好像就不由自主地朝着他扑过来，云暮从记事起就没有见舅舅缺过钱。

但是，能够在这里见到俞乐音，云暮的心里还是有一些不好的预感。

当年，俞乐音在青州很出名，拉的一手好胡琴，和林俊峰的关系那是非常不错的，林俊峰不忙的时候总是会找俞乐音唱两段过过戏瘾。但是，后来有一次，两人好像因为某件事情起了争执，具体是什么云暮不清楚，只是后来没过多久之后，林俊峰便牺牲了，而俞乐音就是在那之前几天去了省城发展的。

云暮其实很想弄清楚两人之间到底有什么争执，他总是怀疑林俊峰的死和自己的舅舅有些关系。

俞乐音看着云暮，脸上露出了一丝宠溺的笑容，虽然有十几年没见面了，俞乐音对云暮的突然出现还是很高兴的。

"你现在上班了没有？找对象了没有？你爸妈身体还好吧？"

云暮笑着说道："上班了，在我哥们儿的公司。对象也找了一个，你也认识，林俊峰叔叔家的小丫头。"

听到林俊峰，俞乐音的笑容在一刹那就凝固了，然后很快地又舒展了开来，恢复了原状。不过，俞乐音的所有表情都没有能够逃过云暮的眼睛，这个时候，云暮心中的猜忌愈发强烈了。现在，他几乎可以肯定了，林俊峰的死和俞乐音有着千丝万缕的关联。

"你怎么跑这里来了?"

"哦,我和朋友一起到瑶山来玩,现在的我算是个旅行发烧友吧。没想到,我竟然走丢了,不知不觉就跑到这里来了。居然能在这里遇到舅舅,还真是挺巧的。"云暮很巧妙地掩盖住了自己心中的怀疑,笑呵呵地说道。

"这山里狼虫虎豹多,你也不怕伤着了。你在这里再待上一天,明天正好我要回省城,把你从这里捎过去。你这个臭小子,这么大的人了,还不让人省心。哦,对了,我给你介绍一下,这位是落瑶村的村长,诸葛野狐。"俞乐音指着自己身边一位看起来个头不算太高、一双老鼠眼睛滴溜溜乱转的家伙对着云暮介绍道。

云暮客客气气地伸出手,对着诸葛野狐说道:"不好意思,给你添麻烦了。"

诸葛野狐的眼神中都是狐疑,对于突然间出现的云暮仿佛满满的都是提防:"哎呀,是老俞的外甥啊。呵呵,果然是年轻帅气啊。呵呵,小家伙的朋友,又在哪里发财呀?"

"哦,他姓周,叫周海涛,在青州现在挺有钱的,也挺出名的。"云暮随口编道。

诸葛野狐和俞乐音相互对视了一眼,然后诸葛野狐这才稍微地放下了戒备,对着云暮说道:"哎呀,原来是周老板。"

"诸葛村长也认识周海涛?"云暮试探性地问道。

诸葛野狐笑了笑:"我倒是经常从电视里看见那个人,我认识人家,可惜呀,他却不认识我。呵呵,见笑了,我是个大老粗，啥都不懂的。"

不对，从诸葛野狐那短暂的错愕可以判断，他是一定认识周海涛的。至于这个家伙为什么要突然对自己撒谎，云暮现在不太明白，倒是一旁的俞乐音打着哈哈说道："哈哈哈，诸葛，没发现你居然还是这么幽默风趣的人呢。"

这个时候，云暮却是突然间插话问道："舅舅，你来这里做什么？回青州了怎么也不去家里坐坐，我妈还时不时地念叨你呢。"

"我呀，来这里采风，现在我在剧团的创作遇到了瓶颈，正好躲到诸葛这里来潜心创作。走走走，诸葛这里有一绝，他这里的野味是最正宗的，你小子有口福喽。"说完，俞乐音拉着云暮朝那几处简易工坊相反的方向走去。

林影回到青州市的第一件事就是先去森林公安局。

谷峰刚从审讯室里面出来，他有些怅然，方红岩确实是个心思缜密的高手，现在都已经被关起来了，居然还能够将他们的心理把握得一清二楚。他真是一块"硬骨头"，啃起来确实是有些费劲。眼下好像又陷入了僵局，看似他们抓捕到了方红岩、尹修和樊偃，好像是取得了一些成功，但实际上，却是收效甚微。

谷峰思索着如何进一步地从三人这里取得一些突破口，没想到林影直接朝着谷峰奔了过来，她拽住了谷峰的衣袖，对着谷峰说道："谷队，云暮在瑶山中探寻到了新的线索，他现在一个人独自追线索去了。"

听到云暮的消息，谷峰眉头更是一皱："瑶山？他不好好地在家里反思，跑瑶山去做什么？"

林影焦急地回道："他陪我去瑶山工作，没想到在山里发现了一些捕蛇笼和陷阱夹子，他发觉有异样便独自一个人去寻找线索了。云暮让我回来告诉你，瑶山中可能真的有那个盗猎的团伙。谷队，能不能派些人手过去看看，我怕云暮他一个人撑不住。"

看着林影眼中掩藏不住的担忧，谷峰更觉得焦头烂额了。这边的事情还没有理顺，云暮那个被停职的家伙还不老实在家反省，你说你好好地陪着女朋友多好，眼下却又直接给他出了一道难题。这个云暮怎么就不能让人省心呢？

"你知道具体的方位吗？"谷峰虽然心里面有些不痛快，这个年轻人搞侦查的能力不弱，但闯祸的本事也不小。他有时候想起云暮这个家伙就有些生气，但是对于谷峰来说，却是不能不管，"他是在哪里发现的那些盗猎的捕蛇笼和陷阱夹的？"

林影将方位说了出来，谷峰听后便点了点头，宽慰了林影几句，便带着人朝着瑶山中奔了进去。

云暮在落瑶村住了下来，有了俞乐音外甥这个身份，云暮觉得自己就算是闯入了贼窝也是很安全的。无论对手隐藏得多深，在云暮眼里，这些伎俩都是属于小儿科级别的。很快地，云暮便了解到了落瑶村那个违法猎杀珍稀野生动物小作坊的一切。当然，他不会在这个时候就揭穿，云暮想要人赃并获,更想要将他们全部都绳之以法,甚至包括自己的舅舅俞乐音。

此时的俞乐音正抱着一张蟒蛇皮爱不释手地看着,嘴角忍不住地露出了一抹欣喜的笑容:"不错,确实是不错。这些皮子是上品,野生的和人工培育的蟒皮确实是不一样的,如果要是制成琴的话,这种差异更加明显。诸葛,这批货确实够好,你说个价,我全都要了。"

诸葛野狐听了俞乐音的话,掏出烟袋锅子,露出了满口的黄牙,笑嘻嘻地说道:"俞老板可是这方面的行家,一眼就瞅中了这皮子,它确实是蟒皮中的上品,而且是缅甸蟒的皮子,价钱的话一平方厘米三十块钱。"

一平方厘米?也就只有指甲盖大小就要三十块钱?听到了这里,云暮忍不住倒吸了一口凉气。这张蟒皮要是全铺开了怎么着得有一个平方米大小,如果要是按一平方厘米三十块钱来算的话,那么这一张蟒皮怎么着也得卖到三十万了,这可就不是小价钱了。

俞乐音听了之后,连眼皮子都不眨一下,满意地点了点头:"嗯,价钱的话还算是比较公道的,成交。"

"老规矩,现金交易。"诸葛乐呵呵地说道。

"没问题。"

看到两人之间的交易完成,云暮忍不住凑到俞乐音身边,压低声音对着俞乐音说道:"舅舅,是不是有些贵了?"

不料诸葛野狐的耳朵很灵敏,看着云暮忍不住地哈哈大笑了起来，指着俞乐音说道："贵？知道不知道你舅舅用这一张蟒皮能做多少把琴？他现在可是知名的琴匠大师了，一把好琴怎么着也得卖到十万块钱吧，这一张蟒皮能够做十来把的，怎么着也得有百万入账，三十万对于他来说那都是小意思了。"

云暮看了看俞乐音，眼里更多的是震惊之色。

怪不得有人想要铤而走险，原来这里面的利润确实是丰厚，这些利润足够让普通人变得疯狂。云暮连想都不敢想，如果这个世界上的人都想通过这种方式挣钱的话，那么后果是真的不堪设想。

"被吓坏了吧？"诸葛看到云暮的神情，露出了一丝满足，"我们村子交通不便，和其他的村子比起来实在是太穷了。没办法，老话说得好，靠山吃山、靠海吃海，我们几辈子都是这么活下来的。"

云暮沉默。

没有买卖就没有杀害，归根结底还是因为钱，利之所在趋之若鹜，义之所在视若无睹。在足够的利益面前，这些人都没有能够经受得住考验。

俞乐音点点头，他在自己的外甥面前没有任何的防备之心，坦言说道："云暮，我所追求的是艺术的巅峰。我的琴技现在已经到了一个极限，如何能够让我的艺术造诣更上一层楼，那就必须要有乐器的辅助，而这些琴里面将会有最好的一把属于我，只有用这种最纯粹的琴才能够帮我真正达到艺术的巅峰。"

看着俞乐音在自己面前显露出来的那种癫狂,云暮感觉自己的胸口仿佛有一团烈火要喷涌而出。现在,他可以肯定了,林俊峰肯定是从俞乐音身上发现了些违法的端倪,然后想要找出更多线索,才遇害的,而间接害死林俊峰的可能不是别人,正是眼前的自己这位舅舅。

"这么做值得吗?"云暮喃喃道。

俞乐音拍了拍云暮的肩头:"小子,知道人为什么在这个世界上是人吗?因为我们比别的物种强大,我们站在食物链的顶端,这只不过是弱肉强食的自然法则而已。几百万年前,豺狼虎豹位于食物链顶端时,人命如蝼蚁如草芥,因为弱小会死不是罪,只不过是不可忤逆的自然法则而已。现在也是一样的道理,只不过人现在是最强大的,我很庆幸人的强大,正因为强大才能够位于山巅藐视苍穹,才能够睥睨众生!"

俞乐音的狂热让云暮重新认识了自己的舅舅。正所谓道不同不相为谋,对于云暮来说,人与自然并不是征服与奴役的关系,而应该是和谐共生的。俞乐音的歪理邪说,或许能够蛊惑一小部分的人,在云暮这里,只不过是他为了满足自己的私欲而臆想出来的冠冕堂皇的理由罢了。

诸葛野狐笑了笑,并没有露出一副痴迷的陶醉神色,很明显他也没有被俞乐音的鼓吹所迷惑,他的眼里面一直都闪烁着一种贪婪的光芒,对于钱的执着会让他抵御来自其他方面的诱惑。

"老俞,你还是和之前一样,为了艺术可奉献一切,我很喜欢和拥有大志向的你交朋友。"诸葛野狐笑呵呵地吹捧道。

俞乐音回望了诸葛野狐一眼:"错了,诸葛。你我是完全不一样的,而且你并不是喜欢和我交朋友,而是喜欢和钱交朋友。我相信,尹修和樊偃要是在这里的话,也一定会喜欢和你交朋友的。"

尹修和樊偃?

云暮听到这里的时候,心里的诧异越来越强烈,俞乐音随口的一句话就已经暴露他自己了。他们也没有想到云暮会是森林公安局的干警,而尹修、樊偃和方红岩,此时已经被森林公安局给控制起来了,没想到这一次的遭遇,还真的是有意外收获啊!

两个各怀鬼胎的人只不过是各取所需罢了,至于惺惺相惜的深厚友谊那也是建立在金钱的基础之上的。

"呵呵,钱嘛,谁不喜欢越多越好呢?不过我还是要感谢钱,让我交到了很多的好朋友。"诸葛野狐笑着调侃道。

两人刚刚在谈笑风生之间敲定一批买卖,突然从不远处跌跌撞撞地跑来一个人,好像发生了什么大事。云暮心想,应该是谷峰他们赶过来了,这也正好,趁这个机会可以对他们一网打尽。

果然,云暮猜得没有错。

那个人悄悄地和诸葛野狐说了两句之后,诸葛野狐那狐疑的目光直接落到了云暮的身上。云暮顿时感觉不妙,仿佛是被猎人给锁定了目标一般。诸葛野狐的脸上露出了凶残的神色："俞老板，你的这个外甥可是胳膊肘儿往外拐啊！"

"诸葛，你这话从何说起？"俞乐音满是疑惑。

诸葛的目光警惕地盯着云暮，然后下意识地后退了两步，这才缓缓地说道："没想到玩了一辈子鹰，今天倒是让只小鹰给啄瞎眼了。嘿，俞老板，这话倒是要好好地问一问你的这个外甥了。"

俞乐音瞥了云暮一眼。

云暮自然料到是谷峰他们来了，不过这个时候的云暮心里想着的是如何阻止这两个人逃走，要不然的话谷队他们来了，也终会是无功而返的。云暮淡淡地说道："诸葛村长，我听明白了，你这话是在针对我。"

"嘿，确实是在针对你。那又如何？"诸葛野狐此时更像是一只警觉的野兽，对着云暮和俞乐音露出了獠牙，"刚才有些人闯进村子里找人。嘿嘿，如果说不是你招来的人，难不成还是我招来的。小子，刚开始的时候我就觉得你有些不对劲儿，哪里有那么巧的，瑶山这么大，怎么你偏偏跑到我这里来了呢？嘿嘿，现在我明白过来了，你小子这戏还要演下去吗？有这个必要吗？"

俞乐音又一次把目光转向了云暮。

云暮看到两人紧张的反应，耸了耸肩，装出一副无辜的样子对着两人说道："诸葛村长，你这是要把屎盆子往我脑袋上扣了吧？不过在你的地盘上，无论说什么都是你说了算。

你，是不是想要我舅舅连钱带货都要留下来才行？"

俞乐音的脸上立刻露出了一丝紧张，满是警惕地望着诸葛野狐。两人原本就是互相猜忌的，只不过是因为钱才会走到一起，所以此时诸葛也连俞乐音一并怀疑上了。

"俞老板，这笔账我们慢慢再算！"诸葛野狐瞪了俞乐音一眼，然后便转身匆匆地离开了。这里的生意可是他的命根子，真的要是被森林公安局的那帮人给一锅端了，诸葛野狐是绝对不会善罢甘休的。

俞乐音意味深长地望了云暮一眼，眼神中有些怒意："云暮，这些人是不是你引来的？"

"是！"云暮平静地说道，他知道这是瞒不住俞乐音的，"所以，舅舅，认罪服法吧。你做的这一切都是违法犯罪，而且我现在就是青州市森林公安局的一名干警，这是我的职责所在。"

"你要大义灭亲？"俞乐音皱着眉头说道。

"法律面前人人平等，就算是你也逃不了法律的制裁！"云暮没有任何掩饰地回答道。

俞乐音笑了："果然，诸葛猜得没错。你这个臭小子，居然现在教我如何做事。我这么做全都是为了艺术，你懂不懂，为了艺术可以牺牲掉一切。今天的事情你还想要将我也绳之以法吗？"

"没错，职责所在。"云暮盯着俞乐音，眼神平静得有些发冷。

俞乐音从口袋里面掏出了一支小巧精致的手枪——伯莱塔21A。云暮瞬间怔住了,俞乐音的身上居然还存放着这么危险的物品,当俞乐音将枪口对准云暮的时候,云暮知道俞乐音这是打算要拼命了。

云暮皱了皱眉头,这么近的距离,他没有绝对的把握制服俞乐音,只要自己稍微有点儿动作,那么俞乐音肯定会毫不犹豫地扣动扳机。

俞乐音的声音愈发地凶狠:"云暮,别逼我这么做。今天的事情你可以睁一只眼闭一只眼的,只要你不说,我就是安全的。至于诸葛那里,他不会把我供出去的,如果他以后还想要财源广进的话。"

"如果我不呢?"

"那就别怪我不念亲情了。"说着,俞乐音毫不犹豫地扣动了扳机。而此时的云暮下意识地朝着一旁扑了过去,而俞乐音的射击并没有停止,等所有的子弹都打完了之后云暮才回过神来,而这个时候的俞乐音已经逃得无影无踪了。

该死!云暮在心里暗暗地咒骂了一句,没想到自己的这个舅舅警觉性如此之高。不过,已经锁定了他,想要再抓住他也只不过是时间的问题,眼下最主要的还是要配合谷队先把诸葛野狐控制住。现在的云暮完全有理由相信,诸葛野狐和俞乐音与那个他们一直都查不到任何线索的盗猎犯罪集团有着密切的关系。

诸葛野狐见势不妙想要逃,却连村口都没有出,直接就被谷峰他们给抓住了。

云暮追来的时候，正巧碰到诸葛野狐的双手被铐了起来，满脸的垂头丧气。而无比诡异的是，落瑶村的全体村民堵住了谷峰他们的去路，谷峰站在村民的最前面，和颜悦色地劝说道："老乡们，我们在执行公务，请大家让开。"

"为什么要抓我们村长？"这个时候，人群中的一个村民忍不住地问道。

谷峰清了清嗓子，朗声回道："因为他猎杀珍稀动物，而且还贩售这些珍稀动物的皮毛。大家不要激动，我们这是依法办案，如果大家要是再不离去的话，那可就是在妨碍执行公务了，还请大家要三思而行。"

"三什么思？我告诉你，就是不能抓走我们的村长。我们祖祖辈辈都生活在这里，不就是打了些野味吗，这又不是什么大罪过，至于要抓起来吗？要是不让狩猎，你让我们村子里的人怎么活？大家说是不是啊？诸葛村长这些年对大家的照顾那可是有目共睹的。你们现在就把诸葛村长给放了，要不是他，我们也不会有现在的好日子。"

"对，村长不能被抓走！"……

人群中渐渐地多了这些声音，谷峰的眉头皱得越来越深了。这样的情况他还是第一次遇到。

"谷队。"这个时候，云暮直接挤到了谷峰的身边，然后压低声音对着谷峰说道，"看样子情况不妙啊，这里面应该是有问题啊。"

谷峰懒得理会这个家伙，对着云暮直接白了一眼，有些郁闷地说道："废话，你当我看不出来吗？这个叫诸葛野狐的家伙刚才可是很狂妄啊，这个人必须得带回局里去。"

云暮点点头，眼珠子一转，笑呵呵地说道："我有一个办法。"

谷峰看着云暮那招人恨的样子，忍不住直接就在他肩头捶了一拳："还不快说！"

云暮笑呵呵地站了出来，对着村子里的人说道："诸葛村长呢，是要回所里配合我们调查。当然，猎杀国家珍稀动物可是个不小的罪名，而且各位老乡体谅一下我们的难处好不好，这是我们的公干，职责所在呀。不过，我们谷队呢会慎重考虑大家的意见的。我看这样吧，既然大家都不愿意让我们把诸葛村长带走，那你们就给我们写一封联名信，只要大家同意给诸葛村长担保，老老少少在这里有一个算一个，只要大家都在这上面签了名儿，诸葛村长呢我们今天就不带回去调查了。但是，要是诸葛村长悄悄地离开村子跑路了，到时候上面要是怪罪下来的话，那么责任可就是大家的了。如果大家没意见的话，我现在就去弄联名信去，怎么样？"

听到了云暮的话之后，村民们反对的声音越来越弱了，原本还慷慨激昂的村民默默地散去了。只要有人离开，那么也就成不了什么势了。

这些原本还挤在一起叫嚣着不让抓走诸葛野狐的人们，现在却一下子消散得无影无踪了。云暮撇了撇嘴，淡淡地冲着谷峰笑了笑，一脸得意地说道："谷队，怎么样？事情完美解决了。"

谷峰没有理会云暮，而是挥了挥手，让手下的干警将诸葛野狐带出了落瑶村。

回到警局，云暮被谷峰叫到了办公室。不知道为什么，只要云暮被训话，原本还有些热闹的办公室瞬间就变得寂静无声。起先云暮觉得这是谷峰的气场，现在看来那是大家都是机警的人，只怕早就已经躲得远远的了。

"说说吧，你这是怎么回事？云暮，别忘了现在你已经停职了。"谷峰冷冰冰地提醒着云暮。

此刻的云暮乖巧得像个小学生，一本正经地点了点头："是，我当然知道。你看谷队，我发现了可疑的情况也立刻报告你了，并没有擅自行动呀！"

谷峰狠狠地瞪了云暮一眼，不客气地说道："嘿，看来你还是个懂规矩、讲道理的人了？"

"谷队，你是最了解我的，难道我不是这样的人吗？"云暮眨了眨眼睛，努力地露出了一副诚恳的神情，只不过对象是谷峰，所以连一丁点儿的作用都没有起到。

谷峰感到自己的智商被藐视了，他冷哼一声："就是我对你太了解了，你还真的不是这样的人。云暮，今天下班之前我要看你的反思报告和深刻检查，如果反思不到位、检查不深刻的话，那你还是应该再闭门反思的。听明白了没有？"

听到了谷峰的话之后，云暮差点儿就兴奋得跳了起来。

听话听音，谷峰话里面的意思他怎么可能听不明白，云暮眼中是藏不住的欣喜若狂，他乐呵呵地说道："保证完成任务。"

谷峰对云暮还是很宽容的，当然了，方红岩那个难啃的"硬骨头"还得让云暮这个家伙亲自来"啃"才行。或许只有云暮这个方红岩的学生，才能够击溃方红岩的心理防线，由此找到他们需要的信息。

云暮的反思和检查在下班之前就已经写好了，累得他晕头转向，就算是在部队里面，云暮也从来没有写过这么多字数的检查，其间还让林影帮着他三易其稿。最后，当云暮恭恭敬敬地把反思报告和深刻检查交到了谷峰面前的时候，云暮的心里面还一直都是忐忑不安的。

谷峰连看都没看，将反思报告和深刻检查直接拍到了桌子上，对着云暮说道："好了，你现在可以恢复正常工作了。"

云暮的眼皮狂跳，嘴角更是在忍不住地疯狂抽搐，只不过是在一刹那之间，云暮便明白了谷峰这个家伙的意图，这哪里是要让自己发自内心地认识自己的问题和严重错误，分明就是在刁难自己。

谷峰看着云暮那处在暴怒边缘的额角青筋，一个意味深长的眼神瞟过："怎么，有意见？"

云暮立刻认怂，没办法，自己一米八的大个子在人家这一米六七的屋檐下，还真的是不得不低头呀。

"没有！"

"晚上连夜对方红岩他们进行突击审讯。"谷峰面无表情地说道。

"啥?"云暮傻眼了。

"嗯?"谷峰的意思很明显,这个时候还要问啥吗?

青州市临瑶区的区政府,就位于青州市森林公安局不远处的几条街道外。

而此时,周海涛一个人很熟络地就走进了区政府的政务大厅,他和门岗热情地打着招呼,脸上一直都洋溢着灿烂的笑容,要是不仔细看的话,是很难从他的眼底深处看到那一丝忧虑的。

周海涛上了楼,直接朝着临瑶区赵副区长的办公室走去。推开门,一个中年人正神色凝重地坐在办公桌后面,头发梳理得很整齐,一副神采奕奕之色,不过那张刚毅的脸上此时却是夹杂着一丝愠怒。看到周海涛之后赵副区长并没有起身,而是指了指他屋里的沙发,示意周海涛先坐下,等他打完这个电话再说。

电话拨通了,赵益谦那浑厚的嗓音中夹带着怒意,他对着电话很不客气地说道:"森林公安局吗?我是临瑶区的赵益谦。今天有部分村民围堵你们森林公安局是怎么一回事,知道不知道这事造成了多么恶劣的影响?我不管原因,更不管你们用什么办法,现在立刻给我平息这件事情。我绝对不允许看到这事件升级,明白吗?"

赵益谦挂断了电话,那紧绷的脸色在周海涛走进来的时候才略微有了些缓和。他望着坐在沙发上的周海涛和颜悦色地说道："海涛啊,你来了。你现在可是大忙人,找我有什么事吗?是不是又遇到什么困难了?"

周海涛还是一如既往地未言先笑,目光盯着赵益谦看了一会儿,脸上堆满了灿烂笑容:"赵区长,您好。我知道您事情多,是个大忙人,我的事情都是一些小事儿,先不提这些。今天我过来就是看看您,时间长了也没过来走动走动,实在是我的不对。"

赵益谦听到了周海涛的话之后脸上的笑容更加舒展了几分,乐呵呵地说道:"海涛啊,我们相识多年了,就没必要说这些客套话了,有什么事你直管说就是。不过,首先我有个原则啊,违法乱纪的事情我是不会做的,这你是知道的。"

周海涛点头应道:"当然了,其实就是开发瑶山的事情。我准备弄个大型旅游公司,瑶山是个宝山啊,我想在瑶山弄个森林公园,这样的话可以大大带动我们青州市的经济。当然,我会把公司注册到咱们临瑶区。"

"你想要瑶山的旅游开发权?"赵益谦一下子就抓住了周海涛话里面的重点。

"是的,赵区长。现在不是都在讲发展绿色经济吗?我也想要给咱们青州市人民做一些力所能及的贡献。"周海涛很诚恳地说道。

赵益谦并没有急于回答周海涛的请求,而是思考了良久之后才缓缓地点了点头,沉声道:"出发点是好的,而且也是现在提倡的经济发展模式。不过海涛,丑话我还是要说在前头的,旅游开发可是很烧钱的,而且更重要的一点就是必须要保护好当地的生态环境,破坏生态环境的事情我可是不支持你的。"

周海涛悬着的那颗心终于放了下来,笑着说道:"那怎么可能呢。赵区长您是知道我的,我现在做的许多事情都是合法合规的,那些违法乱纪的事情我也不会做的。"

赵益谦点点头:"我明白,但是我该叮嘱的地方还是要叮嘱的。你呀是个聪明人,是能够看得清形势的人,现在可是不比从前了,什么该做、什么能做,自己的心里面都必须要有个数。趁我还在这个位置上,需要我们临瑶区政府做的事情,我们自然也是会义不容辞地去做,这个你就放心好了。何况,这是好事,收入上来了,而且还是绿色无污染的,我就说你小子的脑袋瓜子可是最好使的。"

周海涛接着说道:"请赵区长放心,关于瑶山开发的策划书我会尽快递交到您手上的,到时候还希望您能够多费心。"

"应该的。"赵益谦平静地说道,"这件事情呢,我一个人做不了主,必须要经过市里和区里两委会的集体决策才行。而且,你必须要处理好和老百姓的争议问题,这才是你要优先考虑的。"

"如果区里出面呢?"周海涛皱了皱眉头,这才是问题的症结所在,和当地居民的争议问题本身就是一个"烫手山芋",而这也是周海涛来之前心里最担心的。

赵益谦看到了周海涛的担忧,宽慰地说道:"不过嘛,你放心,这件事区里也会配合你们做一些工作的。现在的老百姓觉悟很高,只要能够满意,还是非常配合的。"

"那实在是麻烦赵区长了。"周海涛感激地说道。

赵益谦点了点头,并没有说话,他们之间的谈话结束了。

周海涛站了起来,正要准备告辞,而赵益谦这个时候却是直接发了话:"海涛啊,这次你的步伐走在了所有人前面。为了保险起见,市林业局也会对你的这项工程进行监管,希望你不要有负面的情绪啊。"

周海涛点了点头,然后和赵益谦区长道别后直接就出了门。推门而出的周海涛正好遇上了站在门外面走廊里的谷峰和云暮两人。周海涛微微地一怔,先是对着谷峰微微颔首,然后这才乐呵呵地对着云暮说道:"咦,怎么是你。你也来找区长?"

云暮点点头:"好长时间没见你了。怎么?大老板也亲自来打通关系呀?"

周海涛满脸堆笑地给了云暮一拳:"还是这么没正形。不过你们这反应速度还真的是够快的啊,赵区长刚刚在电话里面批评了你们,你们这么快就赶过来了?怎么着,挨批的滋味不好受吧?听说你们森林公安局被围攻了,谁这么大胆呀?嘿嘿,你小子可是要做好心理准备啊,赵区长现在正因为你们的事情生气呢。"

"没办法。"云暮耸耸肩。

"好了,抽时间打场球吧。你现在回来了,咱们俩也有段时间没坐一起好好地聊聊了,抽时间一块儿坐坐也找找上学时青春岁月的感觉。"周海涛的心情非常好,能够拿下瑶山的旅游开发权,在他周海涛心里面,这可是办成了一件大事。

云暮点了点头,两人错身而过。望着周海涛的背影,云暮隐隐地皱起了眉头,顿时陷入了深思。

第十四章　还衣白毡裳

云暮和林影开始了第一次正式的约会。

青州市一处面积不算太大但还算安静的公园里，两人坐在长椅上，望着远处湖里面的几艘游船，享受着这片刻的宁静。

"前天我们董局跟我讲，说是周海涛的公司准备要对瑶山进行开发，想要弄一个森林公园，而且还准备让我们林业局进行项目整体监督，董局让我接手这件事情。"林影望向远处落日余晖映照在湖面上形成的粼粼波光，神情间有些忧虑。她这次回来之后，对周海涛的印象并不是很好，至于哪里不太好，林影也暂时说不上来。

对于周海涛，云暮的感情十分复杂，他是自己的好哥们儿，又是前女友琚然的丈夫，虽然这对于云暮来说都已经是过去的事情了，但是想起来云暮的心里还是有些难以描述的纠结和复杂。

"涛子总是能够很敏锐地抓住商机。"云暮表面上平淡地说道，心里面却是起了一丝疑心，周海涛这个时候打起了瑶山的主意，可能并不是什么好兆头。此时，云暮的心里有一个不好的预感。

　　林影意味深长地看了云暮一眼："昨天下午赵益谦副区长叫我和董局过去安排工作，让我们林业局要全力配合周海涛，要在瑶山建立一个示范旅游区。林业局不仅仅要做好监督工作，更重要的是要配合周海涛把瑶山开发好。"

　　"这个赵区长，是不是有些太着急了？"云暮皱眉道。

　　林影赞同地点了点头："是啊，有些太过于积极主动了，这反倒是让我心里有些不安宁。商人趋利这是无可厚非的，周海涛喜欢搞些战术性的投资，他在战略性投资方面还是差点儿意思。但这次他做得这么仓促，很难不让人怀疑他的目的。"

　　云暮的心情有些差，周海涛想要做什么，他完全不清楚，这个时候周海涛横插一脚进来，绝对不是什么好兆头。云暮的神色因而愈发凝重了，自己的这个好哥们儿好像离自己是越来越远了。

　　"原来你也和我一样，都有一种非常不妙的预感。"林影俏脸上露出了一丝严肃，一个眼神投来，云暮便明白了她的意思，她的担忧和自己相同，不过林影担心的是琚然，而自己考虑的是涛子。

　　林影怔了怔，然后目光望向远处的湖面，湖边的垂柳轻摇，就如同林影额头的刘海微动。不过无论如何飘摇，都无法掩藏此时林影那渐渐变得坚定而有神采的双眸，她扭头望了自己男朋友一眼，然后用一种无比认真的口吻说道："不管是谁，我还是会坚持我的原则，哪怕是我的朋友也不行。"

云暮没有反驳，这才是他认识的林影。

"还没有那么严重，如果涛子真的是做错了事情，我也不会心慈手软的。职责所在，义不容辞。"云暮的话让林影的脸上展露淡淡的笑容，云暮是一个很正直的人，这在上学的时候就是如此，如若不然，自己也不会和他坐在这里一起消磨时光了。

远处，湖边的绿柳倒映在湖水之中，让湖面显得更加清澈。

云暮故作不经意地拉住了林影的手，而此时的林影微微一怔，不过她并没有放开，而是任由自己的手被这只布满老茧的大手紧紧地握住了，从他的掌心中传来的温度让林影感觉此"道"不孤……

青州市白华区，墨池边上，这里真可谓寸土寸金。而在墨池边上的滨湖公园内却有一处露天的篮球场，这里很少有人进去，只有在周末的时候才会有人过来打打球，球场里面都是矫健的身影，年轻朝气而且还充满活力，与四周遮天蔽目的树荫一起形成了一道非常靓丽的风景线。

树荫下面，是一个个可供休息的长凳。而就在这长凳边，周海涛和云暮两人则是拿着毛巾擦着身上的汗。周海涛这些年虽在商海漂泊，但是他的体型却保持得很好，这也和他极度的自律和严格的健身是分不开的。云暮就更不用说了，多年军旅生涯的习惯并没有丢掉，相较于周海涛还有些气喘吁吁的样子，云暮此刻却是脸不红心不跳，完全不像是刚打了一场球一样。

"怎么样？是不是不行了？"云暮调侃地对着周海涛说道。

周海涛擦着头上的汗，然后抬起头死死盯着云暮，不客气地说道："说什么呢？怎么不行了？谁不行了？"

"嘿，死鸭子嘴硬！"云暮瞅了瞅周海涛的样子，不屑地说道，仿佛这一瞬间两人又回到了高中时的那段美好岁月。

周海涛一双眼睛狠狠地盯着云暮，然后没好气地说道："喂，好好说话啊。不能骂人啊！含沙射影的也不行！"

"哈哈，是你思想龌龊了吧，我就只是字面意思而已。"云暮反应过来，哈哈大笑了起来。周海涛看到云暮的样子，也忍不住地笑出了声。是啊，他俩已经有很久没有像今天一样痛快地大笑了。时间让人变得成熟，而只有此时才能够实现时光回溯、倒流。

周海涛淡淡地说道："你还是那么混蛋。"

两人坐在球场上，都在享受大汗淋漓后的那种每一个毛孔都无比舒畅的感觉，仿佛真的像是在十几年前那样。不过，两人都明白，时光一去而不复返，过去的日子真的是过去了，再也回不来了。

云暮淡淡地说道："我前几天在瑶山见到了俞乐音。"

周海涛眉头微微一皱，不动声色地望了云暮一眼，那是一丝掩藏极好的狠辣和愤怒，甚至还有一丝丝的错愕，不过他很快地就恢复了正常，对着云暮淡淡地说道："他回青州了?"

云暮点点头:"没错。"

周海涛叹了一口气:"都过去这么多年了,该释怀的还是应该要释怀。别的不论,他可是你的亲舅舅。"

云暮听到了周海涛的话之后微微地摇了摇头:"办不到。不是因为他,或许林叔叔就不会牺牲。"

周海涛沉默了。

"为什么要开发瑶山?"没头没脑地,云暮突然间插入了这么一句话。

周海涛眼神中露出了警惕之色,意味深长地看着云暮:"林影和你说了吧?我是商人,逐利不是很正常的事情吗?而且政府也支持我这么做,在赚钱之余还能够给大家带来一个放松的美好环境,何乐而不为?"

云暮看着周海涛,仿佛是刚刚认识他一般,那带有审视意味的目光让周海涛非常不舒服,他感觉云暮的目光中充满了怀疑,怀疑自己的动机,怀疑自己的目的。

"开发瑶山势必会对瑶山造成一定程度的破坏。这个时候动瑶山,涛子你是怎么考虑的?"云暮不肯放弃,依旧步步紧逼着。现在的环境保护是重点,而且政策对这种旅游开发也是非常慎重的,瑶山不是不可以开发,但是周海涛选择在这个时候开发瑶山,很明显他的目的不纯。

瑶山是个宝山,珍稀动植物数不胜数,而且还有稀有矿藏。方红岩为此眼红了,俞乐音和诸葛野狐更是把瑶山当成了自家的后院，丧心病狂地猎杀盗采。而如今，云暮很难认定周海涛是不是也眼红了这一切，不不不，作为商人的周海涛自然是不会做无利可图的事情，所以云暮判断周海涛绝不会仅仅是想要开发瑶山这么简单。

"我这是想要保护瑶山。"周海涛警惕地回道。

云暮笑了笑，只不过这个笑容中却是多了一丝的无奈，自己已经把话都挑到明处了，周海涛却依然装糊涂。

"发财的路子有很多，为什么非要是瑶山。涛子，你应该明白的，瑶山不能动，它的财富不应该被某个人或某几个人所拥有，瑶山是全青州人民的宝贵财产。"云暮淡淡地说道。劝也劝了，但是无果，人总是会变的，随着时间的推移，渐渐地心也会越来越远，而原本真挚的感情也会越来越淡。

周海涛苦笑着摇摇头："为什么不能是瑶山？我顺应趋势，想要让青州市变得更好。云暮，这个你可以放心，违法乱纪的事情我不会做的。"

看到周海涛的笑容，云暮也笑了，乐呵呵地说道："好了，回吧。今天这场球打得有意思，哎，我记得好像是我输了吧？"

"35比27，确实是你输了。"周海涛肯定地说道。

云暮微微地偏了偏头，满怀自信道："确实是输了。不过，放心，改天我一定会赢回来的。涛子，局里还有很多事情要做呢，我就先回去了。"

"好嘞！"

很简单地道别后,云暮头也不回地走了,在快要走出球场的时候又背对着周海涛挥了挥手。周海涛的脸上一直都挂着浅浅的笑容,而眼里却隐藏着一丝冷漠和疏远。

道不同,不相为谋!

就在这个时候,周海涛的电话响了起来:"周总,对不起。诸葛进去了。"

"俞叔,这几天你找个地方先躲躲,等风平浪静了再说。"周海涛淡淡地说道。

"还需要继续吗?"电话那头犹豫了一下才问道。

周海涛点了点头:"为什么不继续呢?俞叔,如果不是你偷偷地回来,打乱了我的计划,现在我也不会这么被动。你已经引起了云暮的怀疑,这一步还是错了,错了就要受惩罚,只有赏罚分明才能带队伍,你明白的。所以,这一次的利润分成,你要少拿两成了。"

电话那头没了声音。周海涛知道对方肯定是在纠结,他根本就不给他反驳的机会:"大家都想挣钱,我也想。只不过我想安安全全地把钱赚了,背着我赚外快我不反对,但是别影响大局,既然影响了,那就别怪我不客气。这是我之前和大家说的原话,以前、现在、以后都适用。"

"是是是。"

"好了,多余的话就不说了,你先休息吧!"说完之后,周海涛挂断了电话,然后仰着头,用毛巾遮住脸,双手死死地抓住长椅的边缘,身体后仰,双手的关节被捏得发白,甚至还在微微的抖动。而此时，在毛巾下的那张看上去有些帅气的脸已满是狰狞和狠辣。

周海涛的父亲叫洪森，代号山神。

这是周海涛的秘密，永远深深埋藏在心底的一个小秘密。周海涛是跟着老妈姓的，洪森是个精明的生意人，但是生命永远定格在了十几年前。洪森的死和林俊峰有直接关系，当年林俊峰打出那一枪后，中枪的人正是洪森。

周海涛的父亲洪森中枪后被人送回了家里，当周海涛看到奄奄一息的父亲时，伤心地哭了，很快，周海涛和母亲草草安葬了逝去的父亲。这让年幼的他目睹了人生的无常，感受了一个鲜活的身躯最后变成墓地里的一盒骨灰。也就是在那一刻起，周海涛从樵夫口中得知自己父亲的生意有多么的庞大，财富更是积攒了无数。可惜的是，有命挣没命花。从那个时候开始，周海涛就渐渐地接手了自己父亲的生意。

到了后来，渔夫金盆洗手了。其他人走的走、散的散，大多数人在自己面前都是阳奉阴违的，直到自己全面掌起家里的生意，用金钱让他们重新归拢于自己的手下。现在看来，这并不是一个高明的决定，用金钱建立起来且通过金钱来维系的关系其实并不算牢靠，而且人心散了队伍不好带，那些家伙想要吃独食，他可以睁一只眼闭一只眼，直到他们把祸闯得捅破了天，周海涛再也坐不住了。

为了自保，他不得不出手了。

混蛋！

此时的周海涛在心里面忍不住地咒骂道,他对云暮的感情是真的,但是却无可避免地走向了云暮的对立面。这种痛苦也只有他自己才明白,这是一场战争,不是你死就是我活,周海涛想要保住自己现在所拥有的一切,那么就只能是把瑶山牢牢地控制在自己的手中。至于那些想要干私活的家伙,只要能够有钱赚,他们就会死心塌地。而自己只有在外面越做越大,他们才不会吐口,这也正是周海涛所思忖的,接下来就是想办法让他们永远地闭上嘴,他周海涛才能活。

周海涛深深地吸了一口气,仿佛是在帮自己下定决心一般。过了一会儿,当周海涛再次站起来的时候,他的眼神已经变得凌厉了起来,既然都已经走到这一步了,那么他就要和自己的好哥们儿云暮好好地较量一番了。想到这里他的心里顿时有些小激动,其实他早就已经盼着这一天了。

周海涛拎起毛巾走了,夕阳的余晖落在他身上,却是让他的身形晦暗了许多。

山神的传说源远流长,各种鬼怪精灵皆依附于山,而渐渐地这些鬼怪精灵被集合到了山神之下。《礼记·祭法》中有云:山林、川谷、丘陵,能出云为风雨,见怪物,皆曰神。

周海涛在父亲离世之后,便成了新一任的"山神"。他把渔、樵、耕、读和三工三匠重又集合到了他的身边,周海涛靠着自己的能力,从瑶山中攫取了大量的财富。现在的他不甘于地下的活动,成立公司之后他便靠着公司快速地发展着,为了利益和他走到一起的手下们也心甘情愿地为他卖命。

周海涛的生意越做越大，他渐渐地从黑暗中走了出来，开始用一种能见得了光的生意掩盖着自己见不得光的生意，周海涛也一跃而成了整个青州市的有为青年、最有钱的大富翁。

渐渐地，周海涛的身板直了起来，迎着夕阳的余晖，他的身形也渐渐地模糊了起来。

云暮回到了警局。

俞乐音就像是从这个世界上蒸发了一般，再也找不到他的踪迹。而云暮的审讯工作也陷入了僵局。

突破口还是得从方红岩这里找。

"方老师。"云暮坐在审讯室里面，看到方红岩脸上依然挂着平静的笑容，那笑容里面是隐藏不住的得意，甚至还有一丝嘲弄。面对着昔日的学生，方红岩根本就感觉不到一丝的压力。

方红岩抻了抻脖子："云暮，我知道的全部都已经说过了。剩下的也没什么好说的了。"

云暮微微地叹了一口气："方老师，方琼来电话了。"

当听到云暮说起女儿的时候，方红岩脸上的笑容不由得一僵，女儿就是方红岩的软肋。不得不说，云暮一下子就抓到了方红岩的痛处，但是方红岩还是忍着冲动和怒意强硬地说道："云暮，你知道这样做根本是没有任何意义的。我也已经料到你会用这一招儿的，没用的，别白费力气了，还是想办法多找找线索吧。"

"她在那边过得很辛苦,前段时间还和我们抱怨说想要回来呢。现在国外的环境也非常不好。"云暮没有理会方红岩,而是继续自顾自地说着,"我知道您在方琼心里面的地位,所以您在这边发生的事情我并没有告诉她,以免让她在那边担心。"

沉默,方红岩依然是沉默着。

"谢谢你,云暮。不过对不起,你们想要的东西不在我这里,我只不过是一个中间人,我的下线已经全都被你抓住了。"方红岩意味深长地看了一眼云暮,然后想了想,语气僵硬地回道。

"没关系,我们不急,可以等。"云暮平静地说道。

方红岩嚅动着嘴唇,想要说什么,最后还是没有说出来。他意味深长地看着云暮,带着一丝的警惕。云暮看到方红岩的反应之后,心里瞬间凉了大半截儿,其实他只是把方琼的近况和方红岩说一下,至于想要利用他的女儿做什么,云暮并不愿意这么做,毕竟坐在自己面前的曾是令人尊敬的老师,但是方红岩的反应让他失望了。

云暮站了起来,对着方红岩说道:"方老师,如果要是想到了什么,可以和我说。如果你能够帮助我们侦破这个案子的话,还是有机会可以争取减刑的。"

说完之后,云暮便离开了。

出了审讯室的门,云暮的心情很是纠结,又无比低沉。此时的方红岩无法和他心里面那个在三尺讲台上慷慨激昂的方老师联系到一起，那个时候的方老师形象是那样的伟岸、高尚，而不是此时坐在审讯室里面、手上戴着镣铐的犯罪嫌疑人。

审讯一下子陷入了僵局。

周海涛特意在瑶山脚下的青瑶山庄搞了一个签约仪式，市里面有头有脸的人物都来捧场了。周海涛今天显得很高兴，只不过在这些人里面，有一个人的神色十分淡然，甚至还有些冷漠，这个人就是林影。

"赵区长，实在是太感谢了。"周海涛很客气地握住了赵益谦的手，激动地说道。

赵益谦则是平静地笑着说道："这是我应该做的，你能有今天的成就，完全是靠你自己努力得来的。海涛啊，你的格局我非常地欣赏，这一次的转型非常成功，区里和市里的领导都很看好你这个项目，你一定要把这件事办得漂漂亮亮才行啊！"

周海涛爽快地答应了下来："赵区长您放心，我一定不会辜负诸位领导的信任的。这次咱们区里配合的力度非常大，我要是再不迎难而上，那可就真的有些不识抬举了。"

"嗯，有决心是好的。这一次呢，我请了市林业局的林影来全权负责和你的旅游公司对接。听说你们是老同学，合作起来应该很顺手的。"赵益谦朝着林影招了招手，林影有些不情愿地走了过来。

周海涛伸出手："林大美女，又见面了哈！"

林影淡淡地回道:"还是先别乱攀关系了。虽然咱们是老同学,但是你应该清楚我的,无论对谁,我都会坚持我的原则,也希望周总能够体谅我的难处,毕竟我该履行的职责还是必须要履行的。"

"那是当然。"林影的态度让周海涛眉头微微一皱,不过瞬间就舒展了开来。

既然林影都已经把话说到这份儿上了,两人也就再无他话可言了。

周海涛说完之后就找其他朋友聊天去了,而林影则是一个人很无聊地坐在桌边。这个地方林影也不是第一次来,每次来留给她的印象都非常不好,她对周海涛也是心存怀疑,她发现只要是云暮怀疑的人都和周海涛有或多或少的关系,林影相信自己作为女人的直觉。

林影这一次作为政府方派出的专员,负责监督周海涛的旅游项目开发。面对周海涛领导策划的瑶山旅游生态,林影的心里已经做好了准备,她和周海涛可能因此产生矛盾,毕竟两人的出发点不一样,林影是要保护瑶山,而周海涛要开发瑶山,他的目的是为了赚钱,两人产生分歧是必然的。

周海涛为了能够开工大吉,还特意请来了归林寺的住持释然法师。

看到了释然法师,赵益谦的脸上立刻流露出了一丝不悦的神色,然后他带着一丝丝嫌弃的目光对坐在身边的周海涛说道:"周总,你这是搞的哪一出啊?"

周海涛微微地笑了笑，并没有注意到赵益谦神色的异样："赵区长，这么做我也只不过是想要图个吉利嘛。"

"瞎胡闹。"赵益谦皱着眉头说道，"正好区里有个会还要我主持一下，既然这边都已经快要结束了，那我就先行一步了。周总，以后这样的事情少做，影响不是很好，我毕竟是副区长，这样搞很不符合我的形象，你明白吗？"

听到赵益谦的话之后，周海涛这才注意到这位赵区长好像是真的生气了。但是，既然都已经请过来了，而且这场法事也已经开始了，赵区长又给了台阶下，那就没必要让释然住持停下来了。

周海涛拍了拍自己的脑门，露出一副懊恼神色："哎呀，实在对不起。赵区长，是我欠考虑了。不好意思，那我送送您。"

赵益谦并没有让周海涛送，而是带着自己的秘书离开了。

整个法事忙碌下来，周海涛依然是刚开始那副不变的笑容。笑着将每一位客人送走之后，他揉了揉有些发僵的脸，然后神色陡然一变，直接回到在青瑶山庄里专属于自己的那个休息室。

走进休息室，周海涛直接把门从里面锁住了。

"阿弥陀佛！"释然住持一副得道高僧的模样对着周海涛双手合十说道。

周海涛看着这位住持，脸上露出真挚的笑容，很没正形地坐在椅子上，极度放松地说道："耿叔，你这怎么还扮上瘾了呢？"

听到周海涛叫出了这个称呼之后，那位释然住持忍不住皱起了眉头，平日里那一副仙风道骨瞬间就收了起来："跟你说过多少遍了，你请他来做什么？难不成还想着要给我添堵吗？小涛，现在的形势非常不好，你可千万不能大意啊。"

周海涛点点头："耿叔，今天我找你来就是想要让你帮我做几件事。"

"你指的是处理方红岩那个蠢货吗？"释然住持瞅了一眼周海涛，然后神色平静地回道。

"没错，方老师这几年还是做得不错的。你现在的身份很特殊，好多事情我没办法交代给你去做，所以呢我只能找方老师，他还算是比较好控制的那种。"周海涛有些嘲讽地说道，起初当他知道方红岩是自己老爸手底下的人，他也是非常惊讶。没想到平日里看着清高的老师居然也会在背地里干一些不可见人的勾当，当下他整个人的信念全部都崩塌了。也正是从那个时候开始，周海涛对方红岩没有了尊重，有的只是鄙夷。

释然住持沉吟了一会儿，好像是在斟酌着什么，然后才幽幽地回道："方红岩这个人书生气重，又是当老师的，容易被一些条条框框的东西给限制住，总体来说做一些小事情还是能靠得住的。但是，这种人却又容易走极端，这些年我们或许是太低调了，那些家伙又想发财自己单干，最差的结果就是被各个击破。"

"我明白,人心散了,队伍不好带。"周海涛无奈地叹了一口气,懊恼地说道,"不过,耿叔,现在可不是反思的时候。接下来该如何做,其他三工三匠那里我倒是不怕他们会出什么幺蛾子,他们中知道我存在的毕竟少之又少。俞乐音现在躲起来了,知道我的人也就只有方老师一个了。"

"你有什么打算?需不需要让他永远地闭上嘴?"此时的释然住持一副凶恶狠毒的模样,哪里还有平日里一副慈悲心肠的菩萨样儿,或许这才是释然住持最真实的面目。

周海涛听到了释然住持的话之后微微地摇摇头:"现在还不是时候,我相信方老师是个聪明人。虽然他可能会露出一些破绽,但是以我对云暮的了解,他暂时还没有十足的证据定方红岩的罪。"

"云暮在有必要的时候也可以除掉!"释然住持淡淡地说道。

周海涛却摇了摇头:"不行,动别人可以,动他绝对不行。这家伙就是个一根筋的傻子,而且还是一个可怕的疯子,真的要是动了他,咱们所有人都要玩完,我一直都不希望见到他疯掉的样子。"

"林影呢?"释然住持继续问道。

周海涛陷入了沉默,而此时释然有些恼火地说道:"无毒不丈夫。小涛,你要明白,这个时候如果还犹豫不决的话,死的就不是他们了,而是我们了。这个叫林影的小妮子如果像她老爹那么固执的话,那我不介意去送她一程,反正林俊峰的命已经在我手上了，再加上一条他女儿林影的命我也不嫌多。"

"暂时还用不着。"周海涛拒绝了。

"那你要我做什么事？"释然住持，哦不，应该说是耿向东此时露出了疑惑神色，他觉得周海涛真有些妇人之仁了，甚至可以说是优柔寡断。

"三工三匠已经抓了三个了，还剩下三个，现在手上既能用还能信得过的人没几个了，我得让他们明白谁才是山神。耿叔，接下来就由你出手了，将木工鲁平安、药匠孙回春还有琴匠俞乐音先监视起来，告诉他们这个时候不要轻举妄动，谁要是敢坏了我的事情，那么史大平就是他们的下场。"

周海涛刚才平和的神色变得凌厉了起来："而且，瑶山那边的动作还是要抓紧，方老师给我们找到矿了，接下来就是我的了。那些好的木材、药材还有皮草全部可以趁着开发瑶山这个机会给弄出去，瑶山那边需要你来盯着点儿。"

"我是和尚，目标太明显了。还是采用老办法吧，只闻其声，不见其人！"耿向东看了一眼周海涛，领首而言，"只要有钱赚，我想他们还是得乖乖就范的。涛子，你也得小心，我这条命是你爸当年替我捡回来的，我在你爸的坟前发了毒誓的，一定要护你周全。"

"这次恐怕是我们的最后一笔了，等事情过去了，我们就得离开青州了。"周海涛幽幽地说道。螳螂捕蝉，黄雀在后，方红岩和诸葛野狐只怕都没有想到，他们最后都给周海涛做了件华贵的"嫁衣"。

　　林影坐在那家熟悉的咖啡厅里面，只不过此时她的脸色并不太好看，因为一直摆在她办公桌上的那份文件里面记录着周海涛的旅游公司在开发瑶山时对生态环境破坏的评估报告，而这是这段时间以来林影第五次拒签这份评估报告了。

　　林影实地对整个工程项目进行了评估和认真的审核，但是她得出来的结论很不好。周海涛在开发瑶山时并没有像他在项目规划书里面所写的那样，不会对瑶山的生态环境有所破坏，整个开发过程非常的野蛮粗鲁，对于林影的几次提醒，周海涛的人也没有放在心上，依然我行我素。所以，这一次林影决定不再容忍了。

　　今天，林影接到了琚然的电话。本来林影是不准备来的，但奈何琚然是她的好闺蜜，在拒绝了琚然两三次的邀请之后，林影也还是磨不开情面，答应在这老地方见一见自己的这位闺蜜。

　　琚然很快就来了。坐下之后，琚然要了一杯咖啡，两人相视而坐，琚然看着林影那带着一丝警惕的神色，微微地笑了笑，缓缓地说道："怎么，怕见我？"

　　林影点点头："确实是有点儿怕，我怕你说的事我替你办不到。"

　　"不过该说的还是要说。涛子那边的事情我向来是不理会的，生意上的事情都是大老爷们操持的，我只想品品茶、插

第十四章　还衣白毡裳

插花，仅此而已。当然，今天也不是涛子让我来的，而是我主动来找你的，目的也正如你想的那样，如何才能让你睁一只眼闭一只眼？"琚然平静地说道，仿佛坐在自己对面的并不是平日里的好闺蜜，倒更像是商业谈判的对手，琚然从别人口中知道了这事之后，她便想着要为自己的丈夫做一些事情。

林影嘴角勾起一抹苦笑，在答应董清年局长的时候她就已经料到可能会有这么一天了。

"不能。"林影坚定地回绝道。

琚然平静地看着林影。想了想，她还是从自己的包里面拿出了一张银行卡，直接就推到了林影的面前："我们是好朋友，既然是好朋友那就应该是互相帮助的。涛子做的是件大事，也是件好事，不会因为一些小小的绊脚石栽个跟头就爬不起来的，我希望所有人都能够支持他把这件大事做成。"

林影看都没看那张银行卡，只是脸上的笑容收敛得很快，她想到过琚然说服自己会有很多种方式，但是像目前这种既直白又可笑的方式，她并没有想到。

"琚然，你这么做只会葬送我们之间的情谊。"

琚然捋了捋散落在鬓边的头发，不在意地说道："林影，我这么做只不过是想尽一份妻子的责任。涛子不让我接触他的生意，只是不希望我过得很辛苦，而且一直以来我也确实如此。但是，这一次，我只想做自己力所能及的事情。"

林影满是苦涩地摇了摇头："其实，你这么做一点儿意义都没有。"

琚然盯着林影，那俏美的脸上满是失落，她知道自己失败了："我知道你对涛子有误会。不过，像是开发瑶山这么大的事情，他能够做到如此已经是尽心尽力了，他只能够把对瑶山开采的损失降到最低，我觉得你应该相信他一次。"

"琚然，这不是你应该参与的事情。"林影知道自己没有什么话和琚然说了，站起来，收拾好东西便离开了，只留下了神情有些落寞的琚然。在林影离开的位置上放着一杯没喝几口的咖啡，还在冒着热气。

琚然的出面并没有阻止林影，在林影的报告送上去没两天的时间，周海涛开发瑶山的项目被叫停了。

周海涛知道了之后，并没有表现出任何惊讶的神色。

"需要我让林影永远消失掉吗？"耿向东依旧是一身得道高僧装扮，但是却无法掩饰他那颗视人命如草芥的心。在得知了瑶山的项目刚开始没几天就被叫停了，耿向东终于忍不住了，拉着前来归林寺礼佛的周海涛进入住持的小院后，便急不可耐地对着周海涛说道。

周海涛望了一眼耿向东："现在的她已经不是很重要了。我们已经进入瑶山，只要我们动作快，瑶山这座宝山应该就是我们的了。耿叔，接下来的事情就要靠你了，必要的时候，你可直接安排鲁平安、俞乐音和孙回春他们。我现在只希望方红岩能够给我们多争取一些时间。"

"那几个家伙，靠得住吗？"耿向东皱着眉头说道。这些年他们在暗地里搞的小动作非常多，都是几个贪得无厌的家伙，只怕真需要他们的时候，反倒是会坏了大事。

周海涛无奈，这也是他现在所面临的现状："没办法，现在我们手头上能够拿得出来的恐怕也只有这几个人了，这几个家伙还有些利用价值。"

耿向东点了点头："方红岩那边能靠得住吗？"

"暂时应该能靠得住。这些年他都是通过我来资助他女儿方琼的，方老师是个聪明人，不到最后一步他是绝对不会拼个鱼死网破的。"周海涛的眼中露出了凶光。他并不是什么善良之人，别人对他不义，他必对别人不仁，这就是周海涛所谓的人生法则，哪怕这个人是他曾经的老师，他也不会动摇。

"那好，我会尽快动手。"耿向东淡淡地说道。

周海涛点点头："一定要快，耿叔。现在留给我们的时间真的不多了，我们找的专家已经把所有的稀土矿点都找出来了，趁着现在僵持的这段时间，我们能够做的还有很多，已经够了。"

"但愿。"耿向东忧心忡忡地说道，不过他很快调整好了心情，看着周海涛略微带着丝消沉的意味，耿向东劝道，"我一会儿就和他们接触，如果他们想要反水的话，我会毫不犹豫地把他们都做掉，希望他们的脑袋不会那么不灵光。涛子，成大事者不拘小节，而且还要做到无毒不丈夫，这些都是当初你父亲告诉我的。这么多年来，我觉得一直都很是受用，今天我把这话再送给你。"

第十五章　欲乘风归去

鲁平安这些日子过得很糟糕，原本指望着那批货能够卖出去，自己可以大大地赚一笔，没想到货还没出港就已经被海关给扣了，自己这一次可是血本无归了。

此时的他正在一个嘈杂无比的小馆子里面独自一个人喝着闷酒，原本有一个稳定工作的他寄希望于能够在股长的位置上平安"着陆"，这样他就可以专注于自己喜欢的事业之中。工作嘛，只不过是一个赚钱养家糊口的职业，鲁平安兴趣乏乏，而且也不希望天天朝九晚五，实在是没有多少乐趣可言。

木工活确实不一样，哪怕是鲁平安多泡上几个小时，都不会感觉到累的。现在有个流行的词来形容他这种状态最是恰当不过了，那就是沉浸式体验。

只可惜的是，他居然栽在了一个小丫头的手里，鲁平安毅然决然地离职了。十六株沉香楠木做出来的家具就是他最后的一搏，可惜的是这一搏却是一无所获，鲁平安感觉自己一身的手艺无处施展，而这也是让鲁平安无比消沉的原因，现在的他每日都借酒消愁。

就在鲁平安大口地灌了一杯酒之后，他的电话铃声响了起来，鲁平安从口袋里面将电话摸了出来，是一个陌生的号码。鲁平安甩了甩头，还是接起了电话。

"木工，有活了。"电话里那头的声音很沉稳。

鲁平安依稀记得这个声音，但它是属于谁的却不记得了，大脑被酒精给麻醉了，思路也变得迟钝了起来。

"谁呀？"

"樵夫！"

鲁平安听到这个声音之后，酒突然间好像是醒了一大半，他慌慌张张地朝着四周望了望，然后发现并没有任何异常，这才小心翼翼地捧着电话，结结巴巴地说道："你……你不是已经死了吗？"

"蠢货，那都是骗人的，没想到居然把你也给骗了。我现在回来了，山神有事要找你做，还是和当初的分成一样。而且我保证你收到这笔钱之后，下半辈子绝对过得舒舒服服的。怎么样，考虑不考虑？"

鲁平安赶紧应答，生怕自己犹豫半秒钟电话里头的樵夫就会改变主意："我答应，当然答应。"

"那就好。明天上午九点到瑶山的十六楠那里找我，我想你应该很清楚在哪里吧？"

"清楚，非常清楚！"

鲁平安说完这句话之后，电话就立刻挂断了，他的心也忍不住扑通扑通地跳了起来。山神出手了，樵夫也现身了，这表明了什么，这说明自己离发大财不远了。想通了这一切的鲁平安这个时候再看，哪里还有之前的颓废，满脸尽是喜笑颜开。

耿向东的电话同样打给了俞乐音和孙回春两人，只不过这两个人很显然不像鲁平安那么兴奋，反倒是一副忧心忡忡的样子。这两人本来在集团里就是比较边缘化的人物，一个是医生，一个是音乐家。他们进入集团的目的也只有一个，那就是为了能够赚更多的钱，而他们给集团带来的收益却是很小的。

俞乐音挂断了耿向东的电话之后，忧心忡忡地望向对面坐着的孙回春，脸色愈发地惊慌了。

"怎么办？上面发出了命令，我们去不去？"俞乐音犹豫着说道。

孙回春摇摇头说："没办法不去，如果我们不去的话，这后半辈子只怕是会在牢里面待着了吧？"

"去的话，恐怕只有死路一条！"俞乐音突然间冷冰冰地说道，"耿向东那个人我实在是太熟悉了，他是一个凶残又狡猾的人，樵夫的名头可是要比读夫和耕夫的名头响亮得太多了。他出手，这事情就小不了，上一次死的是林俊峰，而这一次就很难说是谁了，但愿不会是你我。"

孙回春忍不住地打了一个寒战道："老俞，你不会是在吓唬我吧？"

"我这绝对不是危言耸听。对于樵夫，我只用一个词来形容，无情如斧。"

"无情如斧？"孙回春疑惑地看着俞乐音，眼里流露出满满的不解，"这怎么说？"

俞乐音轻叹了一口气，闭上了眼睛，好像是回忆起了什么可怕的事情。他轻声地解释了起来："无情如斧，说的就是耿向东这家伙残暴无情，就像斧头一样，做事毫不留情。现在你知道这个家伙为什么被称为樵夫了吧？"

"这可怎么办，不去的话我们死得会更快吧？"孙回春忍不住地打了一个寒战。

俞乐音认可地沉吟道："你说得对，如果我们不去，只会让他怀疑，但是我们去了，那么到最后还是会死在他的手中。眼下我们只能是先去看看，如果要是瞅着樵夫不对劲儿的话，我们可以找个借口趁机溜走，保命要紧。"

孙回春点了点头，两人之间暂时达成了默契，他知道自己和俞乐音现在是一根绳上的蚂蚱，跑不了他俞乐音也跑不了自己。

很快地，三人就集合到了指定的地点，瑶山中的十六楠已经被鲁平安伙同其他人给盗伐了，此时只留下了十六个光秃秃的粗短树桩。当鲁平安出现在这里的时候，他能感觉得到四周有一种无比诡异的安静，鲁平安警觉地朝着那唯一的响动望了过去，鲁平安盼望的樵夫并没有出现，而是俞乐音和孙回春两人。

看到两人，鲁平安轻哼一声，眼神中露出了几分蔑视，对这两个胆小如鼠的家伙说道:"我还以为这次你们不会来了呢?没想到你们也到了,看来咱们现在的人手还真的是短缺得厉害,连这么两只小老鼠都想着要掺和一脚了。"

俞乐音无所谓地笑了笑,并没有理会鲁平安,道不同不相为谋,虽然同为三工三匠,但是平日里可没有那么团结,反倒是互相瞧不上。就像是鲁平安,对于俞乐音和孙回春压根儿就看不上,而这两人何尝不是呢?

"闭嘴!"就在这个时候,一个声音冰冷而凶狠地说道,仿佛带着一股血腥的味道弥漫开来,然后一位光头和尚走了出来,面对着三人惊愕的目光,和尚冷冰冰地说道,"如果想赚笔大钱的话,就少说话多做事。"

一个和尚?

此时,三个人都没有想到出现在他们面前的这个人居然是个和尚,而且从他那身僧袍打扮来说,还应该是一个高僧。鲁平安看到此人的时候,忍不住惊讶地说道:"释然住持,怎么是您?"

耿向东脸上原本的慈眉善目此刻已被狰狞扭曲所取代,他眼光凶狠地盯着三人,毫不客气地说道:"很吃惊吗?"

三人默契般点了点头。

耿向东没说什么,然后扭头就走,一副仙风道骨的得道高僧模样。此时,在三人的眼里,这情景却是如此奇葩,但是,在三人心里面却是感觉不到任何的突兀,就好像是这个样子本就是理所当然。

瑶山这几天并没有要停工的意思,每天都有大大小小的渣土车往外运送着东西,日夜都不停歇。林影接到举报之后来到瑶山,看到眼前情景心里却是愤怒到了极点,原本风景如画的瑶山此时已经遭受到了极大破坏,林影看着都觉得心痛。

第一时间,林影并没有离开,而是把电话打给了云暮。

当云暮赶到的时候,发现那些疾驰的渣土车,弄得这块原本山清水秀的土地,现在到处都是尘土飞扬,灰蒙蒙的样子宛若末日降临一般。看到眼前的景象,云暮的心瞬间就跌落到了谷底。他自然明白林影把他叫过来的意思,原本他的心里面还存在着一丝的幻想,希望周海涛并不会参与其中。可惜,前面调唱得有多高,此时脸打得就有多痛。

"周海涛这家伙做得过分了。"林影皱着眉头说道,"他是在林业局明令禁止的情况下进行的开发,这样的开发完全就是破坏性的。云暮,不能让他这么继续下去了,要不然到时候我们都会成为青州的罪人!"

云暮心情十分沉重,他点了点头道:"放心吧,这件事情我会处理的。"

"现在应该立刻对周海涛实施控制,只有这样才能够震慑住这些宵小。云暮,孰轻孰重我想你应该能够分得很清楚,别让情绪左右了你的理智。这个时候,就算周海涛是无辜的,只怕他也是逃不了干系。我想你应该明白的,不需要我来提醒。"林影劝道。

云暮郑重地点了点头。

很快地，云暮这边也开始行动了起来，森林公安局的干警们紧急出动，把周海涛在青州的所有项目都给叫停了。

而此时的周海涛却是出现在了赵益谦的办公室，他神色平静，很是坦然，面对着满脸愠怒的赵益谦，周海涛丝毫没有乱了方寸。

"周总，你就是这么做事情的？"赵益谦怒气冲冲地拍了下桌子，就连杯子都因赵益谦的愤怒"瑟瑟发抖"着。

赵益谦接着怒斥道："周海涛，当初在我这里你说得挺好，看看你都做了什么？市林业局和森林公安局已经把电话都打到我这里来了，你居然还能够坐在这里谈笑风生。你赶紧给我把所有的项目都停了。"

"晚了！"周海涛很平静，就好像是早就已经预料到了赵益谦会有这种反应，"项目已经停不下来了，赵区长。事情现在已经僵到这里了，我们也通过各种渠道找到林业局，希望他们能够行个方便，但是很可惜，我们的合理诉求并没有得到处理，反倒是对我处处刁难。赵区长，你应该也清楚，所有的旅游景区的开发都会一定程度上对原有的生态造成破坏，完全没有破坏那是不可能的事情，但是林业局一直拿这种微不足道的小事拿捏我们，影响了工程进度且不说，我的人、设备都停着，一天要花多少钱，这笔账不知道您有没有算过？"

"账不是这么算的！"赵益谦站了起来，罕见地发火了，指着周海涛的鼻子骂道,"我不管你用什么方法,我要尽快地见到工程停工。这是命令,你必须得执行。"

周海涛听了这话心里不禁嗤笑不已。

"我们之前的合作一直都是很顺畅的,这样的矛盾你也帮我们处理过很多,怎么这一次就不行了呢?赵区长,我相信你有办法让我拿到许可证的,这只是我作为一个普通市民的最低诉求……"

赵益谦不等周海涛说完,直接打断了他的话,冷冷地回绝道:"绝无可能!周总,现在情况不比从前了,之前的高速发展有损于生态环境。现在,我们绝不能为了蝇头小利就给子孙后代留下难以修复的生态环境灾难。"

"嗯,说得挺有道理的。"这个时候周海涛突然间站了起来,然后径直来到赵益谦的面前,双手拄着办公桌,目光炯炯地盯着赵益谦,缓缓地说道,"赵区长,请你好好地回忆回忆吧,你能够坐在现在这个位置上是怎么来的?如果不是当初我们这些老板帮你做出那么多的政绩,现在的你能够坐到这个位置上吗?怎么着,眼瞅着形势不对,想要玩卸磨杀驴了?我希望你能够冷静下来。"

赵益谦的眼睛死死地盯着周海涛,喉结忍不住地蠕动着,却不知道如何反驳周海涛。

"这是最后一次了。"周海涛淡淡地说道,"只要你能够帮我过了这一关,我想对于你来说也不是没有好处的。至少,你头衔前的那个副字就可以去掉了,还是和之前一样你好我好大家好,这样不好吗?"

赵益谦气得浑身颤抖,他冷冷地从牙缝里面挤出了一个字:"滚。"

周海涛不慌不忙地整了整衣服,然后迈着从容的步子走出了赵益谦的办公室。此时,他的脸上满是戏谑的神色,如同王者归来一般,而身后的赵益谦则是无力地瘫坐在了自己的椅子上,脸上是说不出来的纠结与愤怒。

敬酒不吃吃罚酒!周海涛退出去后,头也不回地离开了区政府,他相信赵益谦一定会想办法的,毕竟周海涛已经将赵益谦牢牢地给套住了,这一次就算是摊牌了,他赵益谦为了自身考虑,也会替周海涛来解这个围的。至于之后,周海涛嘴角勾起一抹轻笑,自己早就已经带着琚然离开青州了。这里的一切将会和他再没有任何一丁点儿的关系。

林业局局长董清年再一次地来到了赵副区长的办公室,这一次陪同他来的是林影。两人均不清楚为什么会被叫来,敲开了赵副区长办公室的门,赵益谦热情地将两人请了进来。

赵益谦显得很热情,心里满满的都是无可奈何,周海涛给他捅下的娄子他必须得接着,这是权衡再三之后的决定。赵益谦不敢拿自己的前程和命运陪着周海涛去赌。

"董局,林专员,这次把你们二位请来呢,是有这么一个情况。"赵益谦在秘书给二人倒了一杯水离开后,才坐在自己的位置上缓缓地对着两人说道,"之前,周总过来找过我,也把他的困难和我说了。有些事情呢,或许是他急于求成吧,做得确实不是那么合规。但是，这瑶山旅游开发也算是市里和区里的一件大事，而且是关乎青州经济发展的大事。所以呢，我们是不是可以寻求一个折中的办法。"

赵益谦的话一出，两人便听出了其中的意思。

林影的眉头微微皱起，她想不明白周海涛到底是使了什么招儿，居然能够把赵益谦拉过来给自己当说客。

董清年知道这件事情是由林影负责的，直接把目光转向了林影，那意思就是由林影自己来做决定。林影当然明白董清年的意思，但是她却不愿意松这个口。商人就是商人，眼里面看到的只有钱，周海涛的能量确实不小，不过最终这一关还是要落到林影这里来。

见两位领导都看着自己，林影缓缓地说道："赵区长，发展经济不能以牺牲环境为代价。现在不比以往了，真要是把瑶山给祸害了，再怎么发展经济也弥补不了破坏环境的损失啊。"

赵益谦听到林影委婉的回绝，脸色瞬间黯淡下来，他的目光并没有在林影身上停留太久，而是直接转向了董清年。相比较林影，赵益谦更想听听董清年的意见。

董清年神色如常地说道："赵区长，小林的话说得没错。既然我们负责对环境的监督，那么我们就要履行好自己的职责。发展经济可以，带动青州市的旅游业发展更是好事，但它不能违反原则啊。我听说，就在我们林业局勒令周总的公司整顿期间，他们依然在进行着建设，您看周总是不是有些操之过急了？"

赵益谦脸上的笑容依旧保持不变，面部肌肉却僵硬了许多，看上去更没有往常那般自然了，他有点儿尴尬地说道："当然，二位说得很在理。不过，你们不知道啊，这工程一动一停，动动停停的话，那损失也是挺大的。更重要的是，怕是会有些不好的舆论导向啊。"

林影接过赵益谦的话头说道："赵区长，只要周总的公司符合一切要求，我这里绝对会同意他继续施工的。"

林影这话很明显就是回绝了。

赵益谦看向了董清年，董清年一本正经地说道："林影的态度就是青州市林业局的态度。"

这注定是一次不欢而散的谈话。

当林影将今天跟赵益谦的会面和云暮说起的时候，云暮心里面对周海涛是越来越失望了，周海涛在自己眼皮子底下玩了一个阳奉阴违的手段，很显然周海涛那里还有许多不可告人的秘密。

"你说会不会是他？"林影将自己心里一直以来都存着的那个怀疑直接抛了出来。

云暮愣住了，他从来都没有往这方面想过，曾经的点点滴滴此时在他的脑海里面都串联了起来，方红岩、尹修和樊偎，都或多或少地和周海涛有些关系，林影的一番话打开了云暮的思路，让他陷入了沉思之中。

从感情上来讲，云暮并不相信周海涛会是自己一直想要挖出来的幕后操纵者。但是，现在所有怀疑的目标全部都指向了周海涛……

瑶山。

俞乐音和孙回春两人面对面坐着，心里面同时都有了一种非常不好的预感。鲁平安那个疯子和耿向东两人对瑶山进行了破坏式地开采，这种疯狂攫取势必会引起青州市森林公安局的警觉，他们两个人这么做很明显就是在作死，俞乐音和孙回春胆子小，并不愿意陪他们一起去送死。

"老俞，形势不妙啊！"孙回春此时无不担心地说道。

俞乐音同样也是一副愁眉不展的样子，他已经开始担心了，正如孙回春所言，鲁、耿两人已经到了恣意妄为的地步，这是一个极度危险的信号。他一直都坚信君子不立危墙之下，或许现在这个时候是应该早早地做出决断了。

"孙大夫，你说得没错，只怕我们应该早做准备了。"俞乐音凝重地说道。

孙回春点了点头。

俞乐音对着孙回春继续说道："眼下我们只有一条路可走了，只有这条路才能保住我们的命。我们，自首吧。"

"自首？真的到了那种地步了吗？"

"没错，你对耿向东这个人不了解，我之前还是跟他接触过几次的。这个家伙就是个亡命之徒，他手上可是有命案的，跟他走下去的话，只会是一条道走到黑。所以，我们绝对不能跟他这样继续疯下去。况且，你我虽然犯了法，但不牵扯人命，顶多就是在牢里待上几年而已，而且，如果我们要是能够戴罪立功的话，说不定也会得到宽大处理的。"俞乐音淡淡地分析道。

孙回春看着俞乐音，笃定地说道："老俞，我听你的。"

"那就好，这一次我们恐怕真的是要断舍离了。"俞乐音缓缓地松了一口气，就好像从肩上卸下了无比沉重的包袱。然后，他和孙回春低声商量了起来，两人说话的声音压得很低，周围的人根本就听不到两人在说些什么。

一天之后，俞乐音和孙回春再一次消失了，他俩的消失直接引发了鲁平安的慌张和耿向东的愤怒。这两人的失踪释放了一个非常不好的信号，那就是他们很可能要暴露了，如果这张盖子被掀起来的话，那么他们几个人都逃不掉。这一次，耿向东彻底失去了理智。

"怎么办？怎么办？"鲁平安急得像是热锅上的蚂蚁一样团团转。

耿向东顶着个光头，依然是一副得道高僧的装扮，这十几年来他已经习惯了这种装束，每天的早课晚课再加上诵经念佛，更是养成了耿向东无比冷静与沉着的性格。

"我们已经暴露了，从我到你，甚至还有可能是上面的山神，全部都已经暴露了。这种局面之下，我们只有玩一手鱼死网破了。"耿向东盯着鲁平安，缓缓地说道，"我们在瑶山做的事要是被揭穿了，那可是重罪，当下唯有一条路可走了，放火烧山！"

什么?

鲁平安听到耿向东的话之后,当下便彻底地愣在了原地。

耿向东看到鲁平安的惊诧之色,心里暗暗地鄙夷,更有些瞧不上这样的家伙,但是眼下自己身边也仅有此一人,鲁平安还有点儿利用的价值。

想到这里,耿向东这才耐着性子对鲁平安说道:"放火烧了瑶山,所有的证据也全部都付之一炬了。那么,就算是森林公安局找我们的麻烦也找不到了,到时候再找到那么几具尸体,我们也就可以金蝉脱壳了。"

鲁平安怕了,只不过当他和耿向东那凶残的目光相对时,鲁平安还是忍不住地犹豫了起来,他的目的只不过是想要赚钱啊,现在怎么会搞成这个样子,纵火烧山这样的罪行那可是重罪啊,他担不起。但是,现在的鲁平安也是被逼上了梁山,他相信,要是自己不按照耿向东的吩咐去做的话,那么下场一定是很惨的。这个时候,鲁平安有些开始怀念读夫方红岩了,至少他比樵夫耿向东要讲道理吧?

"这个情况,山神知道吗?"鲁平安忍不住地问道。

耿向东凌厉地瞪了鲁平安一眼,冷冰冰地说道:"这就是山神的意思!"

其实,这是耿向东自作主张,周海涛并不知情。耿向东想要保护周海涛,毕竟他欠周海涛的父亲,也就上一代的山神一条命,现在他只怕自己也已经暴露在了森林公安局的视野之中,他可以说是已经逃不掉了,那就最后再帮周海涛一次。

鲁平安还想要说什么,耿向东那凶狠的目光制止了他。此时的鲁平安心里面很苦,如果要是和俞乐音和孙回春一样早点儿逃,那么或许自己现在的处境会好一些吧,不过现在说什么都晚了,这辈子最难吃的药就是后悔药……

云暮也没有想到,惊喜会从天而降。

当谷峰将俞乐音和孙回春两人投案自首的消息告诉云暮的时候,云暮却是惊得连下巴都快要掉下来了。刚一开始他还怀疑这里面是不是有什么阴谋,但是转眼间他便分析了出来,应该是这个集团内部已经出现了分裂,而且还是很严重的分裂。

云暮再一次见到俞乐音的时候就是在审讯室里面,当俞乐音看到云暮的一刹那,脸上突然间显露出了惊讶的神色,他没想到会在这种场合见到自己的外甥,不过瞬间他就明白了一切。于是,他说道:"当初你到落瑶村,应该也不是迷路了吧?"

这本应该是云暮对俞乐音的审讯,但此时此刻的氛围更像是唠家常,云暮诚恳地回道:"是的,我从部队退伍后就到森林公安局工作了。"

"我早就应该猜到的,林俊峰在你心里的分量确实挺重,没想到你居然继承了他的衣钵,如果林俊峰要是在天有灵的话,他一定会大为欣慰的。好好好,云暮,你倒是让我这个舅舅无比汗颜啊!"俞乐音此时不由得感叹道。

"俞乐音，把你所知道的一切都给我们交代清楚吧。"云暮神色一怔，然后一副公事公办的表情，对着俞乐音缓缓地说道。

俞乐音知道眼前已经进入审讯的程序，他的心里还是有些别扭，外甥审舅舅，这或许只有在电视剧里面才能够看得到吧？

"姓名、性别、年龄……"云暮身边的那个记录员一一地审问着，俞乐音也一一做出了回答。

随着俞乐音的坦白，那根因为打着金刚结的红绳所牵扯出来的案子也终于可以水落石出了。不过俞乐音交代的仅仅是他所了解的，从审讯室里面出来，云暮正好碰到一脸疲惫的谷峰。云暮对俞乐音审讯，谷峰也正在对孙回春审讯。云暮和谷峰两人将供词核对了之后，当下立刻就做了一个决定，那就是重启对方红岩的审讯。

再见到方红岩时，方红岩仿佛是老僧入定一般，他的眼中依然还是能够看到一丝的傲然，那是一种一切都在掌握之中的自信，是对周海涛还抱有幻想的信任。云暮淡淡地说道："方老师，周海涛不会救你的。"

云暮的第一句话让方红岩顿时就变得慌张了起来，仿佛晴天之中的一道惊雷直接在方红岩的耳边炸响了一般。方红岩失神地抬起了头，目光诧异地盯着云暮，自信和傲然的表情瞬间消失得无影无踪。

死寂，此时留下来的只有死寂。

听到周海涛的名字之后，方红岩顿时不安了起来，目光死死地盯着云暮，周身上下涌出了一股无力感，双手也忍不住地轻轻颤抖了起来，他所保守的秘密此时已经没有了任何的价值，而他的结局也早已注定了。

"你果然是我很看重的学生，既然你已经知道周海涛是幕后主使了，那么也就知道一切了吧？这个时候你们应该是在去抓捕周海涛的路上，而不是在这里审讯我，现在提审我，是不是说明你们掌握的证据还不充分？"方红岩只觉得口干舌燥，他的思绪全乱了。

"是的，我们现在的证据确实不充分。但是周海涛已经被我们的人给监视起来了。方老师，你做的事情我或许救不了你，不过你也应该替方琼考虑考虑。我还是希望你能够坦白，这是你最后的一次机会。"云暮平静地说道。

"是吗？那你想要知道什么？"短短的一分钟之内，方红岩考虑了很多，直到最后他才发现，云暮并没有骗他，这一次真的是他最后的机会了，这是他完成自我救赎的唯一机会了。

一切都水落石出了。

在三十年前，也就是20世纪90年代的时候，青州的经济刚刚发展起来，那个时候的洪森只不过是一个小小的皮货商，往来于青州与西藏之间。洪森孤身一人在可可西里待了有三十多天，而自从他从那里回来之后，性情也就变了，那一次，他带回了近百张的藏羚羊皮，还有手上的那一串金刚结的红绳。

靠着这近百张的藏羚羊皮，洪森大赚了一笔后，开了一家自己的皮货公司。也就是从那个时候起，洪森便带着一些人发财，结交了一些人，这里面有公务员、教师、医生、厨师等等，当时这些人的工资水平很低，为了赚些外快便和洪森走到了一起。

没过几年，国家开始大力保护野生动物，而且投入的力度也是越来越大，洪森感觉生意越来越不好做了，便把自己的生意从地上转到了地下，而这一次的转型，让他的业务面变得更加广阔了。

再后来，洪森以"山神"自居，那是因为他觉得各种鬼怪精灵会依附于他，能出云，为风雨，皆为神。后面便有了"渔、樵、耕、读"，有了"三工三匠"，洪森的势力在青州市逐渐变得越来越大，他手下所有人的手腕上也都有了一条打着金刚结的红绳，相传那是洪森在可可西里的三十多天里面得到的唯一祝福。

直到后来，俞乐音制作胡琴所用的上好缅甸蟒的蟒皮引起了林俊峰的注意，林俊峰借着这条线索查到了他们这个地下集团的交易记录。洪森设局将林俊峰引诱至瑶山，就在十六楠处耿向东将林俊峰杀害，林俊峰趁机从戴着面罩的方红岩手中扯下那条有着金刚结的红绳，而林俊峰的最后一枪朝着耿向东射击，没想到洪森替耿向东挡了那一枪。

再后来的事情，云暮便渐渐有了记忆，当他赶来的时候洪森已经被手下带走了，只留下奄奄一息的林俊峰，他用尽全力对着云暮说完那句话之后就牺牲了。云暮哪里知道，洪森竟然是周海涛的父亲！被耿向东带回家之后的洪森没挺过当晚就死了，其他人随之树倒猢狲散，只有耿向东留了下来，草草地为洪森办了一场葬礼。

后来，云暮当兵，林影上学，周海涛则是开始了自己财富的积累过程，而这期间一直都以归林寺和尚身份作掩护的耿向东精心培养了周海涛，他把周海涛当成自己的子侄看待，帮助周海涛聚集起了巨额财富。

直到有一天，周海涛再次想要把渔、樵、耕、读及三工三匠聚集在自己的身边。在金钱的诱惑下，除了渔夫外，所有人都回到了周海涛的身边。这一次，周海涛把身份掩藏得很好，而周海涛的财富也像自己的父亲一样不断地积累着、巩固着，青出于蓝而胜于蓝，在山神这个位置上，周海涛做得更好。

听完了方红岩的供词之后，云暮和谷峰忍不住地倒吸了一口凉气，现在一切都水落石出了。

方红岩像是身体内所有的力气都被抽空了一般，整个人颓废不堪，甚至还有些精神恍惚，看着他被带走时神色落寞的样子，云暮还是忍不住地唏嘘了起来。

"一失足成千古恨，可惜了！"

谷峰看了云暮一眼，说道："现在应该行动了，有了方红岩的供词，周海涛他们几个也要马上抓捕归案了。云暮，好样的，没有给咱森林公安局丢脸，更没有给你林叔叔丢脸。太棒了！"

说完了，谷峰用力地在云暮的肩头拍了拍，难掩心中的激动。

恰在此时，整个森林公安局突然间变得吵闹了起来，所有人几乎都往外冲，周成从外面跑了进来，对着两人喊道："瑶山起火了，消防那边人手不够，希望我们能够出警协助灭火。"

听到了这个消息，云暮眉头一皱，谷峰的内心也被这突如其来的情况震惊，他对云暮说道："瑶山失火，奇怪，这场火是不是来得太巧了？"

"应该是耿向东他们做的，手法太拙劣了。"云暮愤恨地说道。

"咱们分头行动，我先去帮助灭火，你带着人去把周海涛控制起来，绝对不能让这个家伙逃走。听明白了没有？"谷峰急切地命令道。

"明白，谷哥你也小心。"云暮叮嘱道。

两人迅速分头行动，云暮带着队里的人直接朝周海涛在墨池边上的别墅赶去，此时此刻他的心里很纠结，他对自己这个从小一直玩到大的兄弟还是很熟悉的，只不过没想到才短短的十几年，他的变化却是如此之大，大到让人感到如此陌生的程度。

周海涛微微地闭着眼睛，瘫坐在那张白杉木制成的中式沙发上面，对面电视里正在播出瑶山起火的新闻。与此同时他的手机里面收到了耿向东发来的短信，周海涛到现在也不敢相信耿向东居然会背着他做这些事情，虽然他的心里很清楚，耿向东这么做全都是为了保护他，而此时此刻的他原本应该在机场，或者已经在飞往国外的飞机上了。

可是，周海涛并没有离开。就在这个时候，他感觉自己的手被人用力地握住了，从触感中就能够感觉得到这是琚然的。周海涛动都不动，只是轻轻地叹了一口气，无力地说道："一切都完了。琚然，我们本应该走的。"

琚然没有说话，而是就那样倚靠在了周海涛的怀里，静静地陪着自己的丈夫。

电视的声音很大，从中得知瑶山已经是一片火海，还有不少的民众自发地组成队伍到瑶山去灭火，只是这声音越大，周海涛的心里就愈发烦躁。

"关了它！"周海涛几乎是怒吼着说道，他只能以这种方式发泄着心里的不安。

琚然按下了手中的遥控器，淡淡地说道："涛子，一切都结束了。"

"为什么不走？为什么要留下来？你知道不知道，我做的事情有可能让我这一辈子在里面都出不来的。"周海涛有些不理解妻子，低声地抱怨着。

琚然的手轻轻地捂住了周海涛的嘴，神色平静地说道："我不想要逃一辈子，我也不想让我们的孩子出生在异国他乡。"

听到了琚然的这句话,周海涛猛地睁开了眼睛,百感交集地搂住了妻子。

第十六章　十里青山远

　　云暮小心翼翼地进入周海涛的别墅，别墅里面出奇的安静。此时的琚然正倚在周海涛的怀里，云暮的突然出现，令这夫妇二人不由得同时望向了他，转瞬，周海涛笑呵呵地对着云暮说道："终于把你等来了。"

　　云暮皱了皱眉头，这与自己脑海中想象的结果好像有点儿不一样。

　　"为什么不走？"云暮不解。

　　周海涛难掩脸上的喜悦，乐呵呵地对着云暮说道："不需要走了，也不想走了。我的幸福已经在这里了，去哪里都没意义了。"

　　山火蔓延的速度很快，瞬间就吞噬了整个瑶山。连日的高温和干旱，青州的一草一木就如同是被放到火边烤干了一般，再加上耿向东和鲁平安的几把火，更是让整个青州都变得燥热了起来，就连离瑶山最远的白华区的墨池边上，云暮也能够看到瑶山上弥漫的黑色浓烟。

　　周海涛看到这一切，脸上的笑容微敛，忍不住地叹了一口气。

云暮没有说话，而是紧抿住嘴唇，他现在的心早就已经奔赴了火场，一片青州半倚瑶山，在所有青州市人的眼里面，瑶山那就代表着青州，现在看到瑶山如此痛苦和挣扎，每一个青州人都会不禁动容的。

"耿叔终究还是错了。"周海涛的心情也同样变得有些低落，他喃喃地说了这么一句话，然后便在云暮的看押下上了警车。

瑶山上那无法控制的火势，逐渐地四散蔓延着，林业局在第一时间成立了救援组，消防官兵、武警部队、解放军，还有青州市各区县临时组建的救火队伍，都在这个时候出动了。而所有人的目标只有一个，那就是瑶山。

云暮回到局里，将周海涛收监后便毅然决然地直接奔赴了火场。

等云暮赶到瑶山脚下的时候，才知道这一次的火灾有多么的恐怖，漫山遍野一片狼藉，四处浓烟滚滚，扑面而来那灼热的气息，无一不让云暮感觉到了山火的威力与未知的危险。他找到队员，而谷峰则是一脸凝重地仰着头望着山火肆虐，脸上更是满满的惊愕，这山火来得太不是时候了，正当他们要搜山抓捕犯人的时候，山火直接烧了起来。这山火，不仅仅是扰乱了谷峰的计划，更是打乱了所有人的计划。

林影此时在山脚下的一处帐篷里面，董清年神色凝重地走了进来，对着林影认真地说道："林影同志，我来宣布组织的决定，鉴于你对瑶山复杂的地形和生态的了解，所以决定这次由你担任灭火任务的顾问。林影，希望你能够运用你的知识和经验，帮助瑶山渡过这次难关，不知道你有没有信心？"

林影心中一颤，原来局长特意把自己喊过来，居然是为了这个。

顾问？林影略微有些狐疑地看着董清年说道："董局，您放心，我不怕危险的，您别让我一直躺在后方，当个什么顾问，我做不好的。"

董清年面色一沉，语气中带着一丝责怪，皱着眉头说道："记住，这是组织对你的信任，而不是想要保护你，虽然你身在后方，但是你身上的担子却是一点儿都不轻。你现在就是大家的眼睛和大脑，能够进入指挥系统，这可是很难得的机会，你要好好地把握住，不为别的，就为了让咱们瑶山多留住一些青绿！"

林影从董清年的目光里看到了殷切的期盼，她郑重地接受了领导的安排。

山火蔓延得很快，而此时的云暮却是和谷峰一队所有人都朝着最危险的着火现场扑了过去，云暮此时的目光变得坚毅无比，这种眼神就好像是回到了自己曾经熟悉的部队一样。

"云暮，你跟我走。"谷峰咬了咬牙，直接对着云暮吼道，然后便朝着火势最凶的地方跑了过去。手里的灭火弹不停地朝着着火的地方扔去，云暮都感觉自己的胳膊已经酸痛得不行了，但是坚强的意志支撑着他机械性地做着重复的动作。

云暮扔出去的灭火弹实在是收效甚微，虽然能够暂时减弱了火势，可这火实在是太大了，渐渐地，滚滚浓烟再次涌来，而谷峰的身影就那样直接消失在了云暮的视线之中，队伍直接被分割成了两部分。

"谷队！"云暮忍不住地惊呼着，然而现场实在是太嘈杂了，被火封住去路的云暮根本听不到另一边的回应。

火势越来越凶猛，宛如一条猛虎穿行于山林之中，所过之处却是一片焦土。

此时，十几架无人机直接腾起，临时搭成的指挥所里，林影正专心致志地在做着沙盘，她每周有三四天的时间都会待在瑶山，对于瑶山，林影还是非常熟悉的，所以她才会被安排来做这个工作。

指挥所内非常忙碌，林影不知疲倦地在工作着，她想要尽快地完成沙盘，为尽快消灭火灾贡献自己所有的力量。

仅仅用了二十三个小时，林影的沙盘便已经做好了。这沙盘是一边做一边用，当林影长长地松了一口气的时候，再看自己的沙盘，有一小半的地方已经被插上了红色的旗子，林影怔了怔，火势涉及的范围和后果还是震惊到林影了。

嘶！

林影忍不住地倒吸了一口凉气，随之而来的是浸入骨髓的恐惧。

"这火势太大了，无法控制。"指挥这次灭火救灾的是青州市的市长，这大概是林影见到过的最大的官了。只不过，此时的他无力地坐在角落里面，在他面前的沙盘上瑶山已经有近一半的地方都被标上了红色的旗子，那意味着半个瑶山已经被这山火给付之一炬了。

临时指挥所里的所有人都沉默了，随之而来的是一种无力感，仿佛一下子就把在场所有人的精气神都给抽走了一样，就连市长也在这个时候沉默了。

森林大火是最难扑救的大火，不只是因为这是人与大自然之间的争斗，更是因为森林本身的地理位置、气候特点决定了灭火的难度，气温高、着火点多、植被厚、山高路险、装备到达难度大等等，都成了一只只的拦路虎，阻止着人们扑救瑶山的进程。

"我们的人已经在上面坚守了二十四个小时了，大家的体力消耗得非常大，如果要是再不采取有效的措施，救援人员也会有危险了。"市长的声音听上去已经沙哑，连续奋战让这位精力充沛的中年人一脸的倦容。

林影喝了一口水，她在脑海里迅速思索着对策，虽然她不是专业的消防人员，但是在这个危急的时刻，她也想着出谋划策，毕竟她和在场所有人一样，都是要守住这一片绿水青山的。

显然，此时最紧迫的问题有两个，一是人手不够，二是山火蔓延的速度很快。火灾造成的高温主要带来两个方面的不利影响，一是高温对植被的熏烤，导致可燃物极易燃烧，扑救难度极大；另一方面，高温对灭火队员产生熏烤，这对灭火队员身体和心理都是极大的考验。

"我有个建议，不知道可不可行？"林影的声音很低，但是在这沉默的环境中无疑似扔下了一枚炸雷，所有人的目光全部都聚集到了林影的身上，这让林影的小心脏更是忍不住扑通扑通地乱跳，这还是她第一次在这么多人面前表达自己的观点。不过，林影很快就调整好了心态，快步来到自己做好的沙盘面前在火海的峰线处画了一条线，然后对着所有人说道："我们可不可以采用以火灭火的方式？"

"以火灭火？"市长的眉头微微一皱，当听到这个非常不靠谱的建议时，他的第一反应就是这个年轻的小姑娘这么做无疑是想要博人眼球，但是沉下心来仔细一想，好像确实是一条可行的办法。

市长略微地沉思着，然后打断了众人窃窃私语，说道："继续说下去。"

林影就好像是得到了鼓励一般，朝市长微微点了点头，从心底里面涌起来了无限的自信，继续解释道："反向点火，以火制火，在两股山火相遇的瞬间，隔绝山火燃烧所需要的氧气和可燃物，导致火熄灭。大火燃烧的地区温度高，气流上升后成为低压，这样其他方向的气流就会流过来补充，从而形成一股风。我们在大火蔓延的反方向，也就是大火蔓延的前方，人为点上火，两股火就会朝着一个方向跑，最终相遇，然后两股火周围已经没有可以燃烧的物质，同时燃烧需要的氧气又被使用殆尽了，这样我们也许可以阻止火势的蔓延，甚至可以将山火熄灭。"

林影的解释详细又通俗易懂，她确保在场的所有人都能理解了她的思路。可当她看了看众人的反应后，没想到还是沉默。

就在这个时候，市长发话了，他赞许地看着林影说道："小姑娘胆子挺大，这个办法灭火效率确实挺高的，但是一般在风力、风向相对稳定的时候才能使用，如果风向一变，风力变大，这种效果就适得其反了。"

林影点了点头，接过市长的话茬说道："市长说得没错，以火攻火又称点烧战术，特点是省时省力，处置火情比较彻底、高效、快速，紧急时刻能够保住人员安全，但是它的应用要求也比较高，必须要控制好时机。

"首先是要有条件，地域环境的条件、植被条件、气候条件，而且还要求地域环境要有依托，适合在公路、河流、湖泊或者人工开凿的防火道等。要是放到瑶山的话，只有利用人工开凿的隔离带进行点烧。

"气候条件的重点，刚才市长也说了，就是风力风向，必须要抓住一段时间的有利时机，风向变了由北向南吹，火势就由北向南，只有抓住这个关键时机进行点火，才能够确保条件充分。

"其次有组织指挥，点烧战术以火攻火对组织指挥要求非常高、队伍专业技能要求高。

"再次就是点烧要有底线，要有安全的防范措施。

"最后就是有效果，提前把可燃物进行燃烧，燃烧掉以后火势蔓延过来没有可燃烧物，两火相遇自然就自动熄灭了。"

市长并没有犹豫，他目光坚定地扫了一圈众人，对着所有人下达了命令："嗯，林影同志的方法倒是可以一试，让气象局的同志到现场，必须第一时间掌握一手的资料。嗯，不光如此，我们也可以借助于现代科技来进行灭火。"

市长拖着沙哑的嗓音继续安排着："现在我们应急管理局航空应急救援队的直升机，出动了几架？"

"五架。"

"不够，我记得今年春天的时候他们刚刚又采购了五架吧？告诉应急管理局的毛局长，在这个刻不容缓的时候出动所有的直升机，这些直升机一次性载水量在三吨左右。嗯，轮班来，争取尽快灭火，传统以水灭火的手段该用的还要用，以水灭火具有安全高效、一次性扑灭不易复燃的特点，灭火效率还是最高的。还有，让通信局把他们的最新通信手段拿出来，还有夜视仪、防火通等这些先进技术能用都尽快派上用场。我们必须在第一时间掌握火场的态势，给我们的灭火队伍行动提供最有力的保障。"市长缓缓地说道。

"至于人员不足的问题吗……"市长挠了挠头，然后揉了揉太阳穴，仿佛在做出一个无比艰难的决定一般，最后，他坚定地说道，"我们还要依靠人民，相信人民群众的力量是无穷无尽的，坚决地信任人民，和人民打成一片，那就任何困难也能克服。我们的根基在人民、血脉在人民、力量在人民。

我们要始终坚信，人民是历史的创造者，是真正的英雄。"

"发动群众，依靠群众，共渡难关。"市长铿锵有力地说道。

所有人的目光再一次地集中到了市长的身上，目光之中充满了期待。

"现在我要求，青州市的媒体立刻发布公告，将我们实际遇到的困难向全体市民进行说明，可以通过手机、自媒体等方式来遥控指挥我们的民众，这样也能够时时保证人民群众的安全。通信部门和救援部门也要同时做好相应准备，绝对不能将人民群众置于危险之地。"

很快地，青州市民都从各个渠道得到了信息，瑶山大火需要支援。

"兄弟们，瑶山失火，需要大量摩托车手前去支援，我们在瑶山下九岳村村口集合，立刻组织进山救援。"从消防支队核实了情况，山上要挖防火隔离带，一般车辆通行不便，只能通过摩托车运送物资，这个时候一个叫梁俊平的外卖骑手立刻在自己的工作交流群里面发布了消息。很快，一行行"收到"的回复快速地跳动着，微信群里面更是不断地在"接龙"，一名又一名的摩托车骑手立刻赶往一线。

在九岳村村口处的社会捐赠物资接收点，已经早早到了的韩俊更是将灭火器、盒饭、水、胶鞋、油锯等物资装好车，一踩油门，冲上山去。而此时放眼望去，沿路全是摩托车，快递员、外卖员，就连九岳村的当地村民，无论男女老少，全都过来出工出力。

此时,在青州市一家饭馆打工的厨师谭玉波便是其中的一员,当他接到消息之后便骑着摩托车前来协助救援,而他在面对电视台的采访时更是无比动容地说道:"我从小就在瑶山里长大,要挖隔离带的地方就是我的老家,我可以带着大家去,我闭着眼睛都能够找着路。"

气温早就已经超过了四十摄氏度,在火辣辣的太阳下,摩托车手们的背篓里装着近五十斤的救援物资,一趟趟重复着单程三十分钟的陡峭山路。汗水夹杂着灰尘流淌着,现场随时能看到一百多辆摩托车在飞奔,还有两千多名志愿者忙碌的身影。

三天后,云暮终于和谷峰会合了,看着对方灰头土脸的样子,两人更是忍不住地笑了起来,云暮一把将谷峰抱在了怀里面,傻笑着不知道应该说些什么。

"大前天咱们俩分头行动之后,我带着大家伙在鹰栖岭那里扑灭了明火;前天的时候,我们又沿着公路扑灭零星火点,防止山火向附近村庄蔓延;昨天我带着大家伙又集体转移到水库,控制火势;今天正好遇到你,哈哈。"谷峰简单地诉说着自己的工作,而云暮的眼角已经有不争气的泪水流淌了出来。

"好了,不说这些了。休息两个小时,咱们接着干。"谷峰大手一挥,对着所有人说道。

云暮看着谷峰那有些狼狈不堪的样子,看着谷峰脚趾头都快露出来的鞋子，满是心疼。谷峰笑呵呵地说道："嗨，没有办法，这些天都是在近五十摄氏度的高温下工作，最近时距离明火只有十米，靴子坏了便找根绳子绑起来，累了就打地铺躺一下。"

休息了两个小时之后，两人又带着队友们在群众的支援之下，继续开始了灭火，带着水泵、水带上山，设置隔离带。

赶工，赶工。长约1.36公里、平均宽度达到六十至八十米的八角池森林防火阻隔带准备工作陆续到位。沿线开挖了九个水池，备有移动水源、洒水车，铺设了供水管线，准备了一千余具灭火器，这些都是那些志愿者们辛勤劳作的结果。

而就在这个时候，火势再次骤起，接到消息的云暮和谷峰两人相视一望，马不停蹄地朝着第一线的位置进发。火势渐渐地变大了起来，而此时谷峰身后的消防水带都被飘出来的火烧断了。

此时的云暮带着队友一起，一边拿着水枪扑火，一边指导前来配合的救援人员扑灭飘落的火星。现场突然间变得很是嘈杂，而此时云暮掏出哨子，用哨音和手势指挥着大家，口里不时地大喊着："要确保距离，从山上到山下形成人墙。必须确保一个火星都不能跨越隔离带。"

队友们四散而开，分布在不同点位，压制火苗。有些志愿者同时也要进行协防，要保证安全，不让火星越过隔离带，看到火星，就用水枪或铁铲扑灭。

而异变就在这个时候发生了，风向和风力突然间变化了，朝着谷峰身边的一名救援志愿者扑了过去，眼疾手快的谷峰来不及多想，直接朝着那名救援志愿者的方向扑了过去，他用力地将志愿者扑出，而他瞬间就被那突如其来的山火包围了。

"谷队！"这个时候，云暮大声惊呼了起来，所有队员也都朝着这边扑过来，云暮立刻制止了大家的冲动，大声命令道："都回去，现在救火重要。谷队那边我一个人过去，有消息立刻告诉大家。"

火势如同是一只巨大的红色老虎一般完全将谷峰的身形吞噬掉了，云暮刚要朝他冲过去的时候，身边突然间窜出来了周成，他直接将云暮死死地拽住，看着眼前的大火肆虐，云暮忍不住地发出了一声震天的嘶吼，而死死拽住他的周成早就已经是泪眼模糊了。

谷峰牺牲了。

望着那熊熊燃烧的山火，云暮忍不住地双膝一软，直接跪倒在了地上，此时此刻，他的脸上布满了泪水，大脑更是一片空白。

和谷峰交往的点点滴滴渐渐地浮现于云暮的脑海之中，占据着云暮的所有思想。

接下来的几天时间，云暮一直都奋战在抗击山火的第一线，而他尽力地不去想谷峰牺牲的事情，他怕他会撑不住。他如同是一台没有思想的机器一般不停地运转，他怕自己会停下来。而停下来之后，他也不知道应该如何去接受失去谷峰的事实。

而此时在指挥所里面,林影也知道了谷峰牺牲的消息,听闻这个噩耗的时候,林影的心里悲痛不已,她只有在没有人的时候偷偷地落泪难过。谷峰是自己父亲的徒弟,但更多时候他就像是自己的大哥哥一样,父亲去世后他对自己的照顾更是无微不至,温暖着她这个失去父亲的女孩子的心。

整个临时指挥所里面一片沉默。

市长望着从航拍仪上传送回来的画面,谷峰牺牲的一幕让在场的所有人都忍不住地动容,扑灭山火已经到了决战时刻,燃起大火的森林中,左边是山火燃烧形成的红色火线,在不远的右边,一条蓝色光线分外明亮,那是由隔绝带上坚守的森林公安人员、消防人员、武警官兵、灭火队员及志愿者们的蓝色头灯汇聚而成的,宛若一条灿烂银河的光带。这条光带此时此刻在所有人的心里面,又有一个更加符合的名字,那就是"长城"。

就在所有人都处于紧张状态的时候,突然从外面传来了一阵接过一阵的欢呼声,而此时,市长的身体忍不住地颤抖了起来,他的目光盯着那个显示器里面的屏幕,眼眶忍不住地泛红、湿润了。

对讲机里面传来了一个铿锵有力的声音:"报告总指挥,瑶山大火已经全部扑灭!"

听到了这个声音之后,指挥所里的所有人都愣住了,然后在片刻的沉寂之后,突然间一个声音响了起来。

"好!"

这简短的声音是那么动听,指挥所里的人全部都欢呼了起来,林影也忍不住流下了激动的眼泪。那个声音听上去很熟悉,她仅仅在对讲机里面传出来第一个音节时就已经判断出了这个人是云暮,她的爱人。

山上山下欢呼声连成一片,而此时,突然间对讲机里面又传来了那个声音:"报告指挥所,我是森林公安局的警员云暮,我能不能和指挥所的林影同志说上两句话,这个对我来说非常重要。"

市长把目光转向了人群中,表情似乎有些不解。林影听到了云暮的声音,不由自主地直接走了出来,然后在众人惊讶的目光之中接过了市长手中的对讲机,此时的林影已经是满脸通红,然后清了清嗓子,紧张地握着对讲机说道:"我是林影。"

这个时候,对讲机那边一片沉默,几分钟后,云暮的声音才再一次地响了起来:"林影,嫁给我吧?"

林影听到了云暮的话之后,瞬间呆愣在了原地,这个家伙是在向自己求婚吗?在这个场合,在这个时机吗?他不是在开玩笑的吧?不会是故意让自己出丑的吧?

看到林影呆呆地站在原地,此刻市长脸上满是轻松的笑容,他对着林影说道:"林影同志,我觉得你应该先答应下来。"

"是啊,答应他!"指挥所里所有人兴奋地起哄道,声音一阵高过一阵，林影现在恨不得找个地缝钻进去，她想过云暮可能会给自己一个浪漫的求婚，却没想到居然是在这个时候，还是通过这种方式求婚的。

"我……我答应！"林影的声音很小。

"我没听清楚！"

林影这个时候鼓足了勇气，对着对讲机大声地喊道："我说我愿意！"

瑶山上，满是疲惫的身形，有人已经累得连站都站不起来了，就地直接躺在了路边，陷入了深深的沉睡之中。

云暮看着身边的那个满脸烟灰的哥们儿，他叫韩瑞杰，和云暮是同龄人，是一名普通的青州市市民，两人是在两天前认识的。云暮所在的灭火队缺水缺粮，而那小型的挖掘机需要油料才有动力挖出防火带，韩瑞杰就是那个时候出现在云暮身边的。

韩瑞杰的性子和云暮相反，是个活泼的年轻人，他平日里面最喜欢的消遣方式就是骑着摩托车"炸街"。韩瑞杰从十二岁就开始玩两轮摩托车，摩托车对于他，已经成为身体的一部分。韩瑞杰接到消息时是在深夜，尽管瑶山的山势陡峭复杂，但他还是义无反顾地骑着摩托车到达瑶山脚下的物资点，立刻投入物资转运工作当中。

韩瑞杰和一同赶来的骑手们背着村民们提供的竹制背篓，把柴油、饮用水、灭火器、快餐等救灾急需的物资送到了一线灭火队员们的手中。就这样一趟又一趟、从山脚到山腰再到山顶，韩瑞杰在瑶山里骑着摩托车干了三天物资运输工作，每天上下山运送物资要三四十个来回。最开始为了安全，他还戴着头盔，到后来因现场温度过高，只能摘掉了头盔，冒着生命危险继续穿梭于救援一线。

就在昨天下午，连续三天的高强度运输工作和持续的高温，韩瑞杰终因低血糖昏倒在了山上，苏醒后云暮就站在韩瑞杰的身边。韩瑞杰告诉云暮，自己已经三天没睡觉了，很想躺在地上睡一会儿，于是休息了十几分钟，后吃了几口饭、喝了一瓶矿泉水后，韩瑞杰又骑上了摩托车，继续转运物资去了。

云暮看着韩瑞杰，他的心里却是深受感动。通过对讲机和指挥所里的林影求婚就是在韩瑞杰的怂恿之下做出来的，韩瑞杰在救灾这段时间里已和云暮成为莫逆之交。

时间距瑶山救灾已经过去了几个月。

云暮此时坐在审讯室里面，而身边的人却已经不是谷峰，云暮的心里面忍不住地微微怔了怔，然后整了整那身警服，轻轻地擦了擦警号。身边的队友对着云暮调侃道："云队，明天可是你结婚的大日子啊，这个时候审讯嫌疑人是不是有些不太好啊？"

"正好，该了结的事情总是要了结的。"云暮淡淡地说道。

这个时候，审讯室的门突然间就被打开了，云暮没有扭头，而是正襟危坐地等待那个人坐在了审讯椅上，他的脸上虽然看上去很平静，但是那一脸的憔悴却没有了往日的荣光，云暮淡淡地说道："赵区长，没想到我们居然会在这个地方见面。"

"我是被冤枉的，我只想要好好地尽职履责，你们不能以这种莫须有的罪名把我弄到这里来。"赵益谦缓缓地说道，他还想和往日一样淡定从容，但是从他的语气里面，云暮却是听出了赵益谦对自己所说的话并没有底气，看到他那已经花白的双鬓，只怕是这段日子并不好过。

云暮有些无可奈何，平静地说道："是不是被冤枉的，是需要经过我们的审查才行。不过，我倒不认为你是被冤枉的。周海涛已经招认了他这些年从事的违法犯罪行为，还有盗猎盗采都是你在给他一路开绿灯。而且，既然要说，我们何不从十几年前的那件案子说起呢？从林俊峰被害案说起。"

说到了这里，云暮微微地顿了顿才继续说道："我想，你应该还能记得吧？"

"对不起，我不知道你在说什么。"赵益谦皱了皱眉头，矢口否认道。

"不，你应该知道我在说什么。山神手下有渔、樵、耕、读和三工三匠。前一任的山神是洪森，后一任的山神是周海涛，三工三匠分别是木工鲁平安、屠工樊偃、厨工尹修、皮匠诸葛野狐、药匠孙回春、琴匠俞乐音，而渔、樵、耕、读分别是樵夫耿向东、耕夫史大平、读夫方红岩。不知道我说得对不对？渔夫赵益谦。"

听到云暮最后的话之后，赵益谦的脸上立刻露出了一抹惊慌之色，他故作镇定地说道："这不可能，我早就已经不干了，他们做的事情我不知道。"

"晚了。林俊峰被害应该也有你的参与吧？虽然后来你已经金盆洗手了，但是，之前做过的什么事情并不会随着时间的消逝而抹掉。渔夫，你觉得我说的对不对？"

这个时候的赵益谦将头深深地埋到了双手之中，他用力地搓了搓脸，然后重重地叹了一口气，又缓缓地抬起头，用满是无奈和失落的语气说道："没错，我是渔夫，我犯了错误。我总想着可能会有这一天，但是我心里一直都存在着侥幸，希望这一天永远都不会到来。可惜，我还是没能躲过去。"

"没有人能够躲得过去的。"云暮缓缓地说道。

离发生山火已经过去数月，但烈火对瑶山肆虐的痕迹依然存在。原本青葱翠绿的瑶山如今斑驳不堪，像是有人在瑶山上随意泼洒了些灰色、黄色的颜料；几条数十米宽的土黄色隔离带在各峰之间横亘蜿蜒，隔离带两边是被人工砍伐倒下的松树、杉树。

瑶山，被山火肆虐过后的树干依旧黝黑，部分树木根部生出幼苗，林间低矮灌木和草丛处也长出几丝新绿。

看着如今的瑶山，身着红衣的林影心疼无比，瑶山如果想恢复往日的青葱，预计需要十年以上的时间。

今天是林影和云暮举办婚礼的日子，云暮则把婚礼的举办地安排在瑶山的十六楠附近。现在的瑶山虽不复往日的青翠，但此时此刻，身穿制服的云暮却是牵着林影的手，以一种别样的形式见证他们人生的最重要的仪式。两人的婚礼很别致，并没有传统的拜天地，有的只是在这个被山火破坏殆尽的瑶山中行走着。而跟在他们身后的送亲队伍，每个人的手里面都拿着植树的工具。

上山之路依旧是蜿蜒陡峭，参加婚礼的每个人都能够回想起当时的救援条件之艰难。近两小时后，一行人终于来到了十六楠的位置，在林影和林业局同事的专业指导下，大家齐心协力种下一棵棵木荷、枫香树苗，大家接水浇灌，奋力挥铲，一起播种春的希望。心里都期盼着，这些幼苗早日成为瑶山生态修复系统不可或缺的一部分。

云暮奋力地挖着坑，在周成和一众队员的帮助下很快地就挖好了十六个树坑。而此时，董清年则是指挥着人们将带来的十六棵沉香楠木幼苗安放进树坑中，他们要在这里重新种下十六楠，让瑶山的十六楠能够重新回到青州人的视野之中。接着云暮他们便要准备填土了，此时谷峰的爱人和孩子则是捧着谷峰的骨灰盒走了过来。

云暮心中有些唏嘘，他们将遵从谷峰亲属的遗愿，把谷峰的骨灰撒在他为之献出生命的瑶山中，看着谷峰的爱人和孩子郑重地将谷峰的骨灰撒入树坑中，云暮的鼻头还是忍不住一酸，而此时，林影则是紧紧地握着了爱人的手。

十六楠重新栽种好了，但是瑶山的灾后生态修复是一项系统性持续性的大工程。

"以后每年我们都会来看你的,谷队。愿你能够陪伴着十六楠茁壮成长,注视着瑶山早日恢复往日的青翠。"云暮认真地敬了个礼,跟在他身后的森林公安局的干警们,也同时向着谷峰的安葬处敬了一个礼。

婚礼仪式完成了,亲友们则是三三两两地约定着,相约春暖花开时,携手再登瑶山,一起种下一片绿色,为家乡贡献力量。此时此刻,每个人仿佛都心有灵犀一般,纷纷暗暗做出了约定,静待每年三月春暖花开时,大家再在这里聚首。

此时,云暮握住了林影的手,望着远处那高耸的瑶山,他对着林影说道:"明年,咱们俩一定要回来,到那个时候,瑶山一定是最美的绿水青山。"

两人结伴而归,宛如诗云:沙草正黄濒海意,江梅还白故园情。循除远水春前急,绕郭空山雪后明。林影易斜寒日短,角声吹去暮云平。最惭佳客忘形契,肯伴衰翁着屐行。